P⟨...⟩ ⟨...⟩s philosophiques

Addition
aux Pensées philosophiques

*Œuvres de Diderot
dans la même collection*

Pensées sur l'interprétation de la nature.
Le Rêve de d'Alembert.
Encyclopédie ou Dictionnaire raisonné des sciences, des arts
    et des métiers.

DIDEROT

Pensées philosophiques
Addition
aux Pensées philosophiques

Présentation, notes, bibliographie et Annexe
par
Jean-Claude BOURDIN

GF Flammarion

© Éditions Flammarion, 2007.
ISBN : 978-2-0807-1249-3

INTRODUCTION

> « L'intolérance a contraint la véracité et
> habillé la philosophie d'un habit d'arlequin,
> en sorte que la postérité, frappée de leurs
> contradictions, dont elle ignorera la cause, ne
> saura prononcer sur leurs véritables senti-
> ments. [...] Moi, je me suis sauvé par le ton
> ironique le plus délié que j'ai pu trouver, les
> généralités, le laconisme, et l'obscurité. »
>
> Diderot,
> *Observations sur Hemsterhuis* (1773)[1].

Diderot rédigea les *Pensées philosophiques* entre le
vendredi saint et le jour de Pâques de 1746, puis, dési-
reux de prêter cinquante louis à sa maîtresse Mme de
Puisieux, il vendit le manuscrit à un libraire qui le
publia immédiatement, sans nom d'auteur ni d'éditeur. Vrai ou faux, ce récit rapporté par la fille de
Diderot[2], est intéressant parce qu'il se présente
comme un conte et cherche peut-être à mettre le lec-

---

1. *Œuvres*, I, *Philosophie*, édition de Laurent Versini, Paris,
Robert Laffont, 1994, p. 770. Conformément à l'usage, nous utili-
serons dorénavant les abréviations Ver pour désigner l'édition des
Œuvres de Diderot (1994-1997) ; DPV pour l'édition des *Œuvres
complètes* par H. Dieckmann, J. Proust, J. Varloot, Paris, Hermann,
1975-, 36 vol. prévus ; *OP* pour l'édition des *Œuvres philosophiques*
par P. Vernière, Paris, Garnier, 1980, rééd. 1998.
2. Voir *Mémoires pour servir à l'histoire de la vie et des ouvrages de
Diderot par Mme de Vandeul, sa fille*, in DPV I, p. 20.

teur en garde. Il nous présente une œuvre brossée rapidement, faite de pensées jetées sur le papier pour des raisons financières dans lesquelles l'attachement amoureux occupe une grande place. Rédigée en outre pendant la période des cendres, ne serait-elle pas une œuvre étourdie, un écart d'intempérance et de libertinage ? Une œuvre de jeunesse qu'on regrette d'avoir écrite, en somme, et qui mérite une lecture indulgente.

Une « intempérance d'esprit »

Il est vrai que, plus tard, détenu à Vincennes sur la dénonciation du curé moliniste de Saint-Médard, après la publication de la *Lettre sur les aveugles à l'usage de ceux qui voient*, Diderot commence par nier être l'auteur des *Pensées*, comme il le fait pour d'autres textes : la *Lettre sur les aveugles* précisément, *Les Bijoux indiscrets*, *L'Oiseau blanc*, ajoutant qu'il avait brûlé *La Promenade du sceptique*. En somme, l'emprisonnement de Vincennes aurait joué le rôle de rite de passage à l'âge adulte : après cet épisode, c'est toute sa production de jeunesse que Diderot aurait désavouée. Peu de temps après, affecté par sa détention, il avoue dans une lettre au lieutenant général de police Berryer, avoir écrit les *Pensées*[1], *Les Bijoux* et la *Lettre*, mais il les considère dorénavant comme « des intempérances d'esprit qui [lui] sont échappées »[2]. Diderot s'engage à ne plus rien publier qui puisse être tenu pour répréhensible eu égard à la religion et aux bonnes mœurs. Il se tient sur cette ligne, préférant préserver les chances de mener à bien l'entreprise de l'*Encyclopédie* et de

---

1. Nous abrégerons dorénavant les *Pensées philosophiques* en *Pensées*.
2. Sur cet épisode, voir Arthur M. Wilson, *Diderot, sa vie et son œuvre*, traduction de Gilles Chahine, Annette Laurenceau, Anne Villelaur, Paris, Laffont/Ramsay, 1985, p. 87-98. La lettre de Diderot est du 13 août 1749. Voir Robert Niklaus, Introduction de son édition des *Pensées philosophiques*, Genève, Droz, Lille, Giard, 1950, p. VIII, note.

continuer à travailler sans multiplier les embarras de la censure qui, de toutes les façons, viendront l'entraver. Il publia aussi des œuvres dont les sujets ne risquaient pas de tomber sous les condamnations de la censure, il s'engagea dans des activités philosophiques de théorie de la science de la nature et du vivant[1]. Diderot est le vrai fondateur de la critique esthétique des Salons ; dramaturge, auteur de pièces de théâtre, de contes, il ne cessa de travailler, mais réserva pour une poignée d'intimes, ou pour la postérité, ses œuvres les plus brillantes et les plus radicales, comme *Le Rêve de d'Alembert*, *Le Neveu de Rameau*, *Jacques le Fataliste*.

À la confession faite à Berryer, font écho les lignes de l'exergue écrites en 1771 qui, en soulignant les procédés utilisés dans cet « art d'écrire » en temps de persécution[2], montrent que Diderot ne renonce pas totalement à écrire en rusant avec les autorités religieuses et politique. Or les *Pensées* prouvent qu'il use déjà des ressources d'une écriture allusive, volontairement équivoque, souvent cryptée qu'il avait eu l'occasion d'expérimenter dans sa traduction de l'*Inquiry Concerning Virtue or Merit* de Shaftesbury. Certes, ces ruses et ces procédés n'ont pas trompé les censeurs. Mais écrire dans les années 1746 est un jeu dont les auteurs audacieux connaissent les règles et les risques. Et la condamnation est la preuve du succès : elle confirme la justesse des critiques, l'audace de la pensée et la faiblesse des adversaires.

UN BAPTÊME PHILOSOPHIQUE

Avec les *Pensées*, Diderot entre dans l'arène philosophique : cet ouvrage de combat défend un

---

1. Voir les *Pensées sur l'interprétation de la nature* [1753], édition de Colas Duflo, Paris, GF-Flammarion, 2005.

2. On aura reconnu l'allusion au livre fameux de Leo Strauss, *La Persécution et l'art d'écrire*, traduction de Olivier Berrichon-Sedeyn, Paris, Presses Pocket, 1989.

déisme[1] introduit par le scepticisme. Dans l'arène philosophique où s'affrontent des adversaires nombreux, mais dont les plus décidés sont les dévots, les métaphysiciens de l'École, les athées, les fanatiques, les enthousiastes et diverses variétés de sceptiques, Diderot s'avance en faisant jouer un rôle particulier au déisme : apparemment pacificateur, moyen terme entre les excès que sont l'athéisme et la dévotion, et prônant un scepticisme modéré et de bonne foi. On verra que ce déisme sans doute sincère est aussi un masque pour fragiliser la croyance et disposer à l'incrédulité et, au-delà, à l'athéisme. Le conte de la fille qui voulait contribuer à l'édification d'une image pieuse du père nous paraît donc peu vraisemblable.

Quoique anonymes, les *Pensées* marquent en effet le moment où Diderot entre en philosophie. Il a trente-deux ans, il n'est pas encore connu comme écrivain et philosophe. Après avoir obtenu une maîtrise en théologie en Sorbonne, il mène une vie de bohème. Pour subvenir aux besoins de son ménage (il s'est marié en 1743 avec Antoinette Champion), il traduit successivement les trois volumes de l'*Histoire de la Grèce* de Temple Stanyan (1743) et, avec Eidous et Toussaint, les six volumes du *Dictionnaire de médecine* de James. En 1745, il donne une nouvelle traduction, sans indication de son nom, d'un ouvrage de Mylord Shaftesbury[2], *Inquiry Concerning Virtue*, sous le titre de *Principes de philosophie morale, ou Essai de M. S****

---

1. Il sera question du déisme plus loin p. 27 et suiv. et dans l'Annexe : « la subversion déiste ».

2. Anthony Ashley Cooper, 3e comte de Shaftesbury, né en 1671, mort en 1713. Ce philosophe anglais publia en 1699 l'*Enquête sur la vertu*, en 1708 la *Lettre sur l'enthousiasme*, en 1709 *Sensus Communis* et les *Moralists*, en 1710 *Soliloque*. En 1711, paraissent des *Mélanges* et la 1re édition des *Characteristicks of Men, Manners, Opinions, Times*. Après sa mort, paraît une 2e édition corrigée. Une traduction française des *Characteristicks* a été donnée par J.-B. Robinet : *Œuvres de Mylord Comte de Shaftesbury, contenant différents ouvrages de philosophie et de morale traduites de l'anglais*. Voir l'édition de Françoise Badelon, Paris, Champion, 2002.

sur le mérite et la vertu[1]. Sa traduction est, comme il est d'usage, assez libre et s'accompagne de notes de son cru, inaugurant une pratique de la lecture et de l'écriture qui restera cactéristique chez lui, jusque dans l'*Addition aux Pensées philosophiques*, au moins[2].

Rapidement le Parlement de Paris condamne les *Pensées* au feu le 7 juillet 1746 au motif que l'ouvrage « présente aux esprits inquiets et téméraires le venin des opinions les plus criminelles et les plus absurdes dont la dépravation de la raison humaine soit capable ; et par une attitude affectée, place toutes les religions presque au même rang, pour finir n'en reconnaître aucune »[3]. En réalité, les *Pensées* ne furent sans doute brûlées qu'en effigie, mais la condamnation eut l'effet habituel d'attirer l'attention du public sur l'ouvrage[4]. Le fait que l'ouvrage était anonyme excita évidemment la curiosité, même si certains savaient qui était l'auteur. On l'attribua à La Mettrie, à Voltaire, à Toussaint. Le succès fut incontestable comme en attestent quinze rééditions et deux traductions, en italien et en allemand, pour le XVIIIᵉ siècle, et une en anglais au début du XIXᵉ. Les *Pensées* suscitèrent de nombreuses réfutations et furent critiquées jusqu'en 1780[5]. Voltaire les a lues et annotées à

---

1. L'ouvrage de Shaftesbury est publié à Londres en 1699 et repris, révisé et augmenté en 1711 dans les *Characteristicks of Men, Manners, Opinions, Times* et dans la 2ᵉ édition en 1714. Nous abrégeons la traduction de Diderot en *Essai* et citerons l'édition de Jean-Pierre Jackson, Paris, ALIVE, 1998. Sur cette traduction, voir l'étude éclairante de Laurent Jaffro, « Diderot : le traducteur et son autorité ».

2. Voir plus bas, p. 146 et suiv.

3. Cité in Arthur M. Wilson, *op. cit.*, p. 47. Voir également Jean-Paul Belin, *Le Mouvement philosophique en France de 1748 à 1789*, Paris, Belin, 1913, p. 25.

4. Dans la lettre adressée à Sartine en octobre 1763, sur *Le commerce de la librairie*, Diderot écrit avec bon sens, instruit, entre autres, par ses propres expériences : « Je vois que la proscription, plus elle est sévère, plus elle hausse le prix du livre, plus elle excite la curiosité de le lire, plus il est acheté, plus il est lu », Ver III, p. 108. Voir également l'édition de Jacques Proust, *Sur la liberté de la presse*, Paris, Éditions sociales, 1964, p. 87.

5. Voir Robert Morin, *Les Pensées philosophiques de Diderot devant leurs principaux contradicteurs au XVIIIᵉ siècle*.

deux reprises vers 1760[1]. Rousseau cite mot à mot la
Pensée VIII[2] dans le *Discours sur les sciences et les arts*[3],
et dans une lettre à Voltaire[4] il rappelle combien il fut
« frappé » par « l'argument des jets » de l'athée de la
Pensée XXI.

Avant de comprendre à quoi ce petit livre de
soixante-deux articles doit son succès, il convient
d'examiner la forme sous laquelle il apparaît, c'est-
à-dire la façon dont il se donne à voir, les signes ou les
marques qui font de lui un ouvrage qui, d'une certaine
façon, dit quelque chose sur ce qu'il est.

Présentation des *Pensées philosophiques*

Le paratexte

Avant de lire la première Pensée, le lecteur attentif
rencontre ce que Gérard Genette propose d'appeler le
« paratexte » : « [Un] texte se présente rarement à l'état
nu, sans le renfort d'un certain nombre de productions,
elles-mêmes verbales ou non, comme un nom d'auteur,
un titre, une préface, des illustrations, dont on ne sait
pas toujours si l'on doit ou non considérer qu'elles lui
appartiennent, mais qui en tout cas l'entourent et le pro-
longent, précisément pour le présenter, au sens habituel
du terme, mais aussi au sens le plus fort : pour le rendre
présent, pour assurer sa présence au monde, sa "récep-

---

1. Sur les notes de Voltaire, voir un article ancien mais précis et
utile de Norman L. Torrey, « Voltaire's reaction to Diderot », in
Publications of the Modern Language Association of America, t. 50,
1935, p. 1107-1143.
2. Pour éviter toute confusion, nous mettons une majuscule à
Pensée quand nous désignons les articles de l'ouvrage de Diderot et
une minuscule quand il s'agit du mot pris dans son sens ordinaire.
3. « Vos enfants [...] s'ils entendent parler de Dieu, ce sera moins
pour le craindre que pour en avoir peur », in *Œuvres complètes*, III,
Paris, Gallimard, 1964, p. 24.
4. « Je me souviens que ce qui m'a frappé le plus fortement en ma
vie, sur l'arrangement fortuit de l'univers, est la vingt et unième
pensée philosophique » (*Œuvres complètes*, t. IV, Paris, Gallimard,
1969, p. 1071).

tion" et sa consommation. [...] Le paratexte est donc
pour nous ce par quoi un texte se fait livre et se propose
comme tel à ses lecteurs[1]. » Ces indications sont précieuses, en ce qu'elles nous invitent à prendre conscience que cet ouvrage, ainsi que de nombreux autres à
l'âge classique, se rend présent aux lecteurs par un certain nombre d'indications qu'il faut prendre au sérieux :
ils contribuent à identifier le genre du texte, son orienta-
tion philosophique probable, ils annoncent plus ou
moins ouvertement son ton et incitent à adopter une
attitude déterminée de lecture. Le paratexte est consti-
tutif du contrat de lecture entre l'auteur et le public.

Les éléments du paratexte des *Pensées* sont les
suivants : sur la couverture on lit son titre, son sous-
titre en latin, l'indication du lieu d'édition, la formule « aux dépens de la compagnie », la date. Une
fois le livre ouvert, sur la première page de texte, on
remarque une citation latine placée en exergue et un
bref préambule. Mais ce qui frappe, c'est l'absence du
nom de l'auteur : l'ouvrage est anonyme. Enfin, l'édition princeps comporte un frontispice et une table des
matières (p. 91).

Le titre : Pensées philosophiques, rappelle et les *Pensées*
de Pascal et les *Lettres philosophiques* de Voltaire. Il opère
une condensation de ces deux livres, d'autant plus intri-
gante que la XXVe *Lettre* de Voltaire est une critique
des fragments de Pascal. L'ouvrage qu'on va lire se
présente donc sous une forme littéraire connue, par
fragments, par paragraphes, de longueur variable : il
écarte la forme discursive des traités ou des systèmes.
Philosophiques, ces *Pensées* seront nécessairement critiques, appartenant à cette vaste littérature difficile à
qualifier, mais qui regroupe depuis la génération précédente des manuscrits clandestins[2], des écrits publiés

---

1. Gérard Genette, *Seuils*, Paris, Seuil, 1987, p. 7. Voir également
du même auteur *Palimpsestes*, Seuil, 1981.
2. Depuis l'article fondateur de Gustave Lanson, dans la *Revue
d'histoire littéraire de la* France, en 1912, des travaux ont confirmé
l'importance de cette littérature philosophique clandestine. Voir un

qui tous, d'une manière ou d'une autre, questionnent la religion chrétienne, mettent ses dogmes en difficulté, voire suggèrent leur absurdité et leur abandon. Bref, les *Pensées philosophiques* s'annoncent comme appartenant à un genre subversif qui interroge la religion et, au-delà, la source des mœurs et l'ordre social.

Le sous-titre est une phrase latine, « *Piscis hic non est omnium* » (« Ce poisson n'est pas pour tout le monde »), sans indication d'auteur. Le lecteur peut en déduire que c'est l'auteur du texte qui l'a placée à cet endroit et l'a écrite. Pourquoi du latin ? Et que sont ces « poissons » ? Il s'agit à l'évidence des *Pensées* qu'on va lire, dont on est averti qu'elles ne conviennent pas à tout le monde : leur contenu ne s'adresse pas au « peuple », sans doute pas à ceux qui redoutent des pensées *philosophiques*.

La citation en exergue, en latin elle aussi, est une partie d'un vers du poète latin satiriste, Perse, qui semble répéter le sous-titre : « *Quis leget haec ?* » (« Qui lira ceci ? ») et insister sur le caractère scabreux, difficile du contenu des *Pensées,* confirmant que ce livre n'est pas à la portée de tout le monde.

La couverture comporte l'indication du *lieu d'édition* du livre et du *libraire* : « À La Haye, Aux dépens de la compagnie ». « Aux dépens de la Compagnie », est un nom fictif de librairie [1], quelquefois utilisé pour

---

état de la recherche dans l'article précieux de Miguel Benitez, « Matériaux pour un inventaire des manuscrits philosophiques clandestins des XVIIᵉ et XVIIIᵉ siècles », et dans son livre, *La Face cachée des Lumières.* Pour qui s'intéresse à cette littérature, il faut consulter l'indispensable revue *La Lettre clandestine,* publiée par Les Presses de l'université Paris-Sorbonne. Enfin, *Les Philosophies clandestines à l'âge classique* de Gianni Paganini donnent une très bonne présentation de cette littérature.

1. Deux éditions de 1748 comportent des indications burlesques : « Aux Indes, chez Bedihuldgemale ». En 1752, pendant « la querelle des bouffons » qui malmena la musique française officielle, d'Holbach publia une *Lettre à une dame,* « Aux dépens de l'Académie royale ». En 1776, le même fit indiquer comme lieu d'édition et d'éditeur pour sa *Théologie portative,* en réalité un dictionnaire anti-théologique, « Rome, avec permission et privilège du conclave ».

des ouvrages appartenant à la littérature de libre-pensée, signifiant « au détriment de la Compagnie de Jésus », c'est-à-dire écrit avec l'intention de lui infliger un dommage symbolique. En réalité, le livre avait été imprimé chez l'imprimeur parisien L'Épine et son éditeur véritable était Durand, libraire en vue et qui fera partie du groupe des éditeurs de l'*Encyclopédie*, avec Briasson et David. Les *Pensées* furent donc publiées grâce à « un circuit latéral » par rapport au schéma de la surveillance de la production imprimée dans l'Ancien Régime[1]. Notre livre est sinon un livre interdit, du moins un livre qui aurait risqué de l'être s'il avait suivi les circuits ordinaires de la « librairie » de l'époque.

Le *frontispice* de l'édition originale, une vignette non signée, représente une allégorie de la religion naturelle arrachant son masque à la superstition renversée sur un buste de sphynge et sur un dragon, perdant sa couronne, retenant un sceptre rompu et dévoilant sous sa robe les serpents de la discorde[2].

Un exorde paradoxal

L'effet général produit est celui d'un livre hétérodoxe, subversif, provoquant son interdiction, au contenu piquant, « croustilleux », comme aurait dit Pierre Bayle, sans doute antireligieux, irrévérencieux à l'égard d'une autorité religieuse puissante (les Jésuites) et d'un thème évangélique (les poissons). Les *Pensées* ont un caractère clandestin (l'anonymat de l'auteur) et elles sont pourtant rendues publiques. Mais elles ne revendiquent qu'un public restreint, ou plutôt elles feignent de refuser de s'adresser au « public », pour viser des lecteurs choisis auxquels le paratexte adresse des clins

---

1. Jacques Proust, présentation de *Mémoire sur la liberté de la presse*, p. 17-22.
2. Pour une description de l'allégorie, voir Stéphane Lojkine, *Ut Pictura 18*, www.univ-montp3.fr

d'œil complices. La connivence créée avec les lecteurs leur confère une légitimité et une valeur d'exception qui, en retour, attestent que l'ouvrage est bien celui qu'ils attendent et approuvent. Cet élitisme [1] est explicitement revendiqué par l'avant-dernier élément du paratexte, le bref *préambule* qui joue la fonction de l'exorde.

> « J'écris de Dieu : je compte sur peu de lecteurs, et n'aspire qu'à quelques suffrages. Si ces pensées ne plaisent à personne, elles pourront n'être que mauvaises ; mais je les tiens pour détestables si elles plaisent à tout le monde. »

Si, en rhétorique [2], l'exorde doit satisfaire trois types d'arguments qui relèvent de l'éthos, du pathos et du logos, ici, l'absence du nom de l'auteur donne à l'éthos de l'auteur la caractéristique d'audacieux, d'esprit fort ; le pathos créé est celui de la curiosité ; le logos correspond, de façon implicite, grâce aux éléments précédents du paratexte, à l'idée que l'exposé qui va suivre relève de la critique, impression confirmée par l'absence de séduction à l'égard des lecteurs. L'entame, « j'écris de Dieu », peut signifier qu'il va s'agir d'un discours sur Dieu, d'un point de vue sur Dieu, mais sûrement pas un discours pour Dieu. Les *Pensées* ne plaident donc pas la cause de Dieu, elles ne relèvent pas du genre apologétique. Mais que signifie le fait de parler « de Dieu » et d'exclure simultanément l'audience la plus large ? Les Pensées qui suivent

---

1. Miguel Benitez a rassemblé un certain nombre de déclarations élitistes du genre de celle de l'exorde. Elles ne s'expliquent pas seulement pour des raisons de prudence ou de diplomatie à l'égard de l'Église, d'autant que les auteurs qui le faisaient furent anonymes. En fait, les auteurs audacieux sont pris dans une contradiction entre le désir de servir les intérêts du peuple et la constatation de son état. Voir « Lumières et élitisme dans les manuscrits clandestins », in *La Face cachée des Lumières*, p. 199 et suiv.

2. Voir, par exemple, Olivier Reboul, *Introduction à la rhétorique*, Paris, PUF, 1991 et Philippe-Joseph Salazar, *L'Art de parler, anthologie des manuels d'éloquence*, Paris, Klincksieck, 2003.

parleront « de Dieu » d'une façon non catholique (sou-
venons-nous que « catholique » signifie étymologique-
ment « universel »).

Il est également possible que le paratexte mette en
place un dispositif autre que celui de l'élitisme : un
anonyme publie un écrit qui proclame un peu trop
fort qu'il est réservé à peu de gens, en espérant qu'il
sera beaucoup lu, beaucoup réédité, discuté, critiqué,
etc. Le préambule peut donc être compris comme une
invitation, une provocation à venir vérifier si on fait
partie du « peu de lecteurs »…

L'exorde est donc ambigu et paradoxal : en principe, selon les règles de la rhétorique, un exorde (*cap-
tatio benevolentiae*) suscite la disposition à apprendre
du lecteur et le dispose à lire avec intérêt et bienveillance le texte qui suit. Or, renforcé par le sous-
titre, et introduit par la citation de Perse, le nôtre produit une opposition entre l'objet en principe universel
des *Pensées* (Dieu) et le nombre des lecteurs réclamés ;
il affirme le désir, paradoxal, d'être lu par un petit
nombre sur une question qui est censée intéresser tout
le monde. L'attention, la bienveillance et la disposition
à apprendre sont bien sollicitées mais par le mouvement inverse de la retraite hautaine.

Qui est l'auteur d'un texte anonyme ?

Reste l'anonymat de l'auteur[1], dernier élément du
paratexte. Sans doute ne faut-il pas le surinterpréter.
Selon François Moureau, avant la fin du XVIIIᵉ siècle,
l'anonymat est « le cas général » et bien souvent « le
secret du livre était un secret de polichinelle ». « En
droit, les seules obligations d'identification d'un livre
concernaient son contenu approuvé par un censeur et
la protection du droit de copie accordée à une personne qui n'était que rarement l'auteur. […] L'auteur
n'y apparaissait que s'il avait obtenu du sceau du

---

1. Rappelons qu'on attribua le livre à Voltaire, à Toussaint, à La
Mettrie.

Chancelier un privilège qu'il cédait à un libraire : on sait que ce cas était relativement exceptionnel[1]. » S'il était possible de lever partiellement cet anonymat, en recourant à des initiales, par exemple, il semble que certaines catégories de livres refusaient l'anonymat, comme ceux traitant de droit et de religion. Comme le dit François Moureau, cette identification était en même temps « une authentification et une légitimation ». Dans le cas de l'anonymat, le problème posé est alors celui de l'autorité du texte, autorité attachée au nom de l'auteur et légitimant du même coup le contenu du livre. Autorité qui peut être conférée par une institution ou par un titre quelconque reconnu. De quelle autorité relève un livre anonyme ? Si un auteur déclaré écrit en son nom et au nom de son institution, au nom de quoi est écrit un écrit anonyme[2] ?

L'anonymat peut signifier l'absentement volontaire de l'auteur, son refus de se découvrir, soit pour des raisons de prudence, soit pour soustraire son texte au jeu de la reconnaissance sociale de l'autorité. Effacer l'auteur revient alors à laisser s'exprimer une pensée qui doit valoir pour elle-même. Toutefois, il se trouve que dans de nombreuses Pensées, un « je » s'affirme. Qui parle donc ? Qui soutient les propositions du livre ? En tout cas, ce type d'anonymat laisse la place à un « je » qui écrit et qu'on pourrait appeler, par convention, le scripteur, de même qu'on distingue en littérature l'auteur et le narrateur d'un roman. Le scripteur est un auteur sans nom ni visage.

Ce dispositif permet à Diderot de faire surgir des personnages, qu'on pourrait appeler des acteurs du

---

1. François Moureau, « Illustres anonymes : auteurs feints et clandestinité au XVIIIᵉ siècle », p. 55-56.
2. Sur les questions de la clandestinité, de l'anonymat, des masques d'un écrivain et du public chez d'Holbach, mais qui peuvent également s'appliquer en partie à Diderot, voir Alain Sandrier, *Le Style philosophique du baron d'Holbach*, Paris, Champion, 2004, p. 28 et suiv.

texte, ou des porteurs de position philosophique. Les *Pensées* voient passer des dévots, des superstitieux, des métaphysiciens, se présenter un athée, un déiste, évoquer des sceptiques. Les trois premiers sont clairement présentés comme des adversaires : il est impossible de croire que le scripteur parle par leur entremise. En revanche, avec le déiste, le sceptique méthodique et l'athée, le scripteur met en scène des acteurs qui ont sa faveur. Mais comme l'athée est présenté comme un personnage « redoutable » que le déiste entreprend de réfuter, et que le sceptique méthodique est loué, on est amené à penser que c'est le déiste qui exprime la position philosophique la meilleure. Cependant, les choses ne sont pas aussi claires, le dispositif des *Pensées* ne conduit pas à une condamnation de l'athéisme matérialiste : le livre ne se présente pas nettement comme une victoire du déisme. Ces distinctions créent un effet de brouillage sur certains énoncés et le lecteur se demande qui les soutient et si le déiste est réellement le porte-parole de Diderot. Cette interrogation se transforme en difficulté pour la critique diderotienne qui demande inévitablement : mais que pense Diderot, quelle est sa position ? Est-il déiste, comme il peut le sembler souvent ? Est-il sceptique, étant donné les éloges qu'il adresse à l'examen critique et méthodique de toute vérité ? Serait-il athée, puisqu'il donne le sentiment de bien connaître les arguments de l'athéisme et du matérialisme et qu'il semble éprouver une certaine connivence à leur égard ? Doit-on le tenir pour un partisan de la religion naturelle sur laquelle s'achèvent les *Pensées* ? Y a-t-il un lien entre le déisme, le scepticisme, l'athéisme et la religion naturelle ? Cette indécision (« qui a le dernier mot ? ») peut conduire à se demander si ce brouillage ne serait pas le masque d'un athéisme caché, ou une incitation à considérer l'athéisme comme une position philosophique acceptable. Mais le lecteur en vient aussi à se demander si toutes ces questions ne surgissent pas du fait qu'il attend d'un texte de philosophie qu'il énonce une

position qui peut être rapportée à un auteur qui lui
confère identité et cohérence, et qu'il ne conçoit de livre
philosophique que sous la condition qu'il se donne les
moyens de trancher et décider sur des questions doctrinales. Ces problèmes sont bien réels : Diderot a écrit un
texte d'une redoutable difficulté sous une apparence de
virtuosité.

Pour essayer d'y voir plus clair, demandons-nous
d'où proviennent les *Pensées* et interrogeons leur
forme et leur organisation.

Un texte protéiforme

Nous savons que l'origine des *Pensées* est inséparable de sa traduction de l'*Essai sur le mérite et la
vertu* de Shaftesbury et des notes qu'il y avait
incluses. L'importance de la pensée de Shaftesbury
pour Diderot est considérable à cette époque. La
philosophie d'Anthony Ashley Cooper développe,
sur la base d'une conception téléologique de l'univers selon laquelle toute chose est une partie d'un
tout harmonieux, une théorie du « sens moral » qui
permet à chaque homme de connaître ce qui est bien
et ce qui est mal, indépendamment des conventions
humaines et de la révélation religieuse. La vertu est
la condition du bonheur de l'humanité. Sa pensée
religieuse contient la croyance que le monde a été
créé par un Dieu moralement parfait, ainsi que le
révèle la manifestation d'un dessein (*design*) dans
chaque chose et dans le tout de la création. En rejetant les miracles, en critiquant la révélation et les
formes ascétiques et puritaines du christianisme, il
se rattache à la religion naturelle. En esthétique, il
annonce les doctrines du jugement de goût désintéressé. Politiquement, il refuse les théories de l'intérêt
égoïste et du contrat social. La traduction-adapta-
tion par Diderot de l'*Essai* montre une profonde
connivence de pensée. Franco Venturi a montré très
précisément et systématiquement comment de très

nombreuses Pensées démarquent des passages de l'*Essai* et reprennent les notes de Diderot[1]. On pourrait dire que les *Pensées* sont des morceaux écrits en marge[2] de notes qui elles-mêmes avaient été écrites en marge de sa traduction, laquelle se présentait comme un resserrement du texte de Shaftesbury, pour ne rien dire d'emprunts faits à d'autres écrits de l'anglais.

À la lumière des circonstances intellectuelles dans lesquelles les *Pensées* furent rédigées, il est possible de réinterpréter leur anonymat comme la reconnaissance silencieuse de la pluralité de textes qui président à leur composition. Comment en effet un seul nom pourrait-il révéler le fait que l'auteur des *Pensées* est cet écrivain-traducteur, aménageant son texte original, y insérant des notes de son cru qui introduisent quelques distorsions par rapport au texte traduit, qui rédige ce faisant des notes personnelles qui seront reprises pour ses *Pensées* ? Cette impossibilité redouble quand on remarque qu'à cette pluralité de textes, liés entre eux par un enchaînement quasi organique d'engendrement qui fait surgir une pensée d'une autre – celle de Shaftesbury – pour s'en détacher insensiblement tout en s'en nourrissant, il faut ajouter une autre pluralité. On peut supposer en effet que Diderot a connu et utilisé certains textes appartenant à la littérature clandestine récente comme les *Difficultés sur la religion proposées au père Malebranche* de Robert Challe (1710)[3], ou l'*Examen critique des apologistes de la religion chrétienne* (vers 1730, attribué à Levesque de Burigny, membre de la coterie formée par Boulainvilliers, Du Marsais,

---

1. Voir Franco Venturi, *Jeunesse de Diderot* (1713-1753), p. 346 et suiv.

2. Pour reprendre une heureuse expression de Gerhardt Stenger, « Diderot, lecteur de *L'homme* : une nouvelle approche de la *Réfutation d'Helvétius* », in *Studies on Voltaire and the Eighteenth Century*, n° 228, p. 288.

3. Ce texte est disponible dans l'édition de Frédéric Deloffre et François Moureau, Genève, Droz, 2000.

Fréret, Mirabeau, etc.) [1]. Il est sans doute très difficile
d'établir avec précision, dans ces cas, ce que Diderot a
effectivement lu et ce qu'il en a tiré. Mais les *Pensées*
montrent en tout cas une forte affinité avec des thèmes,
des exemples, des arguments de cette littérature. Ce
courant de libres penseurs est donc aussi présent dans le
texte des *Pensées*, précisément comme courant et style
de pensée critique. L'auteur est finalement constitué par
une pluralité de voix, en sorte que le travail d'écriture
des *Pensées* rend futile la question de l'identité de
l'auteur. Du coup, l'intention se déplace du côté de la
signification du dispositif qui laisse le lecteur dans une
relative incertitude. On se demandera s'il ne faut pas
accorder davantage d'importance à l'agencement des
Pensées que Diderot a construit qu'à la question de
savoir si on peut le ramener à une seule position, serait-
elle celle du déisme. Cet agencement se présente tout
d'abord comme un ensemble de Pensées de longueur
variable, allant d'une phrase à de longs développements.

Écrire des Pensées, c'est faire le choix de la discon-
tinuité et de la juxtaposition de la pensée pour amener
le lecteur à établir les liaisons et découvrir par lui-
même ce que le texte dissimule. C'est aussi donner à
chaque Pensée une autonomie relative et introduire
des formes variées d'écriture [2]. Ainsi certaines Pensées

---

1. En ce qui concerne l'*Examen de la religion ou doutes sur la religion dont on cherche l'éclaircissement de bonne foi* attribué avec certitude maintenant à Du Marsais (1705 environ), il semble qu'il faille
renoncer à y voir l'une des sources de Diderot. Gianluca Mori qui
est le premier à attribuer l'ouvrage à Du Marsais explique dans son
édition critique qu'il est peu probable que Diderot ait eu accès à ce
texte dont la diffusion fut limitée – voire nulle – en France et qu'il
n'y a pas de preuve qu'il l'ait lu en manuscrit. Il est amené à annuler
les rapprochements faits par Paul Vernière dans son édition. Voir
Oxford, Voltaire Foundation, 1998. Voir p. 351-352.
2. Diderot a trouvé chez Shaftesbury un exemple d'écriture
décousue et peut-être sa justification : « Les fameux écrivains de
mélanges, les faiseurs d'essais, les distillateurs de réflexions, les
méditatifs et autres auteurs de compositions irrégulières et décou-
sues peuvent dire en leur faveur qu'ils imitent la nature », *Mélanges
ou réflexions diverses, op. cit.*, cité par Franco Venturi, *Jeunesse de
Diderot*, p. 52.

sont-elles : des aphorismes (VIII, XXXIX), des maximes (X), des mots d'esprit (XVI), des dialogues (XV, XX entre le déiste et l'athée), des portraits (VII, XIV sur Pascal, XXVIII sur les illuminés, XXXVIII sur les différents types de martyrs), des ébauches de scène (LIII sur les convulsionnaires), de brèves dissertations sur les témoignages, les miracles, la vérité des Écritures (XLV, LVI, LX), des développements érudits sur l'empereur Julien (XLIII) et les prétendus miracles sous Romulus (XLIV) et Tarquin (XLVII). La liberté d'exposition rendue possible par le genre « Pensées » permet de varier les styles et les tons : description dramatique des religieux et religieuses enfermés dans leur couvent (VII), interpellation directe du lecteur, indirecte des dévots et des superstitieux, érudition dans les passages en latin sur Tarquin et Romulus, transformation d'un débat en dramatisation philosophique (XXI, la longue réplique de l'athée qui laisse le déiste silencieux), usage de citations (Montaigne, XXIV, XXVII, XLIX).

L'ensemble s'efforce de mettre en cause, au nom de la raison, les fondements de la Révélation, de dénoncer les contradictions entre l'ascétisme religieux et la nature humaine, d'écarter les superstitieux et les dévots fanatiques, de défendre l'idée déiste d'un Dieu bon, bienveillant et spectateur, dont l'intelligence se révèle dans la nature, le tout au nom d'une raison non dogmatique qui a tiré les leçons de la circonspection du scepticisme. Mais les *Pensées* déroutent un lecteur coutumier des traités de philosophie qui construisent un cadre, examinent une question, énumèrent des problèmes et annoncent des thèses à soutenir. Ici, rien de tel. Il revient dès lors au lecteur de reconstituer les enchaînements et de faire apparaître le cadre implicite qui structure les Pensées. Il doit établir les relations qui existent entre des Pensées distantes l'une de l'autre et tirer des conséquences que le texte n'énonce pas explicitement. Certes, dira-t-on, dans les interstices ainsi ménagés, le lecteur est amené à s'interroger sur les intentions réelles de l'auteur. Mais pourquoi, alors qu'il cache son identité, n'a-t-il pas facilité cette reconnaissance et ne l'a-t-il pas incliné, sans le nécessiter, comme le Dieu de Leibniz, à adopter sa position ? Ainsi revient la question de savoir ce que Diderot pense et est. S'il appartient au courant de la libre pensée qui a vu se développer toutes les formes d'hétérodoxie, de la simple incroyance à l'athéisme en passant par les variétés de scepticisme, il manifeste très tôt, sans doute sous l'influence de Shaftesbury, un rejet des formes dogmatiques de la pensée. Diderot est convaincu qu'une pensée ne vaut que par sa capacité à être communiquée : si elle peut faire l'objet d'un dialogue, si elle surgit de l'échange et de la confrontation. La forme des Pensées permet, d'abord, d'intégrer le lecteur à la controverse (entre l'athée et le déiste) ou à la critique de la révélation en le rendant juge de ce qui s'y déroule et en lui donnant la possibilité de les poursuivre pour son propre compte. Ensuite, et c'est peut-être le plus important, en paraissant ne pas prendre clairement parti (pour le déisme, pour l'athéisme, pour le scepticisme), Diderot fait de la prise de parti en philosophie son objet. Au risque de soumettre ses préférences affichées (le déisme et la religion naturelle) à l'interrogation du lecteur.

Il faut maintenant examiner comment s'organisent les Pensées.

ANALYSE DES PENSÉES

Si l'on fait abstraction des formes rhétoriques et argumentatives utilisées par Diderot, et ce bien que certaines Pensées soient inséparables de leur mode d'écriture, on peut distinguer six groupes de Pensées[1].

---

1. Les commentaires qui suivent doivent être complétés par les notes qui accompagnent le texte de Diderot. Pour ne pas alourdir les premiers, nous avons renoncé à signaler les secondes. En revanche, certaines notes renvoient à ce commentaire.

Éloge des passions humaines : Pensées I-VII

Un premier groupe de Pensées (I-VII) qui font l'éloge des passions harmonieusement accordées par la raison contre toutes les formes d'ascétisme religieux qui supposent une image terrifiante de Dieu. En réalité, cet éloge des passions est un prétexte pour affirmer qu'entre la nature et le point de vue de la grâce, il faut choisir la nature et considérer la nature humaine indépendamment du péché. Certes, les passions sont au principe de grandes choses. Elles permettent à l'homme de s'élever au-dessus de la médiocrité, par les œuvres artistiques qu'elles produisent et par la pratique de vertus sociales. Si la raison introduit entre elles une « juste harmonie » (IV) en équilibrant les excès et les défauts, elles ne seront pas désordonnées et rendront les hommes vertueux. Cette idée est essentielle puisqu'elle revient d'emblée à dire que la moralité ne dépend pas de la religion, mais bien d'un exercice et d'une pratique raisonnable des passions naturelles. Enfin, elles ont une fonction sociale éminente, elles relient les individus. Et là réside l'intention de ce premier groupe de Pensées : affirmer l'indépendance de la morale et la valeur intrinsèque de la vie bonne qui ne supposent pas que les hommes se défigurent comme des monstres (V). Or une certaine pratique de la religion fait de l'ascétisme le comble de la vertu comprise comme renoncement à sa nature. S'il fallait suivre ce précepte, trois conséquences devraient être acceptées. Considérer l'ascétisme comme un modèle à suivre, accepter les pires mortifications et imaginer Dieu comme un tyran prenant plaisir à nos souffrances. Il faut refuser ce système dans la mesure où il met en contradiction la nature humaine et la religion. Autrement dit, Dieu exigerait de sa créature qu'elle se maltraite jusqu'à renoncer à la vie (V) : il demanderait à sa propre création qu'elle se contredise. En outre, il repose sur l'idée folle que Dieu est essentiellement occupé à punir et à infliger des peines éternelles. Idée que la conception de la prédestination janséniste rend révoltante puisqu'il en découle une injustifiable injustice entre la masse des réprouvés et le tout petit nombre de sauvés. « L'âme la plus droite » (IX), entendons l'âme vertueuse des premières Pensées, est tentée de souhaiter qu'un tel Dieu n'existât pas : elle retrouve le premier remède d'Épicure qui recommande de ne pas craindre les dieux pour vivre heureux dans ce monde-ci. L'auteur des *Pensées* plaide donc pour l'abandon d'un Dieu terrifiant, vengeur et absurde, objet de ce qu'on appelle la superstition.

Examen de l'idée de Dieu :
Pensées VIII, XI, XII, XVI, XVII, XXI ;
Sur le déisme : Pensées XIII, XVIII, XIX.

La Pensée VIII engage les *Pensées* vers un examen de l'idée de Dieu (VIII-XIII et XVI) qui oppose, à celle des superstitieux et des dévots, celle du déiste, une fois posé que l'athéisme est moins injurieux à Dieu que la superstition (XII). Dévots, superstitieux et bientôt métaphysiciens (XVII et XVII) sont mis hors jeu. Le texte ne lie pas directement conduites dévotes absurdes et cruelles et croyance en Dieu, mais il introduit entre les conduites et les opinions la médiation du tempérament. Cela permet apparemment à Diderot de distinguer entre différents types de dévots (XI). En réalité, il veut que l'on tire la conséquence suivante : si c'est le tempérament qui détermine les conduites, alors les représentations religieuses n'ont pas d'influence directe sur la moralité [1]. À nous d'en conclure qu'un athée peut être vertueux, comme le dira indirectement la Pensée XIII. Mais, inversement, et comme on vient de le voir dans les Pensées précédentes, des représentations absurdes de Dieu liées à des passions tristes et antinaturelles peuvent faire beaucoup de mal. De ce point de vue donc, l'athéisme

---

1. Cette idée vient de Shaftesbury, comme l'a bien montré Laurent Jaffro, « Diderot : le traducteur et son autorité », p. 205.

est supérieur à la superstition (toutefois, l'athéisme n'est pas acceptable, mais il faut reconnaître qu'à lire les *Pensées* on ne comprend pas très bien pourquoi). Ce qui revient, stratégiquement, à dédramatiser l'athéisme, et ce, de deux façons : en affirmant que la superstition donne une idée insultante de Dieu et en suggérant que l'athée est cette « âme droite » (IX) qui se révoltant contre un Dieu tyran préfère en nier l'existence. Les dévots superstitieux sont neutralisés par l'athée, et l'athée, après avoir été acclimaté, attend une réfutation. Le résultat c'est que les *Pensées* dégagent l'espace de la vraie confrontation qui est leur objet, celle du déisme et de la Révélation qui interviendra dans l'avant-dernier groupe de Pensées. Le déiste a les mains libres pour cette critique puisqu'il est montré qu'il ne peut être suspecté d'athéisme. C'est ce que va montrer l'examen de l'idée de Dieu qui se place alors sur le terrain proprement philosophique et met aux prises le déiste et l'athée, seuls interlocuteurs dignes de parler de Dieu (XIII-XXI). C'est assez brutalement que Diderot introduit un personnage nouveau, le déiste, sans autre précision. Il le suppose bien connu, il sait que le déisme est une position philosophique controversée et qu'il est dangereux de se dire déiste.

L'histoire du déisme est une histoire compliquée du fait que ce sont ses adversaires qui en le définissant lui ont donné une identité qu'ils ont voulue infamante[1]. Il est inséparable de l'histoire de la libre-pensée anglaise, des débats où s'impliquèrent aussi bien des ecclésiastiques que des philosophes, du courant français du libertinage érudit, du scepticisme et des diverses formes de critiques de la religion[2]. Qu'est-ce qu'être

---

[1]. Voir les textes présentés dans l'Annexe : « La subversion déiste ».

[2]. Voir des indications utiles dans Jacqueline Lagrée, *La Religion naturelle* ; et *Le Salut du Laïc, sur Herbert de Cherbury* ; voir aussi Pascal Taranto, *Du déisme à l'athéisme* ; René Pintard, *Le Libertinage érudit* et J.S. Spink, *La Libre-Pensée française de Gassendi à Voltaire*.

un déiste ? Le *Dictionnaire de Trévoux*[1] résume parfaitement ce qu'on entendait par là au XVIIIe siècle :

> « Homme qui n'a point de religion particulière, mais qui reconnaît seulement l'existence de Dieu, sans lui rendre aucun culte extérieur, en rejetant toute forme de révélation. [...] [Les déistes] prétendent que la liberté de la raison est opprimée sous le joug de la religion et que les esprits sont tyrannisés par la nécessité qu'on leur impose, de croire des mystères inconcevables [...]. On appelle plus particulièrement *Déistes*, des gens qui ne sont point tout à fait sans religion, mais qui rejettent toute révélation, croyant seulement que la lumière naturelle démontre, qu'il y a un Dieu, une Providence, des récompenses pour les bons et des châtiments pour les méchants [...]. »

De son côté, Diderot définit le déisme en le distinguant du théisme :

> « Le théiste est celui qui est déjà convaincu de l'existence de Dieu, de la réalité du bien et du mal moral, de l'immortalité de l'âme, des peines et des récompenses à venir, mais qui attend pour admettre la Révélation qu'on la lui démontre. Le déiste au contraire, d'accord avec le théiste seulement sur l'existence de Dieu et la réalité du bien et du mal moral, nie la Révélation et doute de l'immortalité de l'âme et des peines et des récompenses à venir. La dénomination de déiste se prend toujours en mauvaise part ; celle de théiste peut se prendre en bonne[2]. »

Il reprend ainsi les distinctions qu'il avait faites entre déisme et théisme dans le « Discours préliminaire » de sa traduction de l'*Essai*[3]. Indépendam-

---

1. *Dictionnaire universel français et latin*, vulgairement appelé *Dictionnaire de Trévoux* (6e édition, 1771), abrégé en *Trévoux*. *Dictionnaire de l'Académie française* (édition de 1762), abrégé en *Dictionnaire de l'Académie*.

2. *Suite de l'apologie de l'abbé de Prades*, Ver I, p. 548.

3. Voir *Essai*, p. 22-24 et les notes de Diderot de l'article II, du chapitre 1er de la première partie, p. 33 et 34.

ment du fait que le traducteur doit prévenir le lecteur qu'en anglais il n'existe qu'un mot, *theist*, le philosophe doit tenir compte des préjugés de ceux qui sont hostiles au déisme, afin de faciliter la lecture de Shaftesbury. Mais, malgré cela, on sent une certaine malice de Diderot. Dans le « Discours préliminaire », après avoir distingué le déiste comme étant celui qui croit en Dieu et nie la révélation, et le théiste comme quelqu'un qui croit en Dieu et « est prêt d'admettre la révélation », Diderot ajoute que le théisme n'est pas encore le christianisme et que pour devenir chrétien il faut commencer par être théiste et il ajoute : « Le fondement de toute religion c'est le théisme[1]. » Mais si le mot « fondement » a un sens, il signifie autre chose que « commencement ». Il veut dire que le théisme est la vérité de toute religion et que ce qui s'y est ajouté (la révélation, les dogmes, etc.) est accessoire, voire inutile. Or c'est exactement ce que le déiste des *Pensées* dit dans la dernière Pensée, avec la « religion naturelle[2] ». Cette distinction est purement stratégique : elle vise à détourner les coups des théologiens au moment où on soutient la position qu'ils redoutent et condamnent.

La doctrine du déiste comporte deux aspects essentiels qui sont exposés chez Shaftesbury : l'existence de Dieu, et ce que Laurent Jaffro[3] appelle le « réalisme moral » et le caractère naturel du sens du bien et du mal, qui ne dépendent ni des conventions humaines ni des décrets arbitraires de Dieu. Le déiste en retient l'idée que la vertu est à elle-même sa propre récom-

---

1. *Ibid.*, p. 22. Voir page 23 la longue citation de Shaftesbury à l'appui de cette affirmation.

2. Voir plus bas, p. 48-51.

3. Voir Laurent Jaffro, « Diderot : le traducteur et son autorité », p. 203-204. Il existe selon Shaftesbury un « *sens of right and wrong* » (*Essai*, p. 166) qui est à la fois un sentiment et une capacité à évaluer nos représentations accompagnées d'affects, mais qui représente une réalité indépendante des hommes, de l'éducation et de toute révélation. Le Bien a une réalité objective que peut saisir le sens « naturel ».

pense, ce qui condamne l'idée d'un Dieu qui récompense. Enfin, il s'engage dans une démarche critique à
l'égard de la Révélation qui le conduit à la refuser, et
non à en simplement douter. Pourquoi déiste est-il
pris en « mauvaise part » ? La réponse est simple à
comprendre : pour les autorités religieuses, les théologiens orthodoxes et les dévots, le déiste est tout simplement quelqu'un qui nie la religion et ses fondements et dont le Dieu est finalement non religieux,
mais tout au plus philosophique. Il perd son caractère
de Dieu personnel. Son danger réside dans le fait
qu'on ne peut l'accuser d'athéisme, mais qu'il développe des opinions qui sont comme des préparations à
l'athéisme. Le déisme comme disposant à l'athéisme :
le baron d'Holbach retiendra la leçon dans ses
ouvrages de critique de la religion qui ne sont pas
menés d'un point de vue athée [1].

La controverse de l'athée et du déiste :
Pensées XIII-XXI

Comme on pouvait s'y attendre, c'est de l'existence
de Dieu qu'il va maintenant être question. Les *Pensées*
aménagent très précisément la présence de l'athée, le
scripteur laissant une première fois la parole à l'athée
(XV), puis en faisant exposer par le déiste ses arguments en faveur de l'existence de Dieu, il précise des
points de doctrine athée (XVIII, XIX). Il organise un
dialogue entre le déiste et l'athée, où le premier essaie
de convaincre le second, en lui opposant l'argument
de la théologie naturelle (XX). Et de façon surpre-
nante, c'est l'athée qui reprend la parole pour exposer une conception épicurienne de la formation du
monde, sans recevoir de réponse du déiste (XXI).
Reprenons. Il faut donc montrer qu'une autre opinion
de Dieu que celle des dévots est possible, et pour cela,

---

1. On pense au *Christianisme dévoilé* (1756) [1766], à *La Conta-*
gion sacrée, aux *Lettres à Eugénie*, à la *Théologie portative* (1768), à
l'*Histoire critique de Jésus-Christ* (1770).

au lieu de l'exposer pour elle-même, on fait entrer le déiste en dialogue avec l'athée. Seul le déiste, nouveau personnage du livre, se présente comme le bon controversiste. Encore faut-il que l'athée ait le droit de parler. On lui donnera donc la parole, alors que, comme on l'aura remarqué, nous ne savons pas ce qu'est le déisme.

L'athée propose dans la Pensée XV deux arguments. Le premier est de type gnoséologique, il porte sur ce qu'un esprit est en droit de croire. À supposer que Dieu n'existe pas, le monde n'est pas pour autant inintelligible, puisqu'il n'est pas plus difficile de concevoir l'éternité de la matière que l'éternité d'un esprit. Certes nous ignorons comment le mouvement de la matière a formé le monde, mais nous savons comment le mouvement le conserve. Il est donc plus raisonnable d'attribuer la formation du monde au mouvement de la matière, même si ce n'est qu'une hypothèse, qu'à un être qu'on ne conçoit pas mieux. Ce premier moment montre par la mise en concurrence de Dieu et de l'éternité d'une matière en mouvement, qu'on oppose deux hypothèses : Dieu est dans ce débat, organisé par le scripteur, une hypothèse cosmologique. Le second argument est de type moral et cherche à nier la Providence. Le mal est en effet incompatible avec cette dernière et aucune théodicée ne peut en rendre compte. Le système leibnizien de l'optimisme doit être écarté, car si le mal est la source ou l'occasion de manifester le bien, pourquoi a-t-il été impossible à la toute-puissance divine d'arriver au même but en employant d'autres moyens. Écho d'un vieil argument : Dieu est ou impuissant ou méchant. Si nous relions les deux arguments, on en conclut que Dieu n'apparaissant pas dans le monde moral, il serait surprenant qu'on l'aperçoive dans le monde physique, malgré l'apparente concession de l'athée : « si les merveilles qui brillent dans l'ordre physique décèlent quelque intelligence » – concession destinée à préparer la grande réponse du déiste (XX).

Le déiste annonce le thème de sa réplique à l'athée et significativement ne porte que sur le premier argument. Nous devons alors comprendre que l'acquis des Premières Pensées sur les passions, la morale et la religion ascétique est définitif : nul besoin d'invoquer la Providence si les hommes mènent une existence morale et heureuse, le mal est leur affaire. La réplique déiste s'adresse indirectement à l'athée et au matérialisme[1], et directement à des personnages qui ne font qu'une brève apparition et qui disparaîtront très rapidement, les métaphysiciens : « Les méditations sublimes de Malebranche et Descartes » sont incapables de convaincre les athées (XVIII). Nous verrons plus loin pourquoi. Le déiste se propose comme le bon adversaire et pour cela met en avant des « observations », des « découvertes » dues à la « physique expérimentale » et considérées comme « des preuves satisfaisantes de l'existence d'un être souverainement intelligent ». On doit remarquer qu'en insistant sur l'intelligence de Dieu, le déisme congédie l'idée d'un Dieu souverain, juge et tyran, moralement scandaleux, et devenu inutile au profit de la nouvelle image de la nature donnée par la science nouvelle. Et c'est sur celle-ci que s'appuie le déiste qui triomphe en affirmant que nous savons dorénavant que le monde est une machine. « Machine, roues, cordes, poulies, ressorts et poids », tous ces termes appartiennent au vocabulaire du « mécanisme » qui est un mode

---

1. Alors qu'il n'était question que d'athéisme, Diderot introduit subrepticement le matérialisme (XVIII) les confondant implicitement. La raison en est que l'athéisme, traditionnellement, ne concerne que le Dieu des théologiens et de la religion et les questions relatives à l'immortalité de l'âme et des récompenses et des punitions dans l'au-delà. Ce qu'on a appelé l'« athéisme spéculatif » était donc perçu en relation avec la destinée des hommes. Introduire le matérialisme et confondre les deux revient à déplacer l'athéisme du terrain théologique pour le situer sur le terrain philosophique des questions de l'ontologie générale (qu'est-ce que l'être ?) et de l'ontologie spéciale (qu'est-ce que le monde, qu'est ce que l'homme, son âme ? etc.). Ce faisant, l'athée matérialiste devient un interlocuteur intéressant pour le déiste.

d'explication de la nature qui se limite, à la suite de Descartes, à utiliser les notions de « grandeurs », de « figures » et de « mouvement »[1], pour rendre compte des phénomènes naturels. Les machines fabriquées par l'homme, en l'occurrence les montres et les horloges, servent d'images pour comprendre la mécanique infiniment plus complexe de l'univers et de ce qu'il contient. Mais de l'image, on glisse à l'analogie et on finit par trouver évident que toute machine supposant son artisan, le monde renvoie à Dieu, comme l'horloge à l'horloger.

À l'athée qui concevait le monde à l'aide de la seule matière en mouvement, le déiste peut opposer la découverte des « germes » dans la semence. En effet, si le développement du germe se fait mécaniquement, selon les lois de la physique, en revanche ces lois qui n'expliquent que les mouvements du développement sont inopérantes pour rendre compte du fait que le germe étant déjà formé, il contient en miniature et en puissance l'être qu'il va devenir. C'est la preuve que le mouvement ne s'exerce que dans une matière déjà formée (c'est le sens de l'expression assez obscure de la pensée XIX : « ses effets se terminent à des développements[2] »), plus précisément informée par ce qu'elle deviendra. Autrement dit, sans préformation ni préorganisation, la matière ne peut rien. Le mouvement n'est pas créateur, il faut donc un créateur et un concepteur. L'idée des générations spontanées doit être

---

1. Voir Descartes, *Principes de la philosophie*, IV, § 203, IX, p. 321.
2. C'est l'argument de Malebranche contre le *Traité de la formation du fœtus* de Descartes : « L'ébauche de ce philosophe peut nous aider à comprendre comment les lois du mouvement suffisent pour faire croître peu à peu les parties de l'animal. Mais que ces lois puissent les former et les lier toutes ensemble, c'est ce que personnne ne prouvera jamais », *Entretiens sur la métaphysique et la religion*, XI, § VIII, in *Œuvres*, II, édition de Geneviève Rodis-Lewis, Paris, Gallimard, 1992, p. 883 (cité in Jacques Roger, *Les Sciences de la vie dans la pensée française du XVIIIᵉ siècle*, Paris, Albin Michel, 1993, p. 337). Le texte de Descartes correspond à la IVᵉ partie de la *Description du corps humain*, XI, p. 252 et suiv.

écartée, comme l'a fait le savant italien François Redi
en 1668 [1]. Or cette doctrine est présupposée par l'athée
avec l'idée, rappelée par le déiste, alors que l'athée
l'avait négligée, « d'une agitation intestine » de la
matière. Enfin, il faut faire un pas de plus et admettre
que cette préorganisation de la matière vivante ne
résultant pas du hasard, sans quoi on concéderait ce
qu'on vient de refuser à l'athée, provient d'une intelligence et que la nature révèle l'existence d'un dessein
toujours agissant.

Il reste à convaincre l'athée matérialiste qui pose
aux raisonnements « métaphysiques » une question
importante : s'ils ne parviennent pas à dissiper les problèmes métaphysiques, c'est parce qu'ils offrent à la
pensée moins de certitude que n'en donne une
démonstration géométrique. On pourrait mettre en
avant les désaccords et les querelles incessantes entre
métaphysiciens, la succession des systèmes, l'invention de nouvelles doctrines pour résoudre les difficultés léguées par les prédécesseurs et le résultat, que
montre l'histoire de la métaphysique : la caducité de
leurs vérités, et le doute sur la capacité de la raison,
alors que la géométrie, la physique, l'astronomie
progressent et accroissent nos connaissances. Pour
amener l'athée à accepter la Pensée XIX, le déiste a
recours à un détour, à un argument *ad hominem*, c'est-
à-dire ni métaphysique ni géométrique. Cet argument
s'adresse au « sentiment physique ou moral » de son
interlocuteur (XVII), c'est-à-dire à la capacité subjec-
tive d'assentiment, indépendamment des arguments
doctrinaux déjà connus des uns et des autres. Il vise le
sentiment interne qui, par une évidence irrésistible,
juge, accepte, prononce. L'argument se déroule en
trois temps selon des degrés successifs et progressifs
de certitude. 1. Le déiste fait accepter à l'athée une

1. Francesco Redi (1626-1698), médecin, savant, poète ; après
avoir cru aux « générations équivoques », il en fit la critique, à propos des mouches, dans *Esperienze intorno alla generazione degl'insetti*
(1668).

thèse d'origine cartésienne : vous êtes convaincu que vous êtes un être pensant (premier degré de certitude car immédiate) et vous jugez qu'autrui l'est aussi parce que vous en avez la preuve indirecte par le fait qu'il parle (deuxième degré de certitude, mais médiate). 2. Si vous reconnaissez des signes d'intelligence dans une aile de papillon davantage que vous n'en reconnaissez chez autrui, et si vous passez de là à l'intelligence qui l'a conçue et créée, il faut accorder d'autant plus d'existence à celle-ci que vous n'en accordez à celle d'autrui : « il serait [...] fou de nier qu'il existe un Dieu que de nier que votre semblable pense ». Encore faut-il accorder que l'aile d'un papillon soit le signe d'une intelligence, ce que l'athée refusait implicitement dans la Pensée XV. 3. D'où le troisième moment qui fait intervenir l'argument *ad hominem*. L'athée ne peut pas ne pas convenir que la structure d'un insecte aussi minuscule qu'un ciron[1] manifeste infiniment plus « d'intelligence, d'ordre, de sagacité, de conséquence » qu'il ne s'en trouve dans les œuvres et les actions humaines, par exemple dans des ouvrages d'entomologie. « Le monde formé » prouve qu'il a fallu davantage d'intelligence pour le former, qu'il n'en faut pour l'expliquer. Un insecte renvoie à une intelligence et celle-ci est supérieure à l'intelligence d'un grand savant manifestée dans ses ouvrages, aussi génial soit-il comme Newton.

La preuve du déiste a une longue histoire et appartient aux preuves appelées *a posteriori*, ou par les effets[2], considérées comme plus faciles et plus populaires que la preuve ontologique. On les regroupe comme le fait Kant en deux catégories, les preuves cosmologiques et les preuves physico-théologiques. Les premières, partent du monde ou d'un objet du monde, considérés comme contingents, dépendants et

---

1. Exemple emprunté à Pascal, voir note 58.
2. Voir les analyses développées et précises de Bernard Sève, *La Question philosophique de l'existence de Dieu*, Paris, PUF, 1994 et Paul Clavier, *Qu'est-ce que la théologie naturelle ?*, Paris, Vrin, 2004.

conditionnés, pour remonter à Dieu comme être nécessaire, absolu et inconditionné Les preuves physico-
théologiques partent de la beauté et de l'ordre du
monde et essaient d'y montrer des signes d'un Dieu
artisan, intelligent et, éventuellement bienfaisant. Si la
première preuve repose sur la catégorie de causalité et
la nécessité logique d'arrêter la régression à l'infini, la
seconde fait fond sur celle de finalité et la nécessité de
rapporter les phénomènes à la réalisation d'un dessein. Toutes les deux essaient de satisfaire le principe
de raison suffisante, compris comme le principe qui
exige de rendre compte de ce qui existe et comment il
existe, nécessairement.

L'argument du déiste appartient à la catégorie des
preuves physico-théologiques. Mais il faut bien reconnaître qu'il est plutôt rapidement exposé et davantage
affirmé que vraiment élaboré. La raison en est que
Diderot sait que cette preuve est très populaire et que
l'essor des sciences expérimentales du vivant lui a
donné du lustre. Après Descartes et ceux qui refusent
les causes finales, le grand succès de cette preuve est
attesté par les titres des ouvrages qui paraissent à la fin
du XVIIe siècle et dans la première partie du XVIIIe :
*Théologie physique ou démonstration de l'existence et des
attributs de Dieu, tirés des œuvres de la création* de
Derham, *Théologie des insectes ou démonstration des per-
fections de Dieu dans tout ce qui concerne les insectes* et
Théologie des coquilles de Lesser, *Théologie de l'eau* de
Fabricius, *L'Existence de Dieu démontrée par les merveilles de la nature* de Nieuwentyt, *Le Spectacle de la
nature* de l'abbé Pluche, etc.

Tout en s'accordant avec la physique nouvelle, ces
sciences cherchent à rendre compte de la formation
du vivant sur laquelle butait la physique du XVIIe siècle.
Les diverses observations permises par les micros-
copes, les expériences de toutes sortes ont nourri de
nouvelles interrogations que le concept de finalité [1]
permet d'unifier. En un sens, la finalité interne des

---

1. Voir Colas Duflo, *La Finalité dans la nature de Descartes à Kant.*

corps vivants ou de leurs parties et organes, accessible à l'observation, signifie qu'un tout est organisé fonctionnellement, de sorte que les parties sont au service de son fonctionnement. Un corps ou un organe est constitué de parties qui conspirent à l'exercice de leur fonction : l'œil est fait pour voir. En un deuxième sens, qui découle de celui-ci, la finalité dit que cet accord de la fonction et de la disposition des parties ne peut être le résultat du hasard. Les raisons sont nombreuses, mais la principale est qu'un si parfait accord exige une explication rationnelle et que le hasard est irrationnel. Répondre par le hasard, c'est ne rien répondre du tout et laisser insatisfait un besoin de la raison [1]. Or on ne peut opposer au hasard que l'idée qu'un « dessein » a présidé à la formation de ce monde et de ce qu'il contient. Shaftesbury dans l'*Essai* distingue ce qu'il appelle le « théiste » et l'athée : « Croire que tout a été fait et ordonné, que tout est gouverné pour le mieux par une seule intelligence essentiellement bonne, c'est être un parfait théiste. Ne reconnaître dans la nature d'autre cause, d'autre principe des êtres que le hasard ; nier qu'une intelligence suprême ait fait, ordonné, disposé tout à quelque bien général ou particulier, c'est être un parfait athée [2]. »

Pour construire des preuves par la finalité, on dispose d'un avantage, puisqu'il suffit de voir, d'être attentif, de contempler la nature, pour être frappé par la beauté, la régularité, l'ordre, le perfection dans l'agencement et l'achèvement d'une chose naturelle, *a fortiori* si elle est vivante, si elle se reproduit. Tel est le point de départ auquel ces preuves appellent inlassablement. Elles font de la nature un spectacle et supposent qu'il provoque en nous un sentiment d'admiration. La nature éveille un « finalisme esthétisant », comme le dit Colas Duflo [3]. Mais, le plus intéressant

---

1. Nous négligeons le sens plus naïf de la finalité qui consiste à affirmer que les choses sont créées en vue de satisfaire nos besoins.
2. *Essai, op. cit.*, p. 32-33.
3. Voir Colas Duflo, *Diderot philosophe*, p. 68.

peut-être, est que ce type d'argument rencontre des réflexions de savants qui sont conduits à affirmer, comme Newton, que l'arrangement des planètes de notre système est inintelligible sans un dieu[1].

La critique de la finalité a plusieurs sources : elle peut se réclamer d'Épicure et Lucrèce (le monde est le résultat du hasard et les yeux ne sont pas faits pour voir), elle peut être de type spinoziste (le finalisme est une illusion), ou s'accorder avec le rejet baconien et cartésien de l'usage des causes finales dans la physique. Au XVIIIᵉ siècle, l'opposition décrite par Shaftesbury est reçue unanimement.

La réponse finale de l'athée : Pensée XXI

Manifestement, le déiste est très fier de son argumentation, mais elle ne peut convaincre l'athée puisqu'elle repose sur deux présupposés que ce dernier ne peut que refuser : la comparaison de l'aile de papillon à un ouvrage et la comparaison avec les œuvres d'un savant. On continue de faire comme si le monde était une « machine » (XVIII). Diderot fait tourner son lecteur en rond. Le déiste ayant exploité une concession rapidement faite par l'athée dans la Pensée XV : « je ne conçois pas comment le mouvement a pu engendrer cet univers », il revient à celui-ci de lever cette ultime faiblesse. C'est la fameuse Pensée XXI qui en est l'occasion. Elle est introduite curieusement par une concession et une hypothèse proposées par un nouveau déiste, professeur de philosophie, et dangereuses pour lui. La concession : le mouvement est essentiel à la matière, et non accidentel ou seulement inhérent ; l'hypothèse : que le monde résulte d'un jeu fortuit d'atomes. Il est vrai que le déiste l'écarte immédiatement, car il faudrait admettre que par analogie l'*Iliade* d'Homère résulte de « jets fortuits

---

1. Voir *Principia mathematica*, Scholie général, 2ᵉ édition, 1713, traduction de M.-F. Biarnais, Paris, Christian Bourgois, 1985, p. 113.

de caractères », ce qui est trop invraisemblable pour
être cru. Mais le déiste engagé depuis le début dans la
controverse avec l'athée sent le risque d'une telle
hypothèse. Un athée mathématicien, rompu au calcul
des probabilités, tiendra le raisonnement que voici.
Partons du principe général suivant : si une chose est
possible, je ne dois pas être surpris qu'elle soit réelle.
S'il y a une difficulté à concevoir le passage du possible au réel, on peut la lever en la compensant par la
quantité des essais, ici des jets des atomes. Un nombre
élevé mais fini de dés étant donné, je peux calculer le
nombre de coups qui amènera le nombre de six. De
même, avec un nombre fini de caractères donné, il
existe par le calcul un nombre fini de jets de caractères
qui finira par donner l'*Iliade*. Ce gain est augmenté
infiniment si on a un nombre infini de jets. Appliqué
au monde, on raisonnera ainsi : donnons-nous un
nombre infini d'atomes, multiplions, par la pensée,
autant de fois que nécessaire la rencontre fortuite des
atomes matériels doués de mouvement, donnons-
nous l'éternité du temps, la probabilité d'obtenir ce
monde et tout ce qui va avec par la combinaison de
rencontres d'atomes est peut-être très petite, mais
non nulle. Elle n'est pas impossible à concevoir :
« Donc si quelque chose doit répugner à la raison,
c'est la supposition que la matière s'étant mue de
toute éternité, et qu'y ayant peut-être dans la somme
infinie des combinaisons possibles un nombre infini
d'arrangements admirables, il ne soit rencontré aucun
de ces arrangements admirables dans la multitude
infinie qu'elle a pris successivement. » Ici se clôt le colloque du déiste et de l'athée matérialiste.

Quelles sont les raisons de ce brusque silence ?
Plusieurs hypothèses se présentent. Premièrement,
Diderot n'avait pas pour but principal de confronter
ces deux philosophes et de trancher en faveur du pre-
mier. Comme le montre la suite des *Pensées*, il semble
qu'il ait hâte d'en venir à l'avant-dernier groupes de
Pensées consacré à la critique du christianisme.
Deuxièmement, il est fort probable que ce silence est

la reconnaissance, consciemment orchestrée, que s'il n'y a aucun vainqueur dans ce dialogue, c'est que les arguments de l'athée convainquent peut-être mais ne persuadent pas et que ceux du déiste reposant sur l'argument *ad hominem* persuadent mais ne convainquent pas. Autrement dit, d'un côté on a une doctrine reposant sur des hypothèses plausibles et fondée sur un raisonnement formellement impeccable et qui convainc notre raison. Le modèle utilisé présente les avantages de son formalisme et de son abstraction. Mais, aussi séduisant et brillant que soit l'argument des « jets », il violente trop l'entendement commun et l'expérience naturelle et spontanée du monde pour être admis par des personnes qui cherchent des preuves sensibles d'une démonstration de Dieu. L'argument de l'athée exige une mise en suspens des sentiments d'admiration, la réduction de l'étonnement devant ce qui paraît étrange et un décentrement du point de vue sur le monde : non pas à partir de l'homme, mais du haut d'une intelligence qui voit les atomes se rencontrer dans l'immensité du vide. De l'autre côté, il nous est proposé une preuve qui reste proche de nos expériences esthétiques d'une nature offerte à nos regards admiratifs, et qui affirme se renforcer par les découvertes des sciences : elle assurerait l'accord du sentiment et des théories scientifiques. Mais l'argument finaliste du déiste accepte trop vite que le monde soit un spectacle dont les hommes s'émerveillent et dont ils tirent des signes de l'existence du divin : cette sémiologie naïve, nourrie de livres célébrant les merveilles de la nature, construisant une théologie des insectes, évoque le Psalmiste pour qui les cieux célèbrent Dieu (*Coeli enarrant*). L'impossible synthèse de la persuasion du sentiment et de la conviction de l'entendement conduit à la conclusion provisoire suivante : on ne peut démontrer ni l'existence de Dieu, ni sa non-existence. Diderot veut peut-être dire alors que ce n'est pas sur un plan théorique que cette question doit être posée pour l'instant. Il n'empêche qu'en semblant laisser le dernier mot à l'athée, il donne l'impression que le déisme est moins fort qu'il ne le proclamait et l'athéisme une philosophie redoutable. Mais l'instant est à la critique de la Révélation et des dogmes chrétiens.

Le scepticisme : Pensées XXII-XXVI

Une rupture intervient alors, puisque, dorénavant, c'est du scepticisme [1] qu'il va être longuement question (XXII-XXXVI), après la Pensée XXII qui classe trois types d'athées et la pensée XXIII qui pose, pour la première fois, la question du fondement des valeurs morales. Trois problèmes sont soulevés dans ces Pensées. Une fois posé une distinction entre scepticisme et pyrrhonisme, on montre que le fait d'examiner, de compter et de peser les raison de croire fournit un bon critère pour parvenir à des certitudes raisonnables (XXIV, XXX, XXXI). Deuxièmement, on examine les questions des conditions psychologiques et morales du scepticisme (comment vivre sereinement tout en étant dans l'indécision ? XXVII et XXVIII). Troisièmement, on dénonce un usage du scepticisme qui le met au service de la foi (XXXIV). Cet ensemble de Pensées consacré au scepticisme ne soulève pas de difficultés particulières. Certes, en traitant du scepticisme et en défendant l'une de ses formes, Diderot arpente un terrain sinon dangereux, du moins fortement polémique. Après le déisme et l'athéisme, le scepticisme a longtemps fait l'objet d'approches méfiantes chez certains théologiens. On comprend pourquoi, si par scepticisme on comprend cette philosophie qui, depuis la Nouvelle Académie dans l'Antiquité, à la suite de Carnéade, est une arme de guerre contre les philosophies dogmatiques et, plus largement, contre tout dogme philosophique ou religieux. Le danger du scepticisme est de ne pas fixer de limite *a priori* à ses enquêtes : il repose donc sur un refus de

---

1. Voir Jacques Chouillet, « Le personnage du sceptique dans les premières œuvres de Diderot (1745-1747) ».

principe de toute autorité intellectuelle ou spirituelle.
Sans doute, il a existé un courant sceptique fidéiste, le
scepticisme attentif à analyser les faiblesses de l'esprit
humain se révélant une propédeutique idéale pour
disposer à la croyance et la foi[1]. Dans ce cas, le scepticisme se révèle être une aide inestimable pour l'apologétique tirant partie des controverses et des difficultés
des philosophes « dogmatiques ». Du coup le scepticisme fidéiste est aussi un antidote à cet autre aspect
du scepticisme qu'est sa méthode d'examen critique.
Là où le premier s'empresse d'arrêter les prétentions
de la raison dogmatique, le second s'efforce d'étendre
son champ d'application. L'enjeu est alors le suivant :
y a-t-il des objets, des types de vérité qui doivent se
soustraire à la raison *de jure* ? La Pensée XXXIV
dénoncera ce qu'elle appelle un « semi-scepticisme »
qui recule devant les conséquences de son enquête
comme s'il existait des « notions privilégiées » « placées dans un recoin de sa cervelle, comme dans un
sanctuaire dont il n'ose approcher ». Les choses sont
finalement assez simples. Diderot, sur la foi d'une
représentation inexacte et caricaturale de Pyrrhon,
fondateur de l'école sceptique, tient à distinguer le
vrai sceptique du pyrrhonien[2]. Il incarne d'abord ce
qu'on pourrait appeler une éthique de la pensée qui
lui permet d'éviter de céder à la pente de « la suffisance dogmatique » (XXIV). En ce sens le maître est
Montaigne. Deuxièmement il est une méthode consti-
tutive de la raison même puisqu'il est cet exercice par
lequel, toute certitude étant mise en doute, la raison

---

1. Un bon exemple en est donné par Pierre Daniel Huet, évêque
d'Avranches, dans le *Traité philosophique de la faiblesse de l'esprit
humain*, Hildesheim, New York, Georg Olms Verlag, 1974 [1723].
Ce livre est une défense argumentée, surtout par l'histoire de la philosophie, de la supériorité du scepticisme sur toute autre philosophie.
Voir également Richard H. Popkin, *Histoire du scepticisme d'Érasme à
Spinoza*, traduction de Christine Hivet, Paris, PUF, 1995.
2. Pierre Daniel Huet réhabilite Pyrrhon et efface la distinction
entre sceptiques et pyrrhoniens. Il relève malicieusement que « les
philosophes qui font profession de douter, aiment mieux passer
pour Académiciens que pour pyrrhoniens » (chapitre XIV, p. 150).

tire d'elle-même les critères de la vérité, c'est-à-dire de son assentiment, « des raisons de crédibilité » (XXIV). En ce sens, le maître, non nommé, est, parmi les Modernes, le Descartes de la première des *Méditations métaphysiques*. Mais considéré comme préalable à l'acceptation de la vérité (XXI), le scepticisme n'est qu'une étape. On comprend que le groupe suivant des *Pensées* s'efforce de soumettre à l'épreuve de ce scepticisme méthodique la religion chrétienne, la Révélation et les dogmes. En outre, cette présentation élogieuse vaut comme revendication des droits de la conscience errante : en effet si je cherche de bonne foi la vérité, en l'absence de garants extérieurs comme la tradition, le consentement universel et les autorités scripturaires, il va de soi que je peux me tromper et que mes erreurs ne sont donc imputables ni à ma volonté mauvaise, ni à mon opiniâtreté, ni à une infirmité constitutionnelle de mon esprit (XXIX). Ici, le maître est Bayle qui dans les *Pensées sur la comète* définit « les droits de la conscience erronée »[1].

On se demande quand même ce que vient faire ici ce personnage du sceptique. En effet, lorsque la Pensée XXII distingue trois classes d'athées, elle fait état, à côté des vrais athées et des athées « fanfarons »[2], d'une curieuse catégorie, les athées sceptiques : ceux-ci ne savent pas quoi penser de l'existence de Dieu. On se demande pourquoi les appeler *athées* sceptiques et pas sceptiques tout court, ce qui leur conviendrait mieux : en effet un sceptique est sur la question de Dieu aussi peu décidé que ne l'est cette catégorie d'athée sceptique. En outre, l'expression d'athée sceptique est une sorte d'oxymore, au point qu'on se dit que ce personnage est un parasite dans la classification des athées. Finalement il ne reste que des athées vrais (les « fanfarons » sont exclus du colloque), des déistes et des sceptiques. Mais nous savons que c'est

---

1. Pour les références, se reporter à la note *infra* correspondant à la Pensée XXIX (note 81, p. 118).
2. Voir note 67 des *Pensées*.

le déisme qui peut faire contrepoids à l'athéisme (XIII)
et, indirectement, remplacer avantageusement le Dieu
des dévots. Notre question revient : à quoi sert le
scepticisme ? La réponse est que la tâche du déiste
n'est pas achevée : il lui reste encore à s'attaquer à la
religion, et pas seulement à son Dieu absurde et terrifiant et à la superstition. Or ce travail pourrait être pris
en charge par l'athée. En effet, une fois Dieu, la providence et l'intelligence ordonnatrice du monde éva-
cués, c'est tout l'édifice de l'Église et de la religion qui
est fragilisé. Mais précisément la critique athée ne
serait alors qu'une critique externe, adressée de l'extérieur à la Religion, à partir d'axiomes radicalement
différents. Il est évident qu'elle n'aurait aucune chance
d'être efficace et s'exposerait aux rigueurs de la
répression. Elle raviverait les querelles et rejetterait
chacun dans son camp au sein du champ de bataille
théologico-philosophique sur des sujets précaires,
comme l'existence de Dieu. C'est pourquoi le sceptique est utile, qu'il peut être envoyé en première
ligne, sans être suspecté de défendre les opinions
d'une secte honnie. Si cette hypothèse est juste, le
sceptique ne serait pas tant le masque de l'athée, que
son avant-coureur, s'il est vrai que sa critique se révèle
efficace. Mais il est aussi l'allié du déiste pour qui il va
préparer le terrain de la « religion naturelle ». L'athée
n'ayant pas été désarmé, restent finalement comme
seules postures philosophiques que l'athéisme matérialiste et le déisme.

Apparemment, ils sont dans une position respectivement décalée et inégale. Que manque-t-il à l'athée ?
On pourrait penser, sur la foi de la Pensée XXIII, que
sa morale manque de fondement. Mais la même
Pensée explique qu'il peut se conduire finalement ver-
tueusement car il craint les lois, qu'il peut bénéficier
d'un bon tempérament et qu'il connaît « les avantages
actuels de la vertu ». Traduisons : il connaît mieux que
les croyants les avantages qu'il y a ici-bas, dans la
société, à être vertueux, alors que ceux-là se rapportent aux avantages *futurs* de la vertu, tout en étant ter-

rifiés par la prédestination. Et comme on l'a vu, nombreux sont ceux qui sont animés par des passions tristes qu'ils mettent au service d'une opinion superstitieuse de leur Dieu. Enfin, si en principe croyants et incroyants ou athées sont soumis aux lois, l'histoire montre que les chrétiens sont turbulents et qu'ils fomentent des troubles (XLII et XLIII). Quant au déisme, sa morale repose sur une doctrine de la nature humaine exposée dans les premières Pensées qui, si on la rapporte à l'*Essai*, pose que la vertu est indépendante de Dieu et de la religion, en quoi il se rapproche de l'athée, ou du moins ne s'y oppose aucunement. Il y a même quelque chose d'intrigant quand on se demande à quoi sert Dieu pour le déiste. Ses preuves par la finalité n'avaient de sens que pour faire barrage à l'athée. On a vu l'échec de la tentative. Du point de vue moral, Dieu semble n'être justifié que comme un « artifice éducatif », comme dit Laurent Jaffro[1], par lequel le bon père de famille apprend à son enfant qu'il est observé par un spectateur, bienveillant, qui apparemment n'intervient pas, ni ne punit ni ne récompense (XXVI). Le déiste a-t-il seulement besoin de Dieu ? Son Dieu n'est-il pas réduit à sa plus simple expression ? Son extension (voir l'appel à « élargir » Dieu dans la Pensée XXVI) s'accompagnerait d'une compréhension inversement riche et profonde.

Une nouvelle question surgit alors : à quoi sert le déiste dans l'économie des *Pensées* ? Il représente ce qui peut être satisfaire le besoin de religion sous le nom de « religion naturelle ». Il est une position dont la fonction est d'affaiblir la religion plus efficacement que ne le ferait l'athée. Mais auparavant, les *Pensées* auront passé au crible de la critique la religion chrétienne. La Pensée XXXVI propose d'appliquer à toutes les religions la démarche sceptique, la Pensée XXXVII le justifiant par le devoir qu'a chacun d'examiner sa religion.

---

1. Voir « Diderot : le traducteur… », *op. cit.*, p. 215.

Critique de la révélation : Pensées XXXVIII-LX

L'important groupe de Pensées suivantes prend comme cible le système de la Révélation que le christianisme met en avant pour justifier son gouvernement des esprits et fonder les croyances et les opinions. Il l'oppose au droit de la pensée rationnelle et critique. Sont ainsi passés en revue, souvent entrelacés, les martyrs et le martyrologue comme preuves insuffisantes de la vérité d'une religion (XXXVIII-XL), les miracles et les prophéties (XL-XLI, XLV-LV), la, preuve par les martyrs à nouveau (XL, LV), le caractère divin des Écritures et les conditions de leur rédaction (XLIV-XLV, LX), les dogmes de la transsubstantiation (LVI) et de la Trinité (LIX), la résurrection et l'ascension du Christ (XLIV) et la valeur des témoignages (L-LV). Deux Pensées soutiennent la nécessité que le pouvoir politique contrôle le surgissement d'un nouveau culte et les désordres qu'il entraîne (XLII) : il est rappelé que le christianisme s'est institué en créant des troubles (XLIII) auxquels le vertueux et philosophe empereur Julien avait répondu avec fermeté et tolérance. Ces Pensées montrent tout d'abord l'inscription de Diderot dans une longue tradition antichrétienne. Elles ont essentiellement une valeur historique. Cependant deux points sont à souligner. On peut être surpris par la place accordée par Diderot à la critique des miracles. Sa caractéristique n'est pas tant de nier les miracles que de s'interroger sur leur crédibilité : il faut dévoiler les mécanismes qui les ont rendus recevables. Elle porte d'abord sur les miracles effectués par le Christ et sur tous ceux que la Révélation met en avant. Elle s'étend ensuite sur un phénomène qui était encore vivace en 1746, les miracles qui se sont produits sur la tombe du diacre janséniste Pâris, en 1727 et qui a donné lieu au mouvement des « convulsionnaires »[1]. Or si l'Église veille jalousement sur le trésor

---

1. Voir notes 95, 100, 139 et 144 des *Pensées*.

des miracles des premiers temps, en revanche elle est beaucoup plus circonspecte à l'égard des miracles plus récents et contemporains de Diderot. C'est ainsi que les jésuites, le Parlement de Paris, des dignitaires religieux avaient condamné les miracles des convulsionnaires. Les jansénistes qui les soutenaient et les défendaient, ont mis en œuvre un arsenal d'analyses et d'authentifications qui prouvait qu'il n'allait pas de soi qu'il puisse y avoir encore des miracles à Paris au milieu du XVIIIᵉ siècle. En réalité, Diderot se sert de cette critique non seulement pour éprouver la méthode de l'enquête sceptique, mais pour défendre une doctrine rationaliste du jugement : « Je suis plus sûr de mon jugement que de mes yeux » (L) ; « Lors donc que le témoignage des sens contredit ou ne contrebalance point l'autorité de la raison, il n'y a pas à opter : en bonne logique, c'est à la raison qu'il faut s'en tenir » (LII). Cette doctrine étant placée sous le patronage de saint Augustin et de la *Logique de Port-Royal*, elle est donc inattaquable par les dévots. Mais comme nous savons que l'exercice sceptique de la raison apprend à distinguer des degrés de vérités et d'assentiment, Diderot pose alors la question des « sentiments » (LIV) de ceux qui affirment apparemment de bonne foi avoir vu des miracles ou croire ceux qui rapportent en avoir vu. Il faut comprendre par là que la croyance aux miracles dépend des attentes préconçues qui déterminent la perception : « ceux qui voyaient là des miracles étaient bien résolus d'en voir » (LIII). Et nous découvrons que pour Diderot, le plus intéressant n'est pas de s'acharner à nier la réalité des miracles – question qui ne fait aucun doute pour lui – mais d'analyser la psychologie et la gnoséologie, pour employer des termes actuels, de la conscience croyant aux miracles. C'est ainsi que dans la Pensée LIV, il ne conteste pas que des hommes aient vu des miracles ni qu'on ait pu les rapporter avec « toute l'authenticité possible ». Ce qui importe c'est que si ce sont tous des hommes de bonne foi, alors ce qui est en cause et qui doit être examiné ce sont leurs « sentiments » et l'interférence de ceux-ci avec leur jugement. Diderot est

donc conscient de la fragilité de la raison humaine, de
sa facilité à donner du crédit à des faits surnaturels.
Même s'il ne s'étend pas beaucoup sur ce point, il fait
incontestablement preuve d'originalité et de perspica-
cité, en ne versant pas au compte d'une foi aveugle et
bornée les croyances aux miracles. Il suggère peut-être
que les croyances relèvent de la raison, puisqu'elle n'est
pas si aisément séparable des « sentiments ». Nous ne
sommes pas très loin de l'idée humienne selon laquelle
nos raisons sont des sortes de croyances.

La religion naturelle intronisée par le déisme : Pensées LXI et LXII

Enfin, les *Pensées* mettent en scène le combat des
religions et des philosophies (déisme, scepticisme,
athéisme) pour sembler faire pencher la balance que
tient le sceptique, promu comme arbitre, en faveur du
christianisme (LXI). Et, curieusement, c'est un argument déiste qui consiste à faire avouer à tous les religionnaires que, hormis la leur, la vraie religion est la
« religion naturelle », qui vient achever le livre. Ces
deux dernières Pensées sont plutôt surprenantes.
D'abord on a du mal à voir le lien qui les unit, puisque
selon la première le christianisme sort vainqueur du
test du sceptique, donc contre le déiste et l'athée. Et
d'après la seconde, c'est le déiste qui sort de son cha-
peau la « religion naturelle ». On peut relever que le
point commun aux deux Pensées est de mettre fin à la
guerre des religions et des philosophies. Elles apparaissent ainsi comme des solutions aux combats religieux et aux querelles philosophiques. Il semble que
sur ce dernier point sont oubliés les épisodes précédents où le déiste et l'athée avaient trouvé un *modus
vivendi* raisonnable et pacifique : ils n'avaient aucune
raison de se quereller, surtout s'ils n'avaient plus rien
à se dire sur Dieu. Dans la Pensée LXI, le sceptique
réapparaît et reprend l'initiative (LXI) pour peser
dans la balance de ses raisons d'un côté les chrétiens,
de l'autre les trois religions monothéistes, mais aussi

les athées que les déistes. On a du mal à comprendre
que le déiste soit rejeté dans l'arène des combats, alors
qu'on pouvait penser que sous la couverture du sceptique il avait avancé jusqu'à la critique du christianisme dont il ne restait plus rien. « Après de longues
oscillations, [la balance] pencha du côté chrétien, mais
avec le seul excès de sa pesanteur, sur la résistance du
côté opposé. Je me suis témoin à moi-même de mon
équité. Il n'a pas tenu à moi que cet excès m'ait paru
fort grand. » Que signifie cette victoire du « côté
chrétien » ? Le *je* qui parle, le sceptique, comme il
l'avoue lui-même, n'a pas influé sur la pesanteur
finale, autrement dit il n'a pas favorisé le chrétien.
Mais c'est que sa victoire dépend aussi de la résistance
moindre des autres. Cela revient à dire que le chrétien
ne l'emporte pas parce que sa religion est plus vraie
que les autres, mais parce que les autres sectes religieuses et philosophiques pèsent relativement moins,
sans doute parce qu'elles s'affrontent entre elles. Et si,
pour simplifier les choses, on ne retient d'un côté que
les déistes et les athées, de l'autre les chrétiens, et si on
exclut de ceux-ci les dévots, les théologiens et les
superstitieux et autres fanatiques, en définitive la
balance se ramène à d'un côté déistes et athées et de
l'autre peu de chose en vérité : des chrétiens tellement
épurés qu'ils ressemblent à des déistes. Et encore la
pesée a longuement oscillé, dit le sceptique. On comprend pourquoi si on trouve des déistes des deux
côtés. Seulement l'un est engagé dans sa dispute avec
l'athée, l'autre ne s'en préoccupe pas.

   C'est pourquoi il peut reprendre l'initiative dans la
dernière Pensée. Si on écarte l'hypothèse que Diderot
aurait voulu dans la Pensée LXI favoriser les chrétiens
en général et se livrer à une hypocrisie comme dans la
Pensée LVIII[1], il faut lire la pensée qui suit pour comprendre ce qu'il veut dire. À notre grande surprise,

---

1. « Je suis né dans l'Église catholique, apostolique et romaine ; et
je me soumets de toute ma force à ces décisions. » Voir note 160 des
Pensées.

c'est le déiste qui revient pour proposer un argument destiné à dépasser la diversité des religions engagées dans une compétition. Si on demande à toutes les religions laquelle l'emporte sur toutes les autres, chacune se donnerait la première place. Mais si on leur demande laquelle elles placeraient en second, alors elles répondraient que c'est la « religion naturelle » ou le « naturalisme ». « Or ceux […] à qui l'on accorde la seconde place d'un consentement unanime, et qui ne cèdent et ne cèdent la première à personne, méritent incontestablement celle-ci. » La supériorité du naturalisme est ainsi indirectement établie par l'aveu de toutes les religions, grâce à un *consensus gentium* original. Que signifie cette promotion de la « religion naturelle » ? C'est l'idée qu'il existe une base commune et minimale d'opinions et de croyances dont toutes les religions positives existantes seraient des excroissances plus ou moins déformées et dégénérées. Ce fonds commun se réduit à la croyance en un Être suprême, artisan de la nature, qui nous demande, comme seul culte, de pratiquer la vertu, d'accomplir nos devoirs envers les autres et envers lui et de l'honorer pour ses bienfaits[1]. Le déiste qui propose la religion naturelle aux religions existantes sort du champ philosophique : il ne s'adresse pas aux philosophes ; en fait, comme on l'a vu, il ne reste que des athées. Cela veut-il dire que ces derniers ne sont pas concernés par la religion naturelle ? Imaginons que les religions reconnaissent la religion naturelle comme étant leur vérité : après s'être dépouillées de

---

1. La notion de religion naturelle est une notion très plastique qui a connu des variations depuis son origine que l'on peut faire remonter à Cicéron. Elle manifeste à travers son histoire une exigence de paix et de tolérance religieuse, moyennant la recherche d'un credo minimum qui satisfasse la raison et le sentiment qui ne peuvent s'opposer. Elle est inséparable de la pratique des vertus sociales de bienveillance. Elle se présente comme la religion universelle, originaire pour certains, enfouie dans les religions existantes. La question se pose néanmoins de savoir si elle est accessible à tous les hommes ou aux seuls sages. Pour une présentation détaillée, voir Jacqueline Lagrée, *La Religion naturelle*.

leurs formes instituées, non seulement elles mettent fin à leurs guerres saintes, mais elles cessent de persécuter les déistes dont le Dieu est compatible avec celui du naturalisme, elles accueillent le sceptique qui a contribué, peut-être, par ses critiques à leur ouvrir les yeux. Reste donc l'athée. On doit penser que la religion naturelle ne concernant que les religions laisse, au nom d'une conception positive de la tolérance, les athées aller en paix et gagner leur tranquillité, à défaut de leur salut, comme il leur plaît. À défaut de salut, puisque justement la religion naturelle est muette sur ce point.

LES *PENSÉES* : UN COLLOQUE PHILOSOPHIQUE

Quelle est la thèse fondamentale des *Pensées* ? Qu'est-ce que Diderot a voulu entreprendre ? La réponse n'est pas simple. Certes, le déiste a sinon le dernier mot, du moins la dernière initiative. Et le sceptique se montre un allié utile du déiste. Enfin, l'athée est une figure philosophique imposante et brillante. Comment relier toutes ces positions ? Celle de l'athée demeure hétérogène à toutes les autres, comme le confirment les difficultés pour le faire embrasser la religion naturelle. La réponse que nous proposons est double, elle porte sur la place de l'athée et sur le dispositif des *Pensées*.

Concernant ce dernier point, il faut être attentif au fait que Diderot a mis en place un espace de discussion, de controverse qu'on peut appeler l'espace du colloque entre l'athée, le déiste et le sceptique. Pour y parvenir il a fallu éliminer les dévots, les superstitieux, les fanatiques et les métaphysiciens : querelleurs, fauteurs de conflits interminables, ils rendent impossible la communication philosophique qui suppose la paix. Une fois ces personnages écartés, il était enfin possible de décrisper en quelque sorte le vrai débat philosophique et d'en énoncer les termes : le monde est-il créé, manifeste-t-il un « dessein », est-il le lieu d'un ordre, d'une régularité intelligents, pouvons-nous croire en la providence, ou bien ce monde est-il le résultat d'une combinaison aléatoire d'atomes qui ne manifeste nul sens ni aucune providence ? Le plus important n'est pas qu'on ne sache pas très bien en faveur de qui penche Diderot. Ce qui compte c'est qu'il a créé les conditions du débat et laissé chacun développer ses arguments sans s'identifier à aucune des positions. En réalité, comme on l'a vu, c'est surtout l'athéisme qui a eu l'avantage et l'honneur de voir ses arguments exposés à trois reprises (XV, XX et XXI). Le résultat produit par les *Pensées* est de normaliser l'athéisme, de le rendre sinon acceptable, du moins audible. Avant que La Mettrie ne proclame fièrement dans le *Discours préliminaire* de 1751 « Mais écrire en philosophe, c'est enseigner le matérialisme[1] ! », Diderot a su lui aménager un espace d'expression et d'interlocution : aux adversaires d'affûter leurs objections. Mais il a aussi très tôt eu conscience du problème de l'athéisme matérialiste : il développe une hypothèse tout aussi spéculative que celle du déisme, mais qui est trop éloignée du sens commun pour être acceptée. Il lui manque de pouvoir s'appuyer sur un argument *ad hominem*. Significativement, Rousseau exposera les fortes réticences du « sentiment interne » à être convaincu par l'hypothèse des jets, réticences qui vont jusqu'à son refus complet[2]. C'est pourquoi les deux œuvres (la *Lettre sur les aveugles* et *Le Rêve de d'Alembert*) dans lesquelles cet athéisme est exprimé à nouveaux frais ont recours à des artifices littéraires, à des mises en scène où c'est toujours dans un état d'extase ou de délire que des personnages sont en proie à des visions, comme si pour donner du crédit à

---

1. La Mettrie, *Discours préliminaire*, édition d'Ann Thomson, *Materialism and Society in the Mid-Eighteenth Century : La Mettrie's Discours préliminaire*, Genève, Librairie Droz, p. 215.

2. Voir *Lettres* à Voltaire du 18 août 1756 et à M. de Franquières du 25 mars 1769, ainsi que la *Profession de foi du vicaire savoyard*, dans l'*Émile*, L. IV, in *Œuvres complètes* IV, Paris, Gallimard, 1969, successivement p. 1071, 1139 et 579.

cette hypothèse il fallait que les sens, le corps et la pensée fussent placés dans un état anormal, voire pathologique : façon de faire comprendre qu'il est nécessaire pour exposer ce matérialisme-là de modifier les perceptions et d'élargir les cadres de l'imagination et de l'entendement, de sortir de l'anthropocentrisme naïf dénoncé dans ces deux œuvres comme « sophisme de l'éphémère » : croire que l'histoire du monde se modèle sur les paramètres de la nôtre : « Vous jugez de l'existence successive du monde, comme la mouche éphémère de la vôtre. Le monde est éternel pour vous, comme vous êtes éternel pour l'être qui ne vit qu'un instant », dit l'aveugle Saunderson au révérend Holmes [1].

D'autre part, les *Pensées* montrent que le déiste a une place centrale dans le colloque philosophique. C'est pour lui qu'il a été constitué. Instruit des sciences expérimentales récentes, il apporte du crédit au vieil argument de la théologie naturelle et renforce l'argument téléologique : il peut se présenter ainsi comme l'allié des apologistes éclairés qui faisaient reposer sur le thème du « dessein » [2] dans la nature, la croyance en Dieu, débarrassée du coup des superstitions de la dévotion et des cris des fanatiques. Accom-

---

1. *Lettre sur les aveugles*, édition de Marian Hobson et Simon Harvey, Paris, GF-Flammarion, 2000, p. 63. Cet argument est une reprise de la prosopopée des roses de Fontenelle : « Nous avons toujours vu le même jardinier, de mémoire de rose on n'a vu que lui, il a toujours été fait comme il est, assurément il ne meurt point comme nous, il ne change seulement pas », *Entretiens sur la pluralité des mondes*, cinquième soir, édition de Christophe Martin, Paris, GF-Flammarion, 1984, p. 154. Voir l'article de Véronique Le Ru, SOPHISME DE L'ÉPHÉMÈRE, in *L'Encyclopédie du Rêve de d'Alembert de Diderot*, Sophie Audidière, Jean-Claude Bourdin, Colas Duflo éditeurs, Paris, CNRS-Éditions, 2006.

2. Parmi ceux qui ont fait usage de la notion de « dessein », signalons le père Tournemine qui en fait état dans sa critique de Spinoza, dans les *Réflexions sur l'athéisme* (1713), publiées à l'origine comme une préface à la *Démonstration des preuves de l'existence de Dieu* de Fénelon (1713). Cité par Jonathan. I. Israel, *Les Lumières radicales*, traduction de Pauline Hugues, Charlotte Nordmann et Jérôme Rosanvallon, Paris, Éditions Amsterdam, 2005, p. 70.

pagné du sceptique, il se propose d'introduire dans
la religion les exigences de la rationalité et ainsi de
l'amener à être la religion des temps modernes, celle
qui consone avec les découvertes scientifiques et qui
fait sienne les nouvelles formes de la conviction sub-
jective assises sur l'analyse de la certitude et des motifs
de croire. Le déiste propose au christianisme l'épu-
ration de ses croyances, l'abandon de ce qui dans sa
Tradition est incompatible avec la nouvelle raison. Le
résultat sera une forme originale et indolore de disparition, par son alignement ou sa proximité avec la religion naturelle. Celle-ci apparaît alors comme ce qui
dans chaque religion, et singulièrement dans le christianisme, joue le rôle de « pierre de touche » de leur
vérité, de norme par rapport à laquelle elles peuvent
mesurer ce qui les en sépare encore : leurs institutions
de pouvoir, leurs dogmes, etc. La critique sceptique
reste donc toujours ce à quoi une religion doit
accepter de se soumettre si elle veut entrer dans le
concert des sectes que rend possible la religion naturelle.

Reste l'athée inintégrable. Il a face à lui deux
adversaires : le déiste et le sceptique. Cela n'est pas dit
dans les *Pensées*, mais on peut facilement l'affirmer car
on ne voit pas comment ses certitudes ontologiques et
ses hypothèses pourraient résister au doute. Mais le
sceptique n'est pas la figure ultime du livre : il est,
nous l'avons vu, l'allié du déiste contre la religion et
un rempart contre l'assurance dogmatique. En tant
que tel, il ne représente pas une position philosophique autonome pour Diderot. Restent finalement
face à face l'athée et le déiste. Mais là encore les
choses ne sont pas simples. Laissons de côté leur
débat philosophique sur la cosmologie et le sens de
l'univers. Il reste au déiste la morale : la vertu est
agréable à l'homme, elle est le résultat d'une raison qui
reconnaît en l'homme l'existence d'un sentiment du
Bien et qui harmonise les passions humaines. Or
l'athée peut être vertueux, il a existé des païens vertueux comme l'empereur Julien et, à la vérité, le

déiste ne fait pas dépendre les vertus de Dieu, mais de la raison et des sentiments des hommes. Si on se demande à quoi sert le déiste, son utilité est dans sa capacité de s'adresser aux religions, puisqu'il n'en professe aucune en particulier, et de leur rappeler qu'elles participent toutes de la religion naturelle, celle que précisément seul le déiste est en état de définir et de leur proposer comme projet pour, en revenant à leur vérité, mettre fin à leurs guerres. Mais une fois la religion naturelle devenue religion universelle, à quoi servira encore le déisme ? En revanche, l'athéisme et le matérialisme peuvent penser avoir encore de beaux jours devant eux, puisque la raison humaine éprouve le besoin impérieux de spéculer.

Proposons pour terminer cette introduction une hypothèse concernant les buts recherchés par Diderot dans ce livre. Ils sont au nombre de quatre : les *Pensées philosophiques* mettent en place 1) un espace philosophique pacifié ; 2) une stratégie critique ; 3) un tribunal de la raison ; 4) un traité de paix religieuse.

1) Les dévots, les superstitieux et les théologiens étant mis à l'écart pour cause d'intolérance et de faiblesse théorique, il est possible d'ouvrir un espace de discussion où des athées et des déistes de bonne compagnie peuvent dialoguer : le mot de colloque pris dans son sens ancien correspondrait assez bien à ce lieu qui n'est pas si imaginaire si on songe aux académies privées ou au café Procope. On y parle pour le plaisir de s'instruire, librement, sans chercher à l'emporter, puisque les sujets graves sont indécidables. La raison seule ne suffit pas à départager les opinions, les hypothèses avancées reposent sur des croyances qui renvoient peut-être à des tempéraments différents : l'enthousiasme devant la beauté des phénomènes, la froideur des raisonneurs « redoutables ». Il faut donc laisser aller le désaccord, accepter qu'il y a dans la pensée de l'hétérogénéité, de l'irréductibilité. Telle est aussi la raison du silence du déiste après la fameuse Pensée XXI.

2) Le colloque accueille le sceptique méthodique pour organiser une alliance stratégique contre la religion chrétienne. L'athée peut y voir aussi un allié utile, mais son matérialisme y verrait une faiblesse. Mais face aux religions, le scepticisme permet de dégager un critère rationnel pour peser les raisons de croire et d'adhérer aux vérités de la Révélation.

3) La raison se constitue en un tribunal de toutes les religions révélées et sape systématiquement ses fondements.

4) Le déiste, pouvant arguer de sa bonne foi (il n'est pas athée, son allié sceptique est certes exigeant, mais impartial), propose un traité de paix religieuse en ramenant les religions à la religion naturelle, véritablement universelle.

Ainsi, en apaisant le champ philosophique et les querelles théologiques, Diderot faisait place nette pour continuer de penser et de travailler, libéré d'interminables et souvent violentes querelles. Il est temps pour lui de s'occuper de l'*Encyclopédie*, des sciences naturelles, de la morale, du théâtre, de la critique d'art, de la politique, de l'histoire…

Jean-Claude BOURDIN.

REMERCIEMENTS

Merci à tous ceux qui ont pris le temps de me donner un renseignement, de m'indiquer une source, de m'éviter des erreurs. Le travail mené dans le cadre du groupe sur *Le Rêve de d'Alembert* a laissé des traces dans ce présent ouvrage. Ma reconnaissance va à tous les participants de cette aventure, sans qui ma lecture de Diderot ne serait pas ce qu'elle est.

Merci tout particulièrement à Véronique Le Ru, Françoise Weil, Alain Gigandet et Alain Sandrier. Malgré l'aide de Thierry Hocquet, de Christophe Martin et de Jean Renaud pour la note 25, mes recherches se sont révélées vaines. Mais leurs informations m'ont été précieuses.

Je suis reconnaissant à Maxime Catroux pour sa patience et son soutien.

NOTE SUR CETTE ÉDITION

Nous avons reproduit le texte des *Pensées philosophiques* de l'édition dite *princeps* de 1746, que suivent toutes les éditions récentes et autorisées. Il n'existe aucun manuscrit ni aucune copie de ce texte. Nous avons modernisé l'orthographe mais maintenu la ponctuation de l'époque, en particulier les points virgules. Sur la ponctuation, on lira avec profit les remarques de Jean Varloot, DPV I, p. XXVIII et suiv. et DPV II, p. 14-15. Pour les différentes éditions du texte, nous renvoyons le lecteur à la Bibliographie.

PENSÉES PHILOSOPHIQUES

Piscis hic non est omnium [1]

Quis leget hœc ?
Pers., *Sat.* [2].

J'écris de Dieu [3] *: je compte sur peu de lecteurs, et n'aspire qu'à quelques suffrages. Si ces pensées ne plaisent à personne, elles pourront n'être que mauvaises ; mais je les tiens pour détestables, si elles placent à tout le monde* [4].

I.

On déclame sans fin contre les passions ; on leur impute toutes les peines de l'homme, et l'on oublie qu'elles sont aussi la source de tous ses plaisirs. C'est dans sa constitution [5] un élément dont on ne peut dire ni trop de bien ni trop de mal. Mais ce qui me donne de l'humeur, c'est qu'on ne les regarde jamais que du mauvais côté. On croirait faire injure à la raison, si l'on disait un mot en faveur de ses rivales. Cependant il n'y a que les passions, et les grandes passions, qui puissent élever l'âme aux grandes choses. Sans elles, plus de sublime, soit dans les mœurs, soit dans les ouvrages ; les beaux-arts retournent en enfance, et la vertu devient minutieuse.

II.

Les passions sobres font les hommes communs. Si j'attends l'ennemi, quand il s'agit du salut de ma patrie, je ne suis qu'un citoyen ordinaire. Mon amitié n'est que circonspecte, si le péril d'un ami me laisse les yeux ouverts sur le mien. La vie m'est-elle plus chère que ma maîtresse ? Je ne suis qu'un amant comme un autre.

III.

Les passions amorties dégradent les hommes extra-ordinaires. La contrainte anéantit la grandeur et l'énergie de la nature. Voyez cet arbre ; c'est au luxe de ces branches que vous devez la fraîcheur et l'étendue de ses ombres : vous en jouirez jusqu'à ce que l'hiver vienne le dépouiller de sa chevelure. Plus d'excellence en poésie, en peinture, en musique, lorsque la superstition aura fait sur le tempérament l'ouvrage de la vieillesse.

IV.

Ce serait donc un bonheur, me dira-t-on, d'avoir les passions fortes. Oui, sans doute, si toutes sont à l'unisson. établissez entre elles une juste harmonie, et n'en appréhendez point de désordres. Si l'espérance est balancée par la crainte, le point d'honneur par l'amour de la vie, le penchant au plaisir par l'intérêt de la santé, vous ne verrez ni libertins, ni téméraires, ni lâches.

V.

C'est le comble de la folie que de se proposer la ruine des passions. Le beau projet que celui d'un dévot[6] qui se tourmente comme un forcené pour ne rien désirer, ne rien aimer, ne rien sentir, et qui finirait par devenir un vrai monstre, s'il réussissait !

VI.

Ce qui fait l'objet de mon estime dans un homme pourrait-il être l'objet de mes mépris dans un autre ?

Non, sans doute. Le vrai, indépendant de mes caprices, doit être la règle de mes jugements ; et je ne ferai point un crime à celui-ci de ce que j'admirai dans celui-là comme une vertu. Croirai-je qu'il était réservé à quelques-uns de pratiquer des actes de perfection que la nature et la religion doivent ordonner indifféremment à tous ? Encore moins ; car d'où leur viendrait ce privilège exclusif ? Si Pacôme [7] a bien fait de rompre avec le genre humain pour s'enterrer dans une solitude, il ne m'est pas défendu de l'imiter : en l'imitant, je serai tout aussi vertueux que lui, et je ne devine pas pourquoi cent autres n'auraient pas le même droit que moi. Cependant il ferait beau voir une province entière effrayée des dangers de la société, se disperser dans les forêts, ses habitants vivre en bêtes farouches pour se sanctifier ; mille colonnes élevées [8] sur les ruines de toutes affections sociales ; un *nouveau peuple de stylites* se dépouiller par religion des sentiments de 1a nature, cesser d'être hommes et faire les statues [9] pour être vrais chrétiens.

VII.

Quelles voix ! Quels cris ! Quels gémissements ! Qui a renfermé dans ces cachots tous ces cadavres plaintifs ? Quels crimes ont commis tous ces malheureux ? Les uns se frappent la poitrine avec des cailloux ; d'autres se déchirent le corps avec des ongles de fer [10] ; tous ont les regrets, la douleur et la mort dans les yeux [11]. Qui les condamne à ces tourments ? – Le Dieu qu'ils ont offensé. – Quel est donc ce Dieu ? – Un Dieu plein de bonté – Un Dieu plein de bonté trouverait-il du plaisir à se baigner dans les larmes ? Les frayeurs ne feraient-elles pas injure à sa clémence ? Si des criminels avaient à calmer les fureurs d'un tyran, que feraient-ils de plus ?

VIII.

Il y a des gens dont il ne faut pas dire qu'ils craignent Dieu, mais bien qu'ils en ont peur [12].

IX.

Sur le portrait qu'on me fait de l'Être suprême[13], sur son penchant à la colère, sur la rigueur de ses vengeances, sur certaines comparaisons qui nous expriment en nombres le rapport de ceux qu'il laisse périr, à ceux à qui il daigne tendre la main[14], l'âme la plus droite serait tentée de souhaiter qu'il n'existât pas. L'on serait assez tranquille en ce monde, si l'on était bien assuré que l'on n'a rien à craindre dans l'autre[15] : la pensée qu'il n'y a point de Dieu n'a jamais effrayé personne, mais bien celle qu'il y en a un, tel que celui qu'on me peint.

X.

Il ne faut imaginer Dieu ni trop bon, ni méchant. La justice est entre l'excès de la clémence et la cruauté, ainsi que les peines finies sont entre l'impunité et les peines éternelles.

XI.

Je sais que les idées sombres de la superstition[16] sont plus généralement approuvées que suivies ; qu'il est des dévots qui n'estiment pas qu'il faille se haïr cruellement pour bien aimer Dieu, et vivre en désespérés pour être religieux : leur dévotion est enjouée, leur sagesse est fort humaine ; mais d'où naît cette différence de sentiments entre des gens qui se prosternent au pied des mêmes autels ? La piété suivrait-elle aussi la loi de ce maudit tempérament[17] ? Hélas ! Comment en disconvenir ? Son influence ne se remarque que trop sensiblement dans le même dévot : il voit, selon qu'il est affecté, un Dieu vengeur ou miséricordieux, les enfers ou les cieux ouverts ; il tremble de frayeur ou il brûle d'amour ; c'est une fièvre qui a ses accès froids et chauds.

XII.

Oui, je le soutiens, la superstition est plus injurieuse à dieu que l'athéisme. « J'aimerais mieux, dit Plutarque[18], qu'on pensât qu'il n'y eut jamais de Plutarque au monde, que de croire que Plutarque est injuste, colère, inconstant, jaloux, vindicatif, et tel qu'il serait bien fâché d'être.

XIII.

Le déiste [19] seul peut faire tête à l'athée. Le superstitieux n'est pas de sa force. Son Dieu n'est qu'un être d'imagination. Outre les difficultés de la matière, il est exposé à toutes celles qui résultent de la fausseté de ses notions. Un C... un S... [20], auraient été mille fois plus embarrassants ; pour un Vanini [21] ; que tous les Nicole [22] et les Pascal [23] du monde.

XIV.

Pascal avait de la droiture ; mais il était peureux et crédule. Élégant écrivain et raisonneur profond, il eût sans doute éclairé l'univers, si la Providence ne l'eût abandonné à des gens qui sacrifièrent ses talents à leurs haines. Qu'il serait à souhaiter qu'il eût laissé aux théologiens de son temps le soin de vider leurs querelles [24] ; qu'il se fût livré à la recherche de la vérité, sans réserve et sans crainte d'offenser Dieu, en se servant de tout l'esprit qu'il en avait reçu, et surtout qu'il eût refusé pour maîtres des hommes qui n'étaient pas dignes d'être ses disciples ! On pourrait bien lui appliquer ce que l'ingénieux La Mothe [25] disait de La Fontaine : qu'il fut assez bête pour croire qu'Arnaud [26], de Sacy [27] et Nicole valaient mieux que lui.

XV. [28]

« Je vous dis qu'il n'y a point de Dieu ; que la création est une chimère [29] ; que l'éternité du monde n'est pas plus incommode que l'éternité d'un esprit ; que, parce que je ne conçois pas comment le mouvement a pu engendrer cet univers, qu'il a si bien la vertu de conserver, il est ridicule de lever cette difficulté par l'existence supposée d'un être que je ne conçois pas davantage ; que, si les merveilles qui brillent dans l'ordre physique décèlent quelque intelligence, les désordres qui règnent dans l'ordre moral anéantissent

toute Providence. Je vous dis que, si tout est l'ouvrage
d'un Dieu, tout doit être le mieux qu'il est possible :
car, si tout n'est pas le mieux qu'il est possible, c'est
en Dieu impuissance ou mauvaise volonté. C'est donc
pour le mieux que je ne suis pas plus éclairé sur son
existence : cela posé, qu'ai-je affaire de vos lumières ?
Quand il serait aussi démontré qu'il l'est peu, que tout
mal est la source d'un bien ; qu'il était bon qu'un Britannicus, que le meilleur des princes pérît, qu'un
Néron[30], que le plus méchant des hommes régnât,
comment prouverait-on qu'il était impossible d'atteindre au même but sans user des mêmes moyens ?
Permettre des vices pour relever l'éclat des vertus, c'est
un bien frivole (note : léger) avantage pour un inconvé-
nient si réel. Voilà, dit l'athée[31], ce que je vous objecte,
qu'avez-vous à répondre ? – *Que je suis un scélérat, et
que si je n'avais rien à craindre de Dieu, je n'en combat-
trais pas* l'existence. Laissons cette phrase aux
déclamations : elle peut choquer la vérité ; l'urbanité[32]
la défend et elle marque peu de charité. Parce qu'un
homme a tort de ne pas croire en Dieu, avons-nous
raison de l'injurier ? On n'a recours aux invectives que
quand on manque de preuves. Entre deux controver-
sistes, il y a cent à parier contre un que celui qui aura
tort se fâchera. « Tu prends ton tonnerre au lieu de
répondre, dit Ménippe à Jupiter ; tu as donc tort[33]. »

XVI.

On demandait un jour à quelqu'un s'il y avait de
vrais athées. – Croyez-vous, répondit-il, qu'il y ait de
vrais chrétiens[34] ?

XVII.

Toutes les billevesées[35] de la métaphysique ne valent
pas un argument *ad hominem*[36]. Pour convaincre, il ne
faut quelquefois que réveiller le sentiment ou physique
ou moral. C'est avec un bâton qu'on a prouvé au
pyrrhonien qu'il avait tort de nier son existence[37].
Cartouche[38], le pistolet à la main, aurait pu faire à
Hobbes une pareille leçon : « La bourse ou la vie.

Nous sommes seuls, je suis le plus fort, et il n'est pas question entre nous d'équité[39]. »

XVIII.

Ce n'est pas de la main du métaphysicien que sont partis les grands coups que l'athéisme a reçus. Les méditations sublimes de Malebranche[40] et de Descartes[41] étaient moins propres à ébranler le matérialisme[42] qu'une observation de Malpighi[43]. Si cette dangereuse hypothèse chancelle de nos jours, c'est à la physique expérimentale[44] que l'honneur en est dû. Ce n'est que dans les ouvrages de Newton[45], de Musschenbroek[46], d'Hartsoeker[47] et de Nieuwentyt[48], qu'on a trouvé des preuves satisfaisantes de l'existence d'un être souverainement intelligent. Grâce aux travaux de ces grands hommes, le monde n'est plus un dieu[49] : c'est une machine qui a ses roues, ses cordes, ses poulies ses ressorts et ses poids[50].

XIX.

Les subtilités de l'ontologie[51] ont fait tout au plus des sceptiques ; c'est à la connaissance de la nature qu'il était réservé de faire de vrais déistes. La seule découverte des germes[52] a dissipé une des plus puissantes objections de l'athéisme. Que le mouvement soit essentiel ou accidentel à la matière[53], je suis maintenant convaincu que ses effets se terminent à des développements[54] : toutes les observations concourent à me démontrer que la putréfaction[55] seule ne produit rien d'organisé ; je puis admettre que le mécanisme[56] de l'insecte le plus vil n'est pas moins merveilleux que celui de l'homme, et je ne crains pas qu'on en infère qu'une agitation intestine des molécules étant capable de donner l'un, il est vraisemblable qu'elle a donné l'autre. Si un athée avait avancé, il y a deux cents ans, qu'on verrait peut-être un jour des hommes sortir tout formés des entrailles de la terre, comme on voit éclore une foule d'insectes d'une masse de chair échauffée, je voudrais bien savoir ce qu'un métaphysicien aurait eu à lui répondre.

XX.

C'était en vain que j'avais essayé contre un athée les subtilités de l'école ; il avait même tiré de la faiblesse de ces raisonnements une objection assez forte. « Une multitude de vérités inutiles me sont démontrées sans réplique ; disait-il, et l'existence de Dieu, la réalité du bien et du mal moral, l'immortalité de l'âme ; sont encore des problèmes pour moi. Quoi donc ! Me serait-il moins important d'être éclairé sur ces sujets, que d'être convaincu que les trois angles d'un triangle sont égaux à deux droits ? » Tandis qu'en habile déclamateur, il me faisait avaler à longs traits toute l'amertume de cette réflexion, je rengageai le combat par une question qui dut paraître singulière à un homme enflé de ses premiers succès. « Êtes-vous un être pensant ? lui demandai-je. – En pourriez-vous douter ? me répondit-il d'un air satisfait. – Pourquoi non ? qu'ai-je aperçu qui m'en convainque ? Des sons et des mouvements ? Mais le philosophe en voit autant dans l'animal qu'il dépouille de la faculté de penser : pourquoi vous accorderais-je ce que Descartes refuse à la fourmi ? Vous produisez à l'extérieur des actes assez propres à m'en imposer, je serais tenté d'assurer que vous pensez en effet ; mais la raison suspend mon jugement. – Entre les actes extérieurs et la pensée, il n'y a point de liaison essentielle, me dit-elle. Il est possible que ton antagoniste ne pense non plus que sa montre : fallait-il prendre pour un être pensant le premier animal à qui l'on apprit à parler ? Qui t'a révélé que tous les hommes ne sont pas autant de perroquets instruits à ton insu ? – Cette comparaison est tout au plus ingénieuses me répliqua-t-il ; ce n'est pas sur le mouvement et les sons, c'est sur le fil des idées, la conséquence qui règne entre les propositions et la liaison des raisonnements qu'il faut juger qu'un être pense : s'il se trouvait un perroquet qui répondît à tout, je prononcerais sans balancer que c'est un être pensant [57]... Mais qu'a de commun cette question avec l'existence de Dieu ? Quand vous m'aurez démontré que l'homme en qui j'aperçois le plus d'esprit n'est peut-être qu'un automate, en serai-je mieux disposé à reconnaître une intelligence dans la nature ? – C'est mon affaire, repris-je : convenez cependant qu'il y aurait de la folie à refuser à vos semblables la faculté de penser. – Sans doute, mais que s'ensuit-il de là ? – Il s'ensuit que si l'univers, que dis-je l'univers, que si l'aile d'un papillon m'offre des traces mille fois plus distinctes d'une intelligence, que vous n'avez d'indices que votre semblable est doué de la faculté de penser, il serait mille fois plus fou de nier qu'il existe un Dieu, que de nier que votre semblable pense. Or que cela soit ainsi, c'est à vos lumières, c'est à votre conscience que j'en appelle : avez-vous jamais remarqué dans les raisonnements, les actions et la conduite de quelque homme que ce soit, plus d'intelligence, d'ordre, de sagacité, de conséquence que dans le mécanisme d'un insecte ? La Divinité n'est-elle pas aussi clairement empreinte dans l'œil d'un ciron [58], que la faculté de penser dans les ouvrages du grand Newton ? Quoi ! Le monde formé prouve moins une intelligence, que le monde expliqué [59] ? Quelle assertion ! – Mais, répliquez-vous, j'admets la faculté de penser dans un autre d'autant plus volontiers que je pense moi-même. – Voilà, j'en tombe d'accord, une présomption que je n'ai point ; mais n'en suis-je pas dédommagé par la supériorité de mes preuves sur les vôtres ? L'intelligence d'un premier être ne m'est-elle pas mieux démontrée dans la nature par ses ouvrages, que la faculté de penser dans un philosophe par ses écrits ? Songez donc que je ne vous objectais qu'une aile de papillon, qu'un œil de ciron, quand je pouvais vous écraser du poids de l'univers [60]. Ou je me trompe lourdement, ou cette preuve vaut bien la meilleure qu'on ait encore dictée dans les écoles. C'est sur ce raisonnement, et quelques autres de la même simplicité, que j'admets l'existence d'un Dieu, et non sur ces tissus d'idées sèches et métaphysiques, moins propres à dévoiler la vérité, qu'à lui donner l'air du mensonge. »

XXI.

J'ouvre les cahiers d'un professeur célèbre[61], et je lis : « Athées, je vous accorde que le mouvement est essentiel à la matière : qu'en concluez-vous ? – Que le monde résulte du jet fortuit des atomes. – J'aimerais autant que vous me dissiez que *L'Iliade* d'Homère, ou *La Henriade*[62] de Voltaire, est un résultat de jets fortuits de caractères[63]. » Je me garderai bien de faire ce raisonnement à un athée : cette comparaison lui donnerait beau jeu. « Selon les lois de l'analyse des sorts[64], me dirait-il, je ne dois point être surpris qu'une chose arrive lorsqu'elle est possible, et que la difficulté de l'événement est compensée par la quantité des jets. Il y a tel nombre de coups dans lesquels je gagerais avec avantage d'amener cent mille six à la fois avec cent mille dés. Quelle que fût la somme finie des caractères avec laquelle on me proposerait d'engendrer fortuitement *L'Iliade,* il y a telle somme finie de jets qui me rendrait la proposition avantageuse : mon avantage serait même infini, si la quantité de jets accordée était infinie. Vous voulez bien convenir avec moi, continuerait-il, que la matière existe de toute éternité, et que le mouvement lui est essentiel. Pour répondre à cette faveur, je vais supposer avec vous que le monde n'a point de bornes, que la multitude des atomes était infinie, et que cet ordre qui vous étonne ne se dément nulle part : or, de ces aveux réciproques, il ne s'ensuit autre chose, sinon que la possibilité d'engendrer fortuitement l'univers est très petite, mais : que la quantité des jets est infinie, c'est-à-dire que la difficulté de l'événement est plus que suffisamment compensée par la multitude des jets. Donc si quelque chose doit répugner[65] à la raison, c'est la supposition que, la matière s'étant mue de toute éternité[66], et qu'y ayant peut-être dans la somme infinie des combinaisons possibles un nombre infini d'arrangements admirables, il ne se soit rencontré aucun de ces arrangements admirables dans la multitude infinie de ceux qu'elle a pris successivement. Donc l'esprit doit être plus étonné de la durée hypothétique du chaos ; que de la naissance réelle de l'univers. »

XXII.

Je distingue les athées en trois classes. Il y en a quelques-uns qui vous disent nettement qu'il n'y a point de Dieu et qui le pensent : ce *sont les vrais athées* ; un assez grand nombre, qui ne savent qu'en penser, et qui décideraient volontiers la question à croix ou pile : *ce sont les athées sceptiques* ; beaucoup plus qui voudraient qu'il n'y en eût point, qui font semblant d'en être persuadés, qui vivent comme s'ils l'étaient : ce *sont les fanfarons du parti*. Je déteste les fanfarons : ils sont faux ; je plains les vrais athées : toute consolation me semble morte pour eux ; *et je prie Dieu* pour les sceptiques : ils manquent de lumières [67].

XXIII.

Le déiste assure l'existence d'un Dieu, l'immortalité de l'âme et ses suites ; le sceptique n'est point décidé sur ces articles ; l'athée les nie. Le sceptique a donc pour être vertueux un motif de plus que l'athée, et quelque raison de moins que le déiste [68]. Sans la crainte du législateur, la pente du tempérament et la connaissance des avantages actuels de la vertu, la probité de l'athée manquerait de fondement [69], et celle du sceptique serait fondée sur un *peut-être*.

XXIV.

Le scepticisme [70] ne convient pas à tout le monde. Il suppose un examen profond et désintéressé : celui qui doute parce qu'il ne connaît pas les raisons de crédibilité, n'est qu'un ignorant. Le vrai sceptique a compté et pesé les raisons. Mais ce n'est pas une petite affaire que de peser des raisonnements. Qui de nous en connaît exactement la valeur ? Qu'on apporte cent preuves de la même vérité, aucune ne manquera de partisans. Chaque esprit a son télescope. C'est un colosse à mes yeux que cette objection qui disparaît aux

vôtres : vous trouvez légère une raison qui m'écrase. Si
nous sommes divisés sur la valeur intrinsèque, comment nous accorderons-nous sur le poids relatif ?
Dites-moi, combien faut-il de preuves morales pour
contrebalancer une conclusion métaphysique [71] ? Sont-
ce mes lunettes qui pèchent ou les vôtres ? Si donc il est
si difficile de peser des raisons, et s'il n'est point de
questions qui n'en aient pour et contre, et presque
toujours à égale mesure, pourquoi tranchons-nous si
vite ? D'où nous vient ce ton si décidé ? N'avons-nous
pas éprouvé cent fois que la suffisance dogmatique
révolte ? « On me fait haïr les choses vraisemblables, dit
l'auteur des *Essais,* quand on me les plante pour infail-
libles. J'aime ces mots qui amollissent et modèrent la
témérité de nos propositions, à *l'aventure, aucunement,
quelquefois, on dit, je pense,* et autres semblables : et si
j'eusse eu à dresser des enfants, je leur eusse tant mis en
la bouche cette façon de répondre enquêtante et non
résolutive : *qu'est-ce à dire ? Je ne l'entends pas. Il pourrait
être. Est-il vrai ?* Qu'ils eussent plutôt gardé la forme
d'apprentis à soixante ans que de représenter les docteurs à l'âge de quinze [72]. »

XXV.

Qu'est-ce que Dieu ? Question qu'on fait aux
enfants, et à laquelle les philosophes ont bien de la
peine à répondre.

On sait à quel âge un enfant doit apprendre à lire, à
chanter, à danser, le latin, la géométrie. Ce n'est qu'en
matière de religion qu'on ne consulte point sa portée :
à peine entend-il, qu'on lui demande : « Qu'est-ce
que Dieu ? » C'est dans le même instant, c'est de la
même bouche qu'il apprend qu'il y a des esprits fol-
lets, des revenants, des loups-garous et un Dieu. On
lui inculque une des plus importantes vérités d'une
manière capable de la décrier [73] un jour au tribunal de
sa raison. En effet, qu'y aura-t-il de surprenant, si,
trouvant à l'âge de vingt ans l'existence de Dieu
confondue dans sa tête avec une foule de préjugés
ridicules, il vient à la méconnaître et à la traiter ainsi

que nos juges traitent un honnête homme qui se trouve engagé par accident dans une troupe de coquins [74] ?

XXVI.

On nous parle trop tôt de Dieu ; autre défaut : on n'insiste pas assez sur sa présence. Les hommes ont banni la Divinité d'entre eux ; ils l'ont reléguée dans un sanctuaire ; les murs d'un temple bornent sa vue ; elle n'existe point au-delà. Insensés que vous êtes, détruisez ces enceintes qui rétrécissent vos idées, élargissez Dieu [75] ; voyez-le partout où il est, ou dites qu'il n'est point. Si j'avais un enfant à dresser, moi, je lui ferais de la Divinité une compagnie si réelle, qu'il lui en coûterait peut-être moins pour devenir athée que pour s'en distraire. Au lieu de lui citer l'exemple d'un autre homme qu'il connaît quelque fois pour plus méchant que lui je lui dirais brusquement : « Dieu t'entend, et tu mens. » Les jeunes gens veulent être pris par les sens : je multiplierais donc autour de lui les signes indicatifs de la présence divine. S'il se faisait, par exemple, un cercle chez moi, j'y marquerais une place à Dieu, et j'accoutumerais mon élève à dire : « Nous étions quatre, Dieu, mon ami, mon gouverneur et moi [76]. »

XXVII.

L'ignorance et *l'incuriosité* sont deux oreillers fort doux ; mais pour les trouver tels, il faut avoir *la tête aussi bien faite* que Montaigne [77].

XXVIII.

Les esprits bouillants, les imaginations ardentes ne s'accommodent pas de l'indolence du sceptique. Ils aiment mieux hasarder un choix que de n'en faire aucun ; se tromper que de vivre incertains [78] ; soit qu'ils se méfient de leurs bras, soit qu'ils craignent la profondeur des eaux [79], on les voit toujours suspendus à des branches dont ils sentent toute la faiblesse, et auxquelles ils aiment mieux demeurer accrochés que de s'abandonner au torrent. Ils assurent tout, bien qu'ils n'aient rien soigneusement examiné : ils ne doutent de rien, parce qu'ils n'en ont ni la patience ni le courage. Sujets à des lueurs qui les décident, si par hasard ils rencontrent la vérité, ce n'est point à tâtons, c'est brusquement et comme par révélation. Ils sont entre les dogmatiques ce qu'on appelle les illuminés chez le peuple dévot. J'ai vu des individus de cette espèce inquiète qui ne concevaient pas comment on pouvait allier la tranquillité d'esprit avec l'indécision. « Le moyen de vivre heureux sans savoir qui l'on est, d'où l'on vient, où l'on va, pourquoi l'on est venu ! – Je me pique d'ignorer tout cela, sans en être plus malheureux, répondait froidement le sceptique : ce n'est point ma faute si j'ai trouvé ma raison muette, quand je l'ai questionnée sur mon état. Toute ma vie j'ignorerai sans chagrin ce qu'il m'est impossible de savoir. Pourquoi regretterais-je des connaissances que je n'ai pu me procurer, et qui sans doute ne me sont pas fort nécessaires, puisque j'en suis privé ? J'aimerais autant, a dit un des premiers génies de notre siècle, m'affliger sérieusement de n'avoir pas quatre yeux, quatre pieds et deux ailes[80]. »

XXIX.

On doit exiger de moi que je cherche la vérité, mais non que je la trouve. Un sophisme ne peut-il pas m'affecter plus vivement qu'une preuve solide ? Je suis nécessité de consentir au faux que je prends pour le vrai, et de rejeter le vrai que je prends pour le faux : mais qu'ai-je à craindre, si c'est innocemment que je me trompe ? L'on n'est point récompensé dans l'autre monde pour avoir eu de l'esprit dans celui-ci : y serait-on puni pour en avoir manqué ? Damner un homme pour de mauvais raisonnements, c'est oublier qu'il est un sot pour le traiter comme un méchant[81].

XXX.

Qu'est-ce qu'un sceptique ? C'est un philosophe qui a douté de tout ce qu'il croit, et qui croit ce qu'un usage légitime de sa raison et de ses sens lui a démontré vrai. Voulez-vous quelque chose de plus précis ? Rendez sincère le pyrrhonien[82], et vous aurez le sceptique.

XXXI.

Ce qu'on n'a jamais mis en question n'a point été prouvé. Ce qu'on n'a point examiné sans prévention[83] n'a jamais été bien examiné. Le scepticisme est donc le premier pas vers la vérité[84]. Il doit être général, car il en est la pierre de touche. Si pour s'assurer de l'existence de Dieu, le philosophe commence par en douter, y a-t-il quelque proposition qui puisse se soustraire à cette épreuve ?

XXXII.

L'incrédulité est quelquefois le vice d'un sot, et la crédulité le défaut d'un homme d'esprit. L'homme d'esprit voit loin dans l'immensité des possibles ; le sot ne voit guère de possible que ce qui est. C'est là peut-être ce qui rend l'un pusillanime, et l'autre téméraire.

XXXIII.

On risque autant à croire trop, qu'à croire trop peu. Il n'y a ni plus ni moins de danger à être polythéiste qu'athée ; or le scepticisme peut seul garantir également, en tout temps et en tout lieu, de ces deux excès opposés.

XXXIV.

Un semi-scepticisme est la marque d'un esprit faible : il décèle un raisonneur pusillanime qui se laisse effrayer par les conséquences ; un superstitieux qui croit honorer son Dieu par les entraves où il met sa raison ; une espèce d'incrédule qui craint de se démasquer à lui-même ; car si la vérité n'a rien à perdre à l'examen, comme en est convaincu le semi-sceptique, que pense-t-il au fond de son âme de ces notions privilégiées[85] qu'il appréhende de sonder, et qui sont placées dans un recoin de sa cervelle, comme dans un sanctuaire dont il n'ose approcher[86] ?

XXXV.

J'entends crier de toutes parts à l'impiété[87]. Le chrétien est impie en Asie, le musulman en Europe, le papiste à Londres, le calviniste à Paris, le janséniste[88] au haut de la rue Saint-Jacques[89], le moliniste au fond du faubourg Saint-Médard[90]. Qu'est-ce donc qu'un impie ? Tout le monde l'est-il, ou personne ?

XXXVI.

Quand les dévots se déchaînent contre le scepticisme, il me semble qu'ils entendent mal leur intérêt, ou qu'ils se contredisent. S'il est certain qu'un culte vrai pour être embrassé, et qu'un faux culte pour être abandonné, n'ont besoin que d'être bien connus, il serait à souhaiter qu'un doute universel se répandît sur la surface de la terre, et que tous les peuples voulussent bien mettre en question la vérité de leurs religions : nos missionnaires trouveraient la bonne moitié de leur besogne faite.

XXXVII.

Celui qui ne conserve pas par choix le culte qu'il a reçu par éducation, ne peut non plus se glorifier d'être chrétien ou musulman, que de n'être point né aveugle ou boiteux. C'est un bonheur[91], et non un mérite.

XXXVIII.[92]

Celui qui mourrait pour un culte dont il connaîtrait la fausseté, serait un enragé.

Celui qui meurt pour un culte faux, mais qu'il croit vrai, ou pour un culte vrai mais dont il n'a point de preuves, est un fanatique.

Le vrai martyr est celui qui meurt pour un culte vrai, et dont la vérité lui est démontrée.

XXXIL.

Le vrai martyr attend la mort ; l'enthousiaste[93] y court.

XL.

Celui qui, se trouvant à La Mecque, irait insulter aux cendres de Mahomet, renverser ses autels et troubler toute une mosquée, se ferait empaler à coup sûr, et ne serait peut-être pas canonisé. Ce zèle n'est plus à la mode. Polyeucte [94] ne serait de nos jours qu'un insensé.

XLI.

Le temps des révélations, des prodiges et des missions extraordinaires est passé. Le christianisme n'a plus besoin de cet échafaudage [95]. Un homme qui s'aviserait de jouer parmi nous le rôle de Jonas [96], de courir les rues en criant : « Encore trois jours et Paris ne sera plus ; Parisiens, faites pénitence, couvrez-vous de sacs et de cendres, ou dans trois jours vous périrez », serait incontinent saisi et traîné devant un juge qui ne manquerait pas de l'envoyer aux Petites-Maisons [97]. Il aurait beau dire : « Peuples, Dieu vous aime-t-il moins que le Ninivite [98] ? Êtes-vous moins coupables que lui ? » On ne s'amuserait point à lui répondre, et pour le traiter en visionnaire [99], on n'attendrait pas le terme de sa prédiction.

Élie [100] peut revenir de l'autre monde quand il voudra ; les hommes sont tels qu'il fera de grands miracles s'il est bien accueilli dans celui-ci.

XLII.

Lorsqu'on annonce au peuple un dogme qui contredit la religion dominante, ou quelque fait contraire à la tranquillité publique, justifiât-on sa mission par des miracles, le gouvernement a droit de sévir et le peuple de s'écrier : *Crucifige* [101]. Quel danger n'y aurait-il pas à abandonner les esprits aux séductions d'un imposteur [102], ou aux rêveries d'un visionnaire ? Si le sang de Jésus-Christ a crié vengeance contre les Juifs, c'est qu'en le répandant, ils fermaient l'oreille à la voix de Moïse et des Prophètes qui le déclaraient le Messie. Un ange vint-il à descendre des cieux ; appuyât-il ses raisonnements par des miracles, s'il prêche contre la

loi de Jésus-Christ, Paul veut qu'on lui dise anathème [103]. Ce n'est donc pas par les miracles qu'il faut
juger de la mission d'un homme, mais c'est par la
conformité de sa doctrine avec celle du peuple auquel
il se dit envoyé, *surtout lorsque la doctrine de ce peuple
est démontrée vraie.*

XLIII.

Toute innovation est à craindre dans un gouvernement. La plus sainte et la plus douce des religions, le
christianisme même ne s'est pas affermi sans causer
quelques troubles. Les premiers enfants de l'Église
sont sortis plus d'une fois de la modération et de la
patience qui leur étaient prescrites. Qu'il me soit
permis de rapporter ici quelques fragments d'un édit
de l'empereur Julien ; ils caractériseront à merveille
le génie de ce prince philosophe [104] et l'humeur des
zélés [105] de son temps.

« J'avais imaginé, dit Julien, que les chefs des Galiléens [106] sentiraient combien mes procédés sont différents de ceux de mon prédécesseur, et qu'ils m'en
sauraient quelque gré : ils ont souffert sous son règne
l'exil et les prisons ; et l'on a passé au fil de l'épée une
multitude de ceux qu'ils appellent entre eux hérétiques [107]... Sous le mien, on a rappelé les exilés, élargi
les prisonniers et rétabli les proscrits dans la possession de leurs biens. Mais telle est l'inquiétude et la
fureur de cette espèce d'hommes, que, depuis qu'ils
ont perdu le privilège de se dévorer les uns les autres,
de tourmenter et ceux qui sont attachés à leurs
dogmes, et ceux qui suivent la religion autorisée par
les lois, ils n'épargnent aucun moyen, ne laissent
échapper aucune occasion d'exciter des révoltes, gens
sans égard pour la vraie piété, et sans respect pour
nos constitutions [108]... Toutefois nous n'entendons pas
qu'on les traîne au pied de nos autels et qu'on leur
fasse violence... Quant au menu peuple, il paraît que
ce sont ses chefs qui fomentent en lui l'esprit de sédi-
tion, furieux qu'ils sont des bornes que nous avons
mises à leurs pouvoirs : car nous les avons bannis de

nos tribunaux, et ils n'ont plus la commodité de disposer des testaments, de supplanter les héritiers légitimes et de s'emparer des successions... C'est pourquoi nous défendons à ce peuple de s'assembler en tumulte et de cabaler [109] chez ses prêtres séditieux... Que cet édit fasse la sûreté de nos magistrats que les mutins ont insultés plus d'une fois, et mis en danger d'être lapidés... Qu'ils se rendent paisiblement chez leurs chefs, qu'ils y prient, qu'ils s'y instruisent, et qu'ils y satisfassent au culte qu'ils en ont reçu ; nous le leur permettons : mais qu'ils renoncent à tous desseins factieux... Si ces assemblées sont pour eux une occasion de révolte, ce sera à leurs risques et fortunes ; je les en avertis... Peuples incrédules, vivez en paix... Et vous qui êtes demeurés fidèles à la religion de votre pays et aux dieux de vos pères, ne persécutez point des voisins, des concitoyens, dont l'ignorance est encore plus à plaindre que la méchanceté n'est à blâmer... C'est par la raison et non par la violence qu'il faut ramener les hommes à la vérité. Nous vous enjoignons donc à vous tous, nos fidèles sujets, de laisser en repos les Galiléens. »

Tels étaient les sentiments de ce prince à qui l'on peut reprocher le paganisme, mais non l'apostasie [110] : il passa les premières années de sa vie sous différents maîtres dans différentes écoles, et fit dans un âge plus avancé un choix infortuné : il se décida malheureusement pour le culte de ses aïeux et les dieux de son pays.

XLIV.

Une chose qui m'étonne, c'est que les ouvrages de ce savant empereur soient parvenus jusqu'à nous. Ils contiennent des traits qui ne nuisent point à la vérité du christianisme, mais qui sont assez désavantageux à quelques chrétiens de son temps, pour qu'ils se sentissent de l'attention singulière que les Pères de l'Église ont eue de supprimer les ouvrages de leurs ennemis. C'est apparemment de ces prédécesseurs que saint Grégoire le Grand [111] avait hérité du zèle barbare qui l'anima contre les lettres et les arts. S'il n'eût tenu qu'à ce pontife, nous serions dans le cas des mahométans qui en sont réduits pour toute lecture à celle de leur Alcoran[112]. Car quel eût été le sort des anciens écrivains, entre les mains d'un homme qui solécisait[113] par principe de religion ; qui s'imaginait qu'observer les règles de la grammaire, c'était soumettre Jésus-Christ à Donat[114], et qui se crut obligé en conscience de combler les ruines de l'Antiquité ?

XLV.

Cependant la divinité des écritures n'est point un caractère si clairement empreint en elles que l'autorité des historiens sacrés soit absolument indépendante du témoignage des auteurs profanes. Où en serions-nous, s'il fallait reconnaître le doigt de Dieu dans la forme de notre Bible ? Combien la version latine[115] n'est-elle pas misérable ? Les originaux mêmes ne sont pas des chefs-d'œuvre de composition. Les prophètes, les apôtres et les évangélistes ont écrit comme ils y entendaient[116]. S'il nous était permis de regarder l'histoire du peuple hébreu comme une simple production de l'esprit humain, Moïse et ses continuateurs ne l'emporteraient pas sur Tite-Live, Salluste, César et Josèphe[117], tous gens qu'on ne soupçonne pas assurément d'avoir écrit par inspiration. Ne préfère-t-on pas même le jésuite Berruyer[118] à Moïse ? On conserve dans nos églises des tableaux qu'on nous assure avoir été peints par des anges et par la Divinité même : si ces morceaux étaient sortis de la main de Le Sueur ou de Le Brun[119], que pourrais-je opposer à cette tradition immémoriale ? Rien du tout, peut-être. Mais quand j'observe ces célestes ouvrages, et que je vois à chaque pas les règles de la peinture violées dans le dessin et dans l'exécution, le vrai de l'art abandonné partout, ne pouvant supposer que l'ouvrier était un ignorant, il faut bien que j'accuse la tradition d'être fabuleuse[120]. Quelle application ne ferais-je point de ces tableaux aux Saintes Écritures, si je ne savais combien il importe peu que ce qu'elles contiennent soit bien ou mal dit ? Les prophètes se sont piqués de dire vrai, et non pas de bien dire. Les apôtres sont-ils morts pour autre chose que pour la vérité de ce qu'ils ont dit ou écrit ? Or pour en revenir au point que je traite, de quelle conséquence n'était-il pas de conserver des auteurs profanes qui ne pouvaient manquer de s'accorder avec les auteurs sacrés, au moins sur l'existence et les miracles de Jésus-Christ, sur les qualités et le caractère de Ponce Pilate [121], et sur les actions et le martyre des premiers chrétiens ?

XLIV.

Un peuple entier, me direz-vous, est témoin de ce fait [122] ; oserez-vous le nier ? Oui, j'oserai, tant qu'il ne me sera pas confirmé par l'autorité de quelqu'un qui ne soit pas de votre parti, et que j'ignorerai que ce quelqu'un était incapable de fanatisme et de séduction. Il y a plus. Qu'un auteur d'une impartialité avouée me raconte qu'un gouffre s'est ouvert au milieu d'une ville ; que les dieux consultés sur cet événement ont répondu qu'il se refermera, si l'on y jette ce que l'on possède de plus précieux ; qu'un brave chevalier s'y est précipité, et que l'oracle s'est accompli : je le croirais beaucoup moins que s'il eût dit simplement qu'un gouffre s'étant ouvert, on employa un temps et des travaux considérables pour le combler. Moins un fait a de vraisemblance, plus le témoignage de l'histoire perd de son poids. Je croirais sans peine un seul honnête homme qui m'annoncerait *que Sa Majesté vient de remporter une victoire complète sur les alliés* [123] ; mais tout Paris m'assurerait qu'un mort vient de ressusciter à Passy, que je n'en croirais rien. Qu'un historien nous en impose ou que tout un peuple se trompe, ce ne sont pas des prodiges [124].

XLVII.

Tarquin [125] projette d'ajouter de nouveaux corps de cavalerie à ceux que Romulus avait formés. Un augure [126] lui soutient que toute innovation dans cette milice est sacrilège, si les dieux ne l'ont autorisée.

Choqué de la liberté de ce prêtre, et résolu de le
confondre et de décrier en sa personne un art qui croi-
sait son autorité, Tarquin le fait appeler sur la place
publique, et lui dit : « Devin, ce que je pense est-il
possible ? Si ta science est telle que tu la vantes, elle te
met en état de répondre. » L'augure ne se déconcerte
point, consulte les oiseaux et répond : « Oui, prince, ce
que tu penses se peut faire. » Lors Taquin tirant un
rasoir de dessous sa robe et prenant à la main un caillou : « Approche, dit-il au devin, coupe-moi ce caillou
avec ce rasoir : car j'ai pensé que cela se pouvait. »
Navius, c'est le nom de l'augure, se tourne vers le
peuple, et dit avec assurance : « Qu'on applique le
rasoir au caillou, et qu'on me traîne au supplice s'il n'est
divisé sur-le-champ. » L'on vit en effet contre toute
attente, la dureté du caillou céder au tranchant du
rasoir : ses parties se séparent si promptement, que le
rasoir porte sur la main de Tarquin et en tire du sang.
Le peuple étonné fait des acclamations ; Tarquin
renonce à ses projets et se déclare protecteur des
augures ; on enferme sous un autel le rasoir et les fragments du caillou. On élève une statue au devin : cette
statue subsistait encore sous le règne d'Auguste, et
l'Antiquité profane et sacrée nous atteste la vérité de ce
fait, dans les écrits de Lactance [127], de Denys d'Halicarnasse [128], et de saint Augustin [129].

Vous avez entendu l'histoire ; écoutez la superstition.
« Que répondez-vous à cela ? Il faut, dit le superstitieux
Quintus à Cicéron [130] son frère, il faut se précipiter dans
un monstrueux pyrrhonisme, traiter les peuples et les
historiens de stupides, et brûler les annales, ou convenir
de ce fait. Nierez-vous tout, plutôt que d'avouer que les
dieux se mêlent de nos affaires ? »

*Hoc ego philosophi non arbitror testibus uti, qui aut
case veri aut malitia falsi fictique esse possunt. Argu-
mentis et rationibus oportet, quare quidque ita sit, docere,
non eventis, iis praesertim quibus mihi non liceat cre-
dere... Omitte igitur lituum Romuli quem in maximo
incendio negas potuisse comburi. Contemne cotem Accii
Navii. Nihil debet esse in philosophia commentitiis fabellis*

loci. Illud erat philosophi, totius augurii primum naturam ipsam videre, deinde inventionem, deinde constantiam... *Habent Etrusci exaratum puerum auctorem disciplinae suae. Nos quem ? Acciumne Navium ?... Placet igitur humanitatis expertes habere divinitatis auctores ?* – Mais c'est la croyance des rois, des peuples, des nations et du monde. – *Quasi vere quidquam sit tam valde, quam nihil sapere vulgare ? Aut quasi tibi ipsi in judicando placent multitudo*[131]. Voilà la réponse du philosophe. Qu'on me cite un seul prodige auquel elle ne soit pas applicable ! Les Pères de l'Église, qui voyaient sans doute de grands inconvénients à se servir des principes de Cicéron, ont mieux aimé convenir de l'aventure de Tarquin, et attribuer l'art de Navius au diable. C'est une belle machine que le diable.

ILVIII.

Tous les peuples ont de ces faits, à qui, pour être merveilleux, il ne manque que d'être vrais ; avec lesquels on démontre tout, mais qu'on ne prouve point ; qu'on n'ose nier sans être impie, et qu'on ne peut croire sans être imbécile.

IL.

Romulus, frappé de la foudre ou massacré par les sénateurs, disparaît d'entre les Romains. Le peuple et le soldat en murmurent. Les ordres de l'État se soulèvent les uns contre les autres, et Rome naissante, divisée au-dedans et environnée d'ennemis au-dehors, était au bord du précipice, lorsqu'un certain Proculéius s'avance gravement et dit : « Romains, ce prince que vous regrettez n'est point mort : il est monté aux cieux, où il est assis à la droite de Jupiter[132]. Va, m'a-t-il dit, calme tes concitoyens ; annonce-leur que Romulus est entre les dieux ; assure-les de ma protection : qu'ils sachent que les forces de leurs ennemis ne prévaudront jamais contre eux ; le destin veut qu'ils soient un jour les maîtres du monde ; qu'ils en fassent seulement passer la prédiction d'âge en âge, à leur postérité la plus reculée. » Il est des conjonctures

favorables à l'imposture [133], et si l'on examine quel
était alors l'état des affaires de Rome, on conviendra
que Proculéius était homme de tête et qu'il avait su
prendre son temps. Il introduisit dans les esprits un
préjugé qui ne fut pas inutile à la grandeur future de
sa patrie. *Mirum est quantum illi viro, haec nuntianti,*
fidei fuerit ; quamque desiderium Romuli apud plebem,
facta fide immortalitatis, lenitum sit. Famam hanc admi-
ratio viri et pavor praesens nobilitavit ; factoque a paucis
initio, Deum, Deo natum, salvere universi Romulum
jubent [134]. C'est-à-dire, que le peuple crut à cette
apparition ; que les sénateurs firent semblant d'y
croire et que Romulus eut des autels. Mais les choses
n'en demeurèrent pas là. Bientôt ce ne fut point un
simple particulier à qui Romulus s'était apparu : Il
s'était montré à plus de mille personnes en un jour. Il
n'avait point été frappé de la foudre, les sénateurs ne
s'en étaient point défaits à la faveur d'un temps ora-
geux, mais il s'était élevé dans les airs au milieu des
éclairs et au bruit du tonnerre, à la vue de tout un
peuple ; et cette aventure se *calfeutra* [135] avec le temps
d'un si grand nombre de pièces que les esprits forts du
siècle suivant devaient en être fort embarrassés.

L.

Une seule démonstration me frappe plus que cinquante faits. Grâce à l'extrême confiance que j'ai en
ma raison, ma foi n'est point à la merci du premier
saltimbanque. Pontife de Mahomet [136], redresse des
boiteux ; fais parler des muets ; tends la vue aux
aveugles ; guéris des paralytiques ; ressuscite des
morts ; restitue même aux estropiés les membres qui
leur manquent, miracle qu'on n'a point encore tenté :
et à ton grand étonnement ma foi n'en sera point
ébranlée. Veux-tu que je devienne ton prosélyte ?
Laisse tous ces prestiges, et raisonnons. Je suis plus
sûr de mon jugement que de mes yeux.

Si la religion que tu m'annonces est vraie, sa vérité
peut être mise en évidence et se démontrer par des raisons invincibles. Trouve-les, ces raisons. Pourquoi me

harceler par des prodiges, quand tu n'as besoin, pour me terrasser, que d'un syllogisme [137] ? Quoi donc ! te serait-il plus facile de redresser un boiteux que de m'éclairer ?

LI.

Un homme est étendu sur la terre sans sentiment, sans voix, sans chaleur, sans mouvement. On le tourne, on le retourne, on l'agite, le feu lui est appliqué. Rien ne l'émeut : le fer chaud n'en peut arracher un symptôme de vie ; on le croit mort : l'est-il ? non. C'est le pendant du prêtre de Calame. *Qui, quando ei placebat, ad imitatas lamentantis hominis voces, ita se auferebat a sensibus et jacebat simillimus mortuo, ut non solum vellicantes atque pungentes minime sentiret, sed aliquando etiam igne ureretur admoto, sine ullo doloris sensu, nisi postmodum ex vulnere,* etc. (saint Augustin, *Cité de Dieu,* liv. XIV, chap. XXIV) [138]. Si certaines gens avaient rencontré de nos jours un pareil sujet, ils en auraient tiré bon parti. On nous aurait fait voir un cadavre se ranimer sur la cendre d'un prédestiné ; le recueil du magistrat [139] se serait enflé d'une résurrection, et le constitutionnel [140] se tiendrait peut-être confondu.

LII.

Il faut avouer, dit le logicien de Port-Royal [141], que saint Augustin a eu raison de soutenir avec Platon que le jugement de la vérité et la règle pour discerner n'appartiennent pas aux sens, mais à l'esprit : *non est veritatis judicium in sensibus* [142]. Et même que cette certitude que l'on peut tirer des sens ne s'étend pas bien loin, et qu'il y a plusieurs choses que l'on croit savoir par leur entremise, et dont on n'a point une pleine assurance. Lors donc que le témoignage des sens contredit ou ne contrebalance point l'autorité de la raison, il n'y a pas à opter : en bonne logique, c'est à la raison qu'il faut s'en tenir.

LIII.

Un faubourg [143] retentit d'acclamations : la cendre d'un prédestiné [144] y fait en un jour plus de prodiges que Jésus-Christ n'en fit en toute sa vie. On y court ; on s'y porte ; j'y suis la foule. J'arrive à peine, que j'entends crier : miracle ! miracle ! J'approche, je regarde, et je vois un petit boiteux [145] qui se promène à l'aide de trois ou quatre personnes charitables qui le soutiennent ; et le peuple qui s'en émerveille, de répéter : « Miracle ! miracle ! » Où donc est le miracle, peuple imbécile [146] ? Ne vois-tu pas que ce fourbe n'a fait que changer de béquilles ? Il en était, dans cette occasion, des miracles comme il en est toujours des esprits. Je jurerais bien que tous ceux qui ont vu des esprits, les craignaient d'avance, et que tous ceux qui voyaient là des miracles, étaient bien résolus d'en voir.

LIV.

Nous avons toutefois, de ces miracles prétendus un vaste recueil qui peut braver l'incrédulité la plus déterminée. L'auteur est un sénateur [147], un homme grave qui faisait profession d'un matérialisme assez mal entendu à la vérité [148], mais qui n'attendait pas sa fortune de sa conversion : témoin oculaire des faits qu'il raconte, et dont il a pu juger sans prévention et sans intérêt, son témoignage est accompagné de mille autres. Tous disent qu'ils ont vu, et leur déposition a toute l'authenticité possible : les actes originaux en sont conservés dans les archives publiques. Que répondre à cela ? Que répondre ? que ces miracles ne prouvent rien, tant que la question de ses sentiments [149] ne sera point décidée.

LV.

Tout raisonnement qui prouve pour deux partis ne prouve ni pour l'un ni pour l'autre. Si le fanatisme a ses martyrs, ainsi que la vraie religion, et si, entre ceux qui sont morts pour la vraie religion, il y a eu des fanatiques ; ou comptons, si nous le pouvons, le nombre des morts, et croyons, ou cherchons d'autres motifs de crédibilité.

LVI.

Rien n'est plus capable d'affermir dans l'irréligion que de faux motifs de conversion. On dit tous les jours à des incrédules : « Qui êtes-vous, pour attaquer une religion que les Paul, les Tertullien, les Athanase, les Chrysostome, les Augustin, les Cyprien [150] et tant d'autres illustres personnages ont si courageusement défendue ? Vous avez sans doute aperçu quelque difficulté qui avait échappé à ces génies supérieurs : montrez-nous donc que vous en savez plus qu'eux, ou sacrifiez vos doutes à leurs décisions, si vous convenez qu'ils en savaient plus que vous. » Raisonnement frivole [151]. Les lumières des ministres ne sont point une preuve de la vérité d'une religion. Quel culte plus absurde que celui des Égyptiens et quels ministres plus éclairés ?... Non, je ne peux adorer cet oignon [152]. Quel privilège a-t-il sur les autres légumes ? Je serais bien fou de prostituer [153] mon hommage à des êtres destinés à ma nourriture ! La plaisante divinité qu'une plante que j'arrose, qui croît et meurt dans mon potager ! ... « Tais-toi, misérable, tes blasphèmes [154] me font frémir : c'est bien à toi à raisonner ! En sais-tu là-dessus plus que le sacré collège [155] ? Qui es-tu pour attaquer tes dieux, et donner des leçons de sagesse à leurs ministres ? Es-tu plus éclairé que ces oracles que l'univers entier vient interroger ? Quelle que soit ta réponse, j'admirerai ton orgueil ou ta témérité. » Les chrétiens ne sentiront-ils jamais toute leur force, et n'abandonneront-ils point ces malheureux sophismes à ceux dont ils sont l'unique ressource ? *Omittamus ista communia quae ex utraque parte dici possint, quanquam vere* ex *utraque parte dici non possint* (saint Augustin) [156]. L'exemple, les prodiges et l'autorité peuvent faire des dupes ou des hypocrites. La raison seule fait des croyants.

LVII.

On convient qu'il est de la dernière importance de n'employer à la défense d'un culte que des raisons solides ; cependant on persécuterait volontiers ceux qui travaillent à décrier les mauvaises. Quoi donc ? N'est-ce pas assez que l'on soit chrétien ? Faut-il encore l'être par de mauvaises raisons ? Dévots, je vous en avertis ; je ne suis pas chrétien parce que saint Augustin l'était ; mais je le suis, parce qu'il est raisonnable de l'être [157].

LVIII.

Je connais les dévots : ils sont prompts à prendre l'alarme. S'ils jugent une fois que cet écrit contient quelque chose de contraire à leurs idées, je m'attends à toutes les calomnies qu'ils ont répandues sur le compte de mille gens qui valaient mieux que moi. Si je ne suis qu'un déiste et qu'un scélérat, j'en serai quitte à bon marché. Il y a longtemps qu'ils ont damné Descartes, Montaigne, Locke [158] et Bayle [159] ; et j'espère qu'ils en damneront bien d'autres. Je leur déclare cependant que je ne me pique d'être ni plus honnête homme, ni meilleur chrétien que la plupart de ces philosophes. Je suis né dans l'Église catholique, apostolique et romaine, et je me soumets de toute ma force à ses décisions. Je veux mourir dans la religion de mes pères [160], et je la crois bonne autant qu'il est possible à quiconque n'a jamais eu aucun commerce immédiat avec la Divinité, et qui n'a jamais été témoin d'aucun miracle. Voilà ma profession de foi : je suis presque sûr qu'ils en seront mécontents, bien qu'il n'y en ait peut-être pas un entre eux qui soit en état d'en faire une meilleure.

LIX.

J'ai lu quelquefois Abbadie, Huet [161], et les autres. Je connais suffisamment les preuves de ma religion, et je conviens qu'elles sont grandes ; mais le seraient-elles cent fois davantage, le christianisme ne me serait point encore démontré. Pourquoi donc exiger de moi que je croie qu'il y a trois personnes en Dieu, aussi fermement que je crois que les trois angles d'un triangle sont égaux à deux droits [162] ? Toute preuve doit produire en moi une certitude proportionnée à son degré de force ; et l'action des démonstrations géométriques morales et physiques [163] sur mon esprit doit être différente, ou cette distinction est frivole.

LX.

Vous présentez à un incrédule un volume d'écrits dont vous prétendez lui démontrer la divinité. Mais avant que d'entrer dans l'examen de vos preuves, il ne manquera pas de vous questionner sur cette collection. A-t-elle toujours été la même ? vous demandera-t-il. Pourquoi est-elle à présent moins ample qu'elle ne l'était il y a quelques siècles ? De quel droit en a-t-on banni tel et tel ouvrage qu'une autre secte [164] révère, et conservé tel et tel autre qu'elle a rejeté ? Sur quel fondement avez-vous donné la préférence à ce manuscrit ? Qui vous a dirigé dans le choix que vous ayez fait entre tant de copies différentes, qui sont des preuves évidentes que ces sacrés auteurs ne vous ont pas été transmis dans leur pureté originale et première ? Mais si l'ignorance des copistes ou la malice des hérétiques les a corrompus, comme il faut que vous en conveniez, vous voilà forcés de les restituer dans leur état naturel, avant que d'en prouver la divinité ; car ce n'est pas sur un recueil d'écrits mutilés que tomberont vos preuves, et que j'établirai ma croyance. Or qui chargerez-vous de cette réforme ? L'Église. Mais je ne peux convenir de l'infaillibilité de l'Église, que la divinité des écritures ne me soit prouvée. Me voilà donc dans un scepticisme nécessité [165].

On ne répond à cette difficulté qu'en avouant que les premiers fondements de la foi sont purement humains ; que le choix entre les manuscrits, que la restitution des passages, enfin que la collection s'est faite par des règles de critique ; et je ne refuse point d'ajouter à la divinité des livres sacrés un degré de foi proportionné à la certitude de ces règles [166].

LI. [167]

C'est en cherchant des preuves que j'ai trouvé des difficultés. Les livres qui contiennent les motifs de ma croyance m'offrent en même temps les raisons de l'incrédulité. Ce sont des arsenaux communs [168]. Là,

j'ai vu le déiste s'armer contre l'athée ; le déiste et
l'athée lutter contre le juif ; l'athée, le déiste et le juif se
liguer contre le chrétien ; le chrétien, le juif, le déiste et
l'athée se mettre aux prises avec le musulman ; l'athée,
le déiste, le juif, le musulman, et la multitude des
sectes du christianisme fondre sur le chrétien, et le
sceptique seul contre tous. J'étais juge des coups. Je
tenais la balance entre les combattants ; ses bras s'éle-
vaient ou s'abaissaient en raison des poids dont ils
étaient chargés. Après de longues oscillations, elle
pencha du côté du chrétien, mais avec le seul excès de
sa pesanteur, sur la résistance du côté opposé [169]. Je me
suis témoin à moi-même de mon équité. Il n'a pas
tenu à moi que cet excès m'ait paru fort grand.
J'atteste Dieu de ma sincérité.

LII.

Cette diversité d'opinions a fait imaginer aux déistes
un raisonnement plus singulier peut-être que solide.
Cicéron ayant à prouver que les Romains étaient les
peuples les plus belliqueux de la terre, tire adroitement
cet aveu de la bouche de leurs rivaux. « Gaulois, à qui
le cédez-vous en courage, si vous le cédez à quelqu'un ?
– Aux Romains. – Parthes, après vous, quels sont les
hommes les plus courageux ? – Les Romains. – Africains, qui redouteriez-vous, si vous aviez à redouter
quelqu'un ? – Les Romains. » Interrogeons à son
exemple le reste des religionnaires [170], vous disent les
déistes. « Chinois, quelle religion serait la meilleure si ce
n'était la vôtre ? – La religion naturelle [171]. – Musulmans,
quel culte embrasseriez-vous si vous adjuriez Mahomet ? – Le naturalisme [172]. – Chrétiens, quelle est la vraie
religion, si ce n'est la chrétienne ? – La religion des
juifs. – Mais vous juifs, quelle est la vraie religion, si le
judaïsme est faux ? – Le naturalisme. » Or ceux, continue Cicéron, à qui l'on accorde la seconde place d'un
consentement unanime, et qui ne cèdent la première à
personne, méritent incontestablement celle-ci [173].

TABLE DES MATIÈRES

Pensée.

A

Abadie	LIX
Alcoran	XLIV
Analyse des jeux de hasard	XXI
Apôtres	XLV
Arnaud	XIV
Athanase	LVI
Augure	XLVII
Augustin (saint)	XLVII, LI, LVI
Autel élevé à un augure	XLVII
Auteurs sacrés	XLV
Athées; leurs raisonnements	XV
Athées, vrais	XXII
Athées, sceptiques	XXII
Athées, fanfarons	XXII
Athéisme, moins injurieux à Dieu que la superstition	IX, XII
Autorité fait des hypocrites	LVI
Autorité ne prouve guère contre un philosophe	LVII, LVIII

B

Bayle	LVIII
Becherand	LIII
Berruyer	XLV
Bible	XLIII
Britannicus	XV

C

Cahos[p]. Sa durée plus incompréhensible que la naissance du monde	XXI
Calame (Prêtre de)	LI
Calviniste	XXXV
César	XLV
Cartouche fait leçon à Hobbs	XVII
Caractère peureux	XXVIII

Pensée.

Chefs des premiers chrétiens	XLII₁
Chevaliers romains	XLVI
Chrétien. Qui se peut glorifier de l'être	XXXVII
Trop zélés	XLIII
Premiers chrétiens	XLIII
Semblent ignorer leurs forces	LVI
Martyrs et actions	XLV
Impie comme un autre	XXXV
Chrysostôme	LVI
Christianisme n'est pas démontré	LIX
Christianisme, cause des troubles	XLIII
Ciceron cité	XLVII, LXII
Cité de Dieu citée	LI
Controversistes	XVI
Crainte et effroi de Dieu	VIII
Cudworth	XIII
Culte reçu par éducation	XXXVII
Cyprien	LVI

D

Danger à croire trop et trop peu	XXX
A écrire sur certains sujets	LVI
Déisme, ses avantages sur l'athéisme	XIII
Déistes	LXI
Raisonnement singulier	LXII
Démonstration de l'existence de Dieu	XX
Démonstrations, ne sont pas toutes de même force	LII
Denis d'Halicarnasse	XLVII
Descartes	XX, LVIII
Dévotion triste	IX
Enjouée	IX
Dévots ne s'entendent pas	XXXV
Diable	XLVII

p. [Cahos *pour* Chaos.]

	Pensée.		*Pensée.*
Dieu	VII, X	**I [I et J]**	
Qu'est-ce	XXV	Jansénistes	LI
On en parle trop tôt	XXIV, XXV	Idée singulière sur la présence	
Danger qu'il y a	XXV	de Dieu	XXVI
On n'insiste pas assez sur sa		Jesus Christ	XLII, XLV
présence	XXVI	Ignorance et incuriosité	XXVII
Divinité des Écritures	XLV	Iliade	XXI
Doctrine, épreuve des miracles	XLII	Impiété	XXXV
Dogme	XLII	Impunité	XI
Donat	XLIV	Incrédulité, vice et défaut	XXXII, XLI
Doute nécessaire	XXX	Indécision	XXVIII
		Insensé	XXXVIII
E		Inspiration	XLV
Écritures saintes	XLV	Jonas	XLI
Édit de l'empereur Julien	XLIII	Joseph	XLV
Église ne peut juger	LX	Irréligion	LVI
Égyptiens	LVI	Julien	XLIII
Élie	XLI		
Enfants élevés par Montagne	XXIV	**L**	
Enthousiaste	XXXIX	Lactance	XLVI
Erreur pardonnable	XXIX	Lafontaine	XIV
Esprits différents	XXIV	Lamotte	XIV
Bouillants	XXVIII	Lock	LVIII
Faibles	XXXIV	Logique	LII
Forts	XLIX		
Évangélistes	XLV	**M**	
Examen d'un raisonnement	XXI	Mahomet	XI
Exemple fait des dupes	LVI	Martyr	XXXIX, XLV, LV
		Messie	XLII
F		Métaphysique	XVII
Faits. Comment en juger	XLVI	Ministres	LVI
Incroyables	XLVIII	Miracles	XLII, L, LIII
Fanatique	XXXVIII	Missionnaires	XXXVI
Fanatisme	LV	Moliniste	XXXV, LI
Faiblesse de la raison	XXIX	Monde	XVIII
Foi inébranlable	L	Mongeront	LI, LIV
		Montagne	XXIV, XXVII, LVIII
G		Mosquée	XL
Galiléens, turbulents	XLIII	Moyse	XLII, XLV
Exilés, rappelés	XLIII	Muschembroeck	XVIII
Germes; découverte utile	XIX	Musulman	XXXV, XXXVII, XLIV
Gregoire le Grand	XLIV		
		N	
H		Navius	XLVII
Hartzoeker	XVIII	Neron	XV
Henriade	XXI	Newton	XVIII, XX
Historiens profanes	XLIV	Nicole	XIII, XIV
Leur témoignage	XLVI	Niewentit	XVIII
Hobbs	XVII	Ninivites	XLI
Homere	XXI	Notions privilégiées	XXXIV
Huet	LIX		

Pensée.

O

Ontologie	XIX

P

Pacome	VI
Papistes	XXXV
Paris	LIII
Pascal	XIII
Passions; source de bien et de mal	I
Passions en général	I
Passions sobres	II
Passions amorties	III
Passions fortes	IV
Passions indélébiles	V
Paul	XLII, LVI
Peines éternelles et finies	X
Pères de l'Église	XLIV, XLVII
Philosophes	XLVII
Physique expérimentale	XVIII
Pirrhonien	XVII, XXX
Platon	LII
Plutarque	XII
Polieucte insensé	XL
Ponce Pilate	XLV
Préjugé favorable	XLIX
Présence divine	XXVI
Probité du déiste	XXIII
Probité du sceptique	XXIII
Probité de l'athée	XXIII
Proculeius	XLIX
Prodiges font des dupes	LVI
Profession de foi	LVIII
Prophètes	XLII, XLV

Q

Quintus, frère de Ciceron	XLVII

R

Raison. Ses avantages	L
Sa force	LII

Pensée.

Fait des croyants	LVI
Révélation. Son temps passé	XLI
Romulus	XLVII, XLIX
Règle pour juger des prodiges	XLVI

S

Sacy (de)	XIV
Saluste	XLV
Sceptique	XI, XXVIII, XXX, LXI
Scepticisme. Premier pas vers la vérité	XXXI
Qualités qu'il exige	XXIV
Garantit de l'erreur	XXXIV
Favorable à la vérité	XXXIV
Salutaire	XXXVI
Semi-scepticisme	XXXIV
Sens	LII
Sentiment de l'auteur	I
S..... Caractères	XIII
Société	VI
Solitaires	VI
Stylites	VI
Suffisance dogmatique	XXIV
Superstition	XIII, XLVII

T

Tableaux peints par les Anges	XLV
Tarquin	XLVII
Temples (inconvénients des)	XXVI
Tertullien	LVI
Tite-Live	XLV, XLIX
Tradition fabuleuse	XLV

V

Vanini	XIII
Vérité, difficile à trouver	XXIX
Voltaire (de)	XXVIII

Z

Zèle, hors de mode	XL

Fin de la table des matières.

À PROPOS DES NOTES

Une impressionnante érudition affleure sous de nombreuses Pensées, et Diderot cite un grand nombre de noms sans donner les références précises. À la différence des textes érudits, des manuscrits surchargés de citations de la précédente génération d'auteurs subversifs, le texte ne comporte aucune note de Diderot. Cette légèreté explique sans doute le succès des *Pensées*, mais elle nous plonge quelquefois dans la perplexité. Il faut donc, paradoxalement, l'alourdir par des notes pour saisir sa force et sa légèreté.

De fait, nos notes ont quelque chose de transgressif, puisqu'elles mettent parfois au jour ce que Diderot s'était attaché à cacher, comptant sur un lecteur qui pouvait saisir au vol une allusion plus ou moins transparente, une impertinence antireligieuse ou une audace habilement insinuée. Ajouter des notes aux *Pensées* est donc, d'une certaine façon, une opération de trahison de son esprit et une déformation de sa lettre ou de sa composition. Certes, nous ne pouvons plus les lire comme certains le faisaient à l'époque, ni suivre le conseil que donne Diderot de lire un auteur comme il a lui-même écrit : « *omnis scriptura legi debet eo spiritu quo scripta est* » (« tout écrit doit être lu selon l'esprit qui l'a dicté », *Essai sur les règnes de Claude et de Néron*, LV, I, p. 1245, Laurent Versini précise que la citation latine provient de l'*Imitation de Jésus-Christ*…).

Au risque d'alourdir et de ralentir la lecture, c'est pourtant ce que les notes qui suivent prétendent aider à faire : restituer l'arrière-plan culturel, philosophique, polémique qui nous permet de saisir les allusions, les piques indirectes, les procédés de Diderot et de sentir la subtilité d'un texte dont les positions ne sont jamais dogmatiquement assurées. Il est inutile de dire que nous ne prétendons pas l'avoir complètement restitué. Yvon Belaval faisait remarquer que les philosophes de ce siècle avaient un savoir qui nous est à jamais inaccessible : savoir impeccable des auteurs de l'Antiquité et connaissance de la philosophie moderne, connaissance des Pères de l'Église, des apologistes, des écrivains oubliés aujourd'hui qui se manifestaient à l'occasion d'une querelle théologique ou de la réfutation d'un « mauvais écrit », connaissance exacte de textes clandestins, etc. Cette observation a au moins eu la vertu de tempérer nos ardeurs d'érudition et de fixer des bornes à nos enquêtes. Mais comme on le sait, une borne, cela se déplace...

Afin de ne pas surcharger l'appareil de notes, nous avons choisi de ne pas faire figurer systématiquement, pour chaque Pensée, les fréquents renvois aux nombreux textes de Shaftesbury. On en trouvera le relevé dans les éditions Niklaus et DPV. Nous nous sommes aussi abstenus de faire le relevé exhaustif de ce que Diderot a emprunté à l'opuscule de 1745, *Examen de la religion dont on cherche l'éclaircissement de bonne foi,* ou aux *Difficultés sur la religion* de Robert Challe, voire à d'autres manuscrits anonymes ou simplement clandestins.

De même, nous n'avons pas indiqué les notes que Voltaire avait faites à deux reprises, sur un exemplaire de 1746 et de 1777, qu'on trouvera rappelées dans l'éditions Niklaus (voir N. L. Torrey, « Voltaire's reaction to Diderot », in *Publications of the Modern language Association of America,* t. 50, 1935).

NOTES

1. « Ce poisson n'est pas destiné à tout le monde. » Évidemment,
il faut voir là une allusion aux Évangiles et au symbolisme chrétien
du poisson. Dans le Nouveau Testament, il est souvent question
de pêche, de pêcheurs et de poissons : voir Matthieu 4, 18-20 ; 7,
10 ; 14, 17 où le poisson est associé à la multiplication des pains ;
Luc 5, 4-11 et la pêche miraculeuse dans le lac de Génésareth ; et
Jean 21 1-14, la pêche miraculeuse dans le lac de Tibériade lors
de la troisième réapparition de Jésus qui répète le repas de la cène
avec quelques disciples. Souvent associé au pain et au rassasie-
ment des disciples, il signifie l'abondance contenue dans la parole
de Dieu destinée à tous, au-delà des disciples, ainsi que l'eucharistie puisque Jésus se donne à chacun. Enfin, le poisson semble
aussi avoir été retenu comme symbole baptismal. En grec, l'un
des mots pour dire poisson est *IKHTUS* dont chacune des cinq
lettres est le début de la formule *Iêsous Khristos Théou Uios Sôtêr*,
Jésus, Christ, fils de Dieu, Sauveur. – Diderot renverse la signification et le symbole chrétien du poisson : au moment où il proclame qu'il va parler de Dieu, il précise qu'il ne recherche pas
beaucoup de lecteurs et prévient qu'il ne souhaite pas fonder une
nouvelle secte, qu'elle soit celle des déistes, des sceptiques ou des
« naturalistes ».

2. « Qui lira ceci ? » Tiré du début de la première des *Satires* de
Persius (Perse), 34-62 apr. J.-C. D'inspiration stoïcienne, critique
des mœurs de son temps, il est l'auteur de six courtes satires, dont la
première est *Contre la poésie du temps*.

3. Diderot n'a pas eu recours à la construction « écrire sur » qu'on
attendrait. On peut penser que c'est un latinisme, le verbe *scribere* se
construisant avec la préposition *de*. Mais le Littré signale cette construction en citant La Bruyère : « prétendre en écrivant de quelque
art, échapper à la critique » (*Discours sur Théophraste*). En tout cas,
placée au début des *Pensées philosophiques*, elle fait ressortir la solen-
nité de l'exorde et lui donne le ton grandiloquent et péremptoire
que Diderot recherchait.

4. Diderot conclura l'*Addition aux Pensées philosophiques* en donnant, en latin, la maxime qu'il aménage ici (voir *Addition*, art. LXXII, plus bas, p. 170 et la note). Selon Laurent Versini, cette maxime est tirée de Juste Lipse (1547-1606), restaurateur du stoïcisme.

5. « Constitution » signifie, au sens général, l'assemblage de plusieurs parties pour composer un tout. Plus précisément, concernant l'homme, constitution « se dit du tempérament et de la complexion du corps humain » (*Dictionnaire de l'Académie*). La référence à la constitution insiste d'abord sur l'idée que les passions découlent du fait que l'homme est un composé de corps et d'âme. Elles n'ont rien à voir avec le péché et doivent être comprises indépendamment de la religion. La morale ne peut que s'édifier sur elles. En second lieu, la constitution étant variable d'un homme à l'autre, on comprend que la place des passions est également variable, le tempérament jouant un grand rôle. Troisièmement, insister sur le rôle de la constitution dans les conduites et les opinions humaines revient à mettre en doute la liberté de la volonté, en tout cas, à lui tracer des bornes. Enfin, la constitution quoique innée peut être modifiée sous l'effet de l'éducation et de la raison. Les matérialistes français des Lumières (Helvétius, Diderot, d'Holbach) auront, autour de la notion plus précise d'organisation, d'importants débats à enjeux psychologiques, moraux et politiques, sur le rôle et la puissance de la constitution du cerveau, du rôle des fibres, etc., et sur l'importance qui doit être reconnue à l'origine sociale des passions et à l'éducation. Mais à l'époque des *Pensées*, à la suite de Shaftesbury, il s'agit de montrer que si les conduites religieuses sont déterminées par des affects, les croyances religieuses ne peuvent prétendre influer sur la moralité. À plusieurs reprises, Shaftesbury décrit, souvent de façon féroce, les tempéraments caractéristiques des dévots, des fanatiques, des enthousiastes.

6. Selon *Trévoux*, le dévot est celui « qui se plaît à servir Dieu ; qui est ardent à le prier, qui est assidu aux Églises ». L'article DÉVOTION précise que « La religion est plus dans le cœur qu'elle ne paraît au-dehors. La piété est dans le cœur et paraît au-dehors. La dévotion paraît quelque fois au-dehors, sans être dans le cœur ». Par l'évocation fréquente des dévots dans les *Pensées*, Diderot vise tous ceux qui, théologiens, professeurs, magistrats, conseillers, ministres, sont hostiles aux idées non strictement conformes à un catholicisme figé dans son refus de prendre en considération les aspirations nouvelles à la pensée libre. Notons aussi l'existence d'un parti dévot à la cour qui perpétuait la politique de contrôle du pouvoir par la religion.

7. Pacôme (286-348), est considéré comme l'inventeur du cénobitisme et du monachisme chrétien copte en Égypte. Enrôlé de force dans l'armée romaine, il découvre des chrétiens et est impressionné par leur volonté de supporter le martyre plutôt que de renier leur foi. Il pratiqua pendant sept ans l'ascèse, après son baptême, apprenant l'obéissance, l'humilité, le jeûne, la solitude dans le désert, s'infligeant des mortifications terrifiantes. Selon différents et

divergents récits, il reçoit de la voix d'un ange l'ordre de construire une demeure pour accueillir d'autres ascètes solitaires, afin d'« entraîner des hommes hors du monde par son exemple, les grouper autour de lui, instituer dans le désert des communautés qui reposaient sur des règles et des principes absolument nouveaux » (Jacques Lacarrière, *Les Hommes ivres de Dieu*, Paris, Fayard, 1975, p. 83). Sa renommée dut beaucoup à la vague d'anachorétisme qu'il transforma en monachisme : les monastères furent perçus comme des cités de Dieu et le désert comme une « prairie de saints ». – Diderot qui insiste sur l'érémitisme de Pacôme et non sur son activité de fondateur du monachisme pose la question de sa portée sociale. Si cette conduite est considérée comme vertueuse, il faut l'imiter, mais le monachisme, exemple de pratique parfaite pourtant, ne peut être généralisé sans danger ni absurdité. Plus loin, dans la Pensée XLIII, Diderot posera la question de l'introduction d'un nouveau culte du point de vue des intérêts politiques d'une nation. Il est certain que sous le couvert de la référence érudite à Pacôme, Diderot visait les « Solitaires » de Port-Royal. En 1637, Antoine Lemaistre, un avocat parisien de renom se retira spectaculairement du monde et s'installa près du monastère janséniste, aux Granges. Il fut suivi par d'autres, parmi lesquels le grammairien Claude Lancelot et le moraliste Pierre Nicole. Le pouvoir politique essaya de les disperser à plusieurs reprises. Dans la traduction de l'*Essai*, Diderot avait une introduit une note où, hypocritement, il défendait Shaftesbury d'avoir voulu viser les « pieux solitaires que l'esprit de pénitence, la crainte des dangers du monde, ou quelque autre motif autorisé par les conseils de Jésus-Christ et par les vues sages de son Église, ont confiné dans les déserts ». Pour se couvrir, il ajoutait qu'« on considère dans tout le cours de cet ouvrage [...] l'homme dans son état naturel et non sous la loi de la grâce » (*op. cit.*, p. 124 ; voir également p. 44).

8. C'est en Syrie que se développa le stylitisme, de stylite (*stylos*, colonne, en grec). Les stylites passaient sur de hautes colonnes des années entières dans une solitude absolue. À partir de saint Syméon (389-458), ce courant dura jusqu'au XIIᵉ siècle. Synthèse de plusieurs formes d'ascèse : stationnaires (voir note suivante), reclus, à la fois loin des hommes et au milieu d'eux (voir Jacques Lacarrière, *op. cit.*, p. 183). – À l'évidence, Diderot connaît bien le mouvement ascétique des IVᵉ siècle et suivants : l'image des « Mille colonnes élevées sur les ruines de toutes les affections sociales » évoque le fait presque constant, rapporté par les vies des anachorètes, de leur rupture avec leur famille, leur village, leurs amis et l'abandon de leur profession. Il est possible que Diderot ait tiré son information de la lecture de textes du milieu janséniste qui accompagna l'installation au « désert » de Port-Royal par la redécouverte des saints de l'Égypte et de Syrie, avec les études et les traductions sur les Pères du désert : les traductions d'Arnauld d'Andilly des *Vies des saints Pères des déserts d'Égypte et de Syrie* (1654), et des ouvrages histo-

riques de Bulteau, Cotelier, Le Nain de Tillemont, au début du XVIIIᵉ siècle.

9. Diderot fait vraisemblablement allusion à certains ascètes appelés « stationnaires », qui pratiquaient la *stasis*, demeurant debout, immobiles, des jours entiers, les bras en croix, dont le corps finissait par n'être qu'une statue. Par exemple, Jacques de Nisibe « s'efforçait, bien que chargé du poids de son corps, de vivre comme s'il n'avait pas de corps » (Jacques Lacarrière, *op. cit.*, p. 181).

10. Les « ongles de fer » étaient des instruments de torture utilisés notamment par les Romains pour martyriser les chrétiens. Certains ascètes pouvaient utiliser pour leurs mortifications des ongles de fer dans leur haire.

11. Diderot éprouve une véritable répulsion pour les couvents, leurs pratiques de mortification et les jeux pervers de pouvoir qui s'y exercent, qui sont la matière de *La Religieuse*.

12. Rousseau reprendra cette pensée mot à mot dans le *Discours sur les sciences et les arts* (1750), in *Œuvres complètes*, III, Paris, Gallimard, 1964. – « Craindre » signifie avoir du respect, de la vénération.

13. Ici commence le deuxième moment des *Pensées* consacré à l'idée de Dieu.

14. Allusion à la doctrine de la prédestination, dans la version adoptée par les jansénistes. On rencontre la même idée chez Robert Challe, dans les *Difficultés sur la religion proposées au père Malebranche* (rédigé vers 1710) : « La religion chrétienne nous met en bien pire état, surtout par rapport à la prédestination qui nous porte quasi dans le désepoir du salut, puisque le nombre des élus n'est presque rien, en comparaison de celui des réprouvés, sans compter qu'il n'y a pas de proportion des biens et aux maux » (édition de Frédéric Deloffre et François Moureau, Genève, Droz, 2000, p. 107 ; voir également p. 99).

15. Être tranquille ici-bas si l'on est assuré de n'avoir aucune crainte dans l'au-delà est une idée courante chez les écrivains libertins : elle remonte à Épicure qui fait de la suppression des opinions fausses sur les dieux et de l'absence de crainte la première condition du bonheur (voir *Lettre à Ménécée*, § 123, 124, édition de Marcel Conche, Villiers-sur-Mer, Éditions de Mégare, 1977, p. 216-218).

16. « La superstition ». « C'est en général l'excès de religion ; un culte de religion vain, mal dirigé, mal ordonné, contraire à la raison et à l'idée qu'on doit avoir de l'Être suprême : c'est une fausse opinion que l'on se fait de la divinité, mêlée de crainte. [...] Ce mot s'étend aux vains présages qu'on tire de certains accidents qui sont purement fortuits [...]. La superstition mise en action, constitue le fanatisme. [...] Plutarque a voulu montrer que la superstition était pire que l'athéisme » (*Trévoux*). Le mot superstition fait partie de ces mots, utilisés dans la polémique antireligieuse, à multiples usages : un lecteur averti comprend que parler de superstition c'est

parler de toutes les religions, et surtout du christianisme. Mais établir une distinction entre les deux, comme le fait la définition du
Trévoux, revient, en distinguant deux formes de religiosité, à
accuser les athées ou les libertins de mauvaise foi. On aura
remarqué que la définition fait de la superstition une conséquence
d'une idée fausse de Dieu et l'expression de la crainte. Il s'agit d'une
reprise, peut-être involontaire, des analyses de Spinoza dans la
célèbre Préface du *Tractatus* (voir Spinoza, *Œuvres*, III, *Traité théologico-politique*, traduction de Jacqueline Lagrée et Pierre-François
Moreau, Paris, PUF, 1999, p. 57-77).

17. *Trévoux* donne du tempérament une définition, classique
depuis l'Antiquité, en termes d'humeurs : « Complexion, constitution naturelle, habitude du corps de l'homme qui résulte du
mélange et de la proportion des humeurs, des qualités primitives :
union, accord de ses principes tant solides que liquides qui se répri-
ment et se tempèrent mutuellement. » La référence au tempérament
intervient plusieurs fois dans les *Pensées*. Le tempérament est dit
« maudit » parce qu'il ne dépend pas de nous, qu'il est rétif à notre
volonté et qu'il détermine, malgré nous, nos comportements et nos
opinions. Le fait de le qualifier de « maudit » a une signification ironique, puisque Diderot reprend le vocabulaire des dévots ascètes
dont il vient de montrer la fausseté. Recourir au rôle des tempéraments est apparemment une stratégie sceptique dont on trouve un
exemple chez Saint-Évremond : « La diversité des tempéraments a
beaucoup de part aux divers sentiments qu'ont les hommes sur les
choses surnaturelles. Les âmes douces et tendres se portent à
l'amour de Dieu ; les timides se tournent à la crainte de l'enfer ; les
irrésolus vivent dans le doute ; les prudents vont au plus sûr sans
examiner le plus vrai. Les dociles se soumettent ; les opiniâtres
s'obstinent dans les sentiments qu'on leur a donnés, ou qu'ils se forment eux-mêmes ; et les gens attachés à la raison veulent être
convaincus par des preuves, qu'ils ne trouvent pas » (*Discours sur la
religion*, in *Lettre à la Duchesse Mazarin* (1677). *Lettres*, édition de
R. Ternois, Paris, Didier, 1967-1968, t. I, p. 333-334, cité in Laurent Jaffro, *Éthique de la communication et art d'écrire, Shaftesbury et
les Lumières anglaises*, Paris, PUF, p. 132-133). Mais, pour Diderot,
les différentes attitudes à l'égard de la religion, examinées dans les
Pensées, relèvent davantage de la façon dont on use de la raison que
des tempéraments.

18. Plutarque (48-125), historien et moraliste grec, devenu
citoyen romain a occupé des fonctions politiques importantes. Il
est, entre autres, l'auteur des *Vies parallèles des hommes illustres*, qui
enthousiasmèrent le jeune Rousseau, de nombreuses biographies
dont celles des huit César et d'œuvres morales dont un tiers nous est
parvenu. Il est une référence inépuisable depuis le XVIᵉ siècle. – Il y
a pire que l'athéisme, la superstition : cette idée, associée à Plutarque, est en fait une variation sur un thème d'Épicure : « L'impie
n'est pas celui qui rejette les dieux de la foule, mais celui qui attache
aux dieux les opinions de la foule » (*Lettre à Ménécée, op. cit*, p. 219).

Dans l'Avant-propos de sa Dissertation de doctorat *Différence de la philosophie naturelle chez Démocrite et chez Épicure*, Marx cite ces lignes d'Épicure en les introduisant ainsi : « Tant qu'il restera une goutte de sang pour couler dans son cœur absolument libre et maître du monde, la philosophie ne se lassera pas de lancer à ses adversaires le cri d'Épicure » (*Œuvres*, III, Philosophie, traduction de Maximilien Rubel, Paris, Gallimard, 1982, p. 14).

19. Sur « déiste », voir l'Introduction et « La subversion déiste », Annexe, p. 196 et suiv.

20. La table des matières permet d'identifier Cudworth et Shaftesbury. Ralph Cudworth, philosophe anglais (1617-1688), professeur d'hébreu à Cambridge, théologien et philosophe, ami de Henry More, lié aux « platoniciens de Cambridge », adversaire de Hobbes, il lutta contre l'athéisme et le mécanisme cartésien qui menait nécessairement à l'athéisme. *The True Intellectual System of the Universe*, publié à Londres en 1678, exposait sa doctrine des « natures plastiques », qui fut diffusée sur le continent par Jean Le Clerc dès 1703. Rejetant à la fois « les partisans du mécanisme fortuit » qui veulent expliquer la formation des choses sans recourir à un esprit ou une intelligence, et ceux qui supposent une intervention fabricatrice constante de Dieu, Cudworth veut préserver à la nature son autonomie tout en concevant un principe d'organisation intelligent qui lui soit intérieur. La notion de « nature plastique » exprime l'idée que la nature est comme « l'art pour ainsi dire incorporé et incarné dans la matière, [art] qui n'agit pas sur elle du dehors et mécaniquement, mais de l'intérieur, vitalement et magiquement », sans science ni conscience de ses opérations qui s'exécutent sous les ordres de Dieu. D'après Vernière, Diderot ne connaissait Cudworth que par la lecture de Shaftesbury (voir *OP*, p. 15, note 1). Dans les *Moralistes* de 1709, ce dernier soulève la difficulté d'écrire en philosophe sur la religion et contre les athées, dans un monde où les dévots chrétiens interdisent de donner la parole à leurs adversaires. Shaftesbury cite alors « le pieux et savant auteur du *Système intellectuel de l'Univers* » qui, bien qu'on ait rendu hommage « à son habileté, à son savoir et à la droiture de ses intentions dans la défense des intérêts de Dieu », a été accusé de favoriser l'athéisme parce qu'il en avait exposé les raisons. (Voir *Œuvres de Mylord comte de Shaftesbury*, traduction de J.-B. Robinet, édition de Françoise Badelon, Paris, Champion, 2002, p. 507). Pour Shaftesbury, voir l'Introduction, p. 10, 11 et 20.

21. Après des études de philosophie et de théologie à Rome, puis de droit à Naples, Giulio Cesare Vanini (1585-1619) entra dans les ordres. Il eut une vie errante et instable, vivant en Suisse, en Hollande, en France, passant en Angleterre où il abjura le catholicisme, revenant en Italie où il redevint catholique, en France où il séjourna à Lyon, à Paris et à Toulouse. C'est dans cette ville, où l'Inquisition fut particulièrement féroce, qu'il fut accusé d'athéisme et de mœurs « impures », et condamné par le Parlement à avoir la langue arrachée et à être brûlé en 1619. Il publia, entre autres, l'*Amphitheatrum*

aeternae providentia divino-magicum (1615) et les dialogues *De admirandis naturae reginae deaeque mortalium arcanis* (1616). Rapidement se dessina une image exécrable d'athée, de blasphémateur, de corrupteur de la jeunesse, mais aussi de dissimulateur, d'hypocrite, de magicien, d'imposteur... – Relayée par Garasse, Mersenne, Moreri, etc., cette réputation fut l'objet de révisions de la part de penseurs hétérodoxes, libertins, libre penseurs, sceptiques, athées, etc. Sa pensée et sa condamnation furent l'occasion d'illustrer l'intolérance religieuse, la question, mise en évidence avec éclat par Bayle, de la possibilité d'être athée et vertueux, celle de savoir si ses écrits défendaient réellement l'athéisme. Bref le nom de Vanini, et le fait de l'invoquer, emportaient une signification surdéterminée par les différentes stratégies polémiques : il devint le révélateur de la position philosophique occupée par chacun. Par exemple, pour étayer ce qu'on a appelé son paradoxe de l'athée vertueux et de la viabilité d'une société d'athées, Bayle le cite en 1680 dans les *Pensées diverses sur la comète* (voir l'édition de Pierre Rétat, Paris, Nizet, 1984, t. 2, § 174, p. 111 et § 184, p. 135-136). Il reconnaît son athéisme, mais sa vie est hors de tout soupçon et Bayle met en valeur son désintéressement : en enseignant l'athéisme, il sacrifia ses intérêts à ceux de son prochain. Ainsi Bayle apporta-t-il une touche nouvelle au dossier Vanini, en distinguant athéisme et scélératesse. En revanche, Voltaire ne le fait pas figurer dans les différentes listes qu'il a données de libres penseurs de la XIIIe *Lettre philosophique*. Pour Voltaire si l'athéisme est une doctrine exécrable, l'accusation d'athéisme fut très souvent non fondée et intentionnellement instruite par l'*Infâme*. C'est ainsi que dans l'article ATHÉE du *Dictionnaire philosophique*, il attaque le jésuite Garasse, auteur de *La Doctrine curieuse des beaux esprits de ce temps*, et les fables de Mersenne établissant le prétendu athéisme de Vanini. Selon Voltaire, dans sa volonté d'étayer son « paradoxe », Bayle s'est trompé : Vanini ne fut pas athée et sa vie ne fut pas sans reproche eu égard aux bonnes mœurs. Mais peu importe, l'urgence est de mener le combat contre l'intolérance religieuse. En revanche, il est significatif que La Mettrie, dans le *Discours préliminaire* (1751), fasse figurer Vanini, dans la liste de ceux qui, à la différence des théologiens, « n'ont pas porté le flambeau de la discorde dans leur patrie » (voir Ann Thomson, *Materialism and Society in the Mid-Eighteenth Century : La Mettrie's Discours préliminaire*, Genève-Paris, Droz, 1981, p. 225. Voir également p. 126-141). – Le contexte de cette Pensée et la Pensée précédente montrent que Diderot tient Vanini pour un athée. Il le cite parce qu'il était partisan de la thèse de l'éternité de la matière. On remarquera la discrétion de Diderot sur les idées précises de Vanini et sur le genre des réponses qu'auraient pu lui apporter les déistes. Mais il suffisait d'évoquer le nom d'un personnage sulfureux, pour rehausser la supériorité alléguée du déiste.

22. Pierre Nicole (1625-1695) fit des études de philosophie et de théologie à Paris ; il demeura tonsuré toute sa vie. Il entra à Port-Royal et enseigna aux Petites Écoles et aux Granges. Il participa

activement, de 1655 à 1668, aux luttes politiques et religieuses, aux
côtés d'Arnauld et de Pascal. Ses nombreux ouvrages sont essentiellement des textes de combat contre les casuistes et les calvinistes
et des textes apologétiques. Ses *Essais de morale* (1671) eurent
beaucoup de succès. Il fut l'auteur, avec Antoine Arnauld de *La
Logique ou l'art de penser.*

23. Blaise Pascal (1623-1662), mathématicien, physicien, théologien, philosophe, il découvrit la pesanteur de l'air en 1646 et fit des
expériences sur le vide en 1647. Il se retire à Port-Royal en 1655,
puis y revint régulièrement. Il participa aux querelles des jansénistes
contre les jésuites avec les *Lettres provinciales* (1656-1657). Il laissa
inachevée une *Apologie de la religion chrétienne*, qu'on publia après sa
mort, à partir de notes éparses, sous le titre *Pensées de M. Pascal sur
la religion et sur quelques autres sujets.*

24. Diderot fait allusion à la querelle des jansénistes et des
jésuites, à laquelle Pascal participa avec les *Lettres provinciales*. En
réalité, c'est une œuvre collective, non signée (sauf la troisième avec
des initiales), rédigée par Pascal sur la base d'une documentation
fournie par Arnauld et Nicole. Elles visent à éviter la condamnation
d'Arnauld par la Sorbonne, puis attaquent la morale des jésuites
exprimée dans la pratique de la casuistique et s'achèvent avec la
défense de Port-Royal.

25. La Mothe. Il est difficile d'identifier cet auteur, ainsi que la
source de cette parole. Trois candidats possibles se présentent sans
que nous ayons pu trouver de référence probante. On pense
d'abord spontanément au sceptique François La Mothe Le Vayer
(1588-1672), auteur notamment de *La Vertu des païens* (1642).
Mais il peut s'agir de François de Salignac de La Mothe-Fénelon
(1651-1715) qui, chargé de l'éducation du duc de Bourgogne, fit
pour lui des fables en prose. Une observation de Voltaire, dans
l'article FABLE du *Dictionnaire philosophique* (1765), permettrait de
l'associer à la fois aux jansénistes, aux fables, et, indirectement, à La
Fontaine : « Il y eut, parmi ceux qu'on nomme *jansénistes*, une petite
secte de cerveaux durs et creux, qui voulurent proscrire les belles
fables de l'Antiquité, substituer saint Prosper à Ovide, et Santeul à
Horace. Si on les avait crus, les peintres n'auraient plus représenté
Iris sur l'arc-en-ciel, ni Minerve avec son égide ; mais Nicole et
Arnauld combattant contre des jésuites et contre des protestants.
[…] Aux yeux de ces sages austères, Fénelon n'était qu'un idolâtre
qui introduisait l'enfant Cupidon chez la nymphe Eucharis, à
l'exemple du poème impie de *Énéide*. » Il prononça une homélie à la
mort de La Fontaine. Mais nous n'avons pu retrouver l'origine de la
remarque de « l'ingénieux » La Mothe. Toutefois, il semble qu'il
n'était pas d'usage de l'appeler La Mothe… Enfin un autre candidat
est possible, Antoine Houdar de La Motte (1672-1731), écrivain et
dramaturge, il transposa en 1714 l'*Iliade* en vers français. Cette
modernisation fit de lui le chef des Modernes dans la Querelle
d'Homère. Reste à prouver, encore ici, sa paternité pour l'attribution de ce bon mot. Il est possible que Diderot ait inventé cette

remarque ou ait rapporté un souvenir déformé de lecture de propos...

26. Arnaud *(sic)*. Il s'agit d'Antoine Arnauld (1612-1694), « Le Grand Arnauld », docteur de Sorbonne, théologien janséniste, philosophe, prêtre. Il participa à la grande controverse des années 1643 à 1669 sur l'*Augustinus* autour de la question de la grâce, polémiqua contre les jésuites à propos de la communion (*De la fréquente Communion*, 1643), intervint dans l'aventure des *Provinciales*, et dut entrer en clandestinité pendant douze ans. De son œuvre considérable, on peut retenir la *Logique* rédigée avec Pierre Nicole, l'*Examen d'un écrit qui a pour titre :* « Traité de l'essence du corps et de l'union de l'âme avec le corps contre la philosophie de M. Descartes » (1680) et *Des vraies et des fausses idées* (1683).

27. Isaac Le Maistre de Sacy (1613-1684), théologien janséniste, neveu d'Antoine Arnauld, fut directeur des religieuses et des pensionnaires de Port-Royal. Il eut un entretien avec Pascal sur Épictète et Montaigne en janvier 1655. Il fut le cotraducteur de la Bible, dite *Bible de Port-Royal*.

28. Les Pensées qui suivent portent sur l'existence de Dieu par la confrontation du déiste et de l'athée.

29. « Je vous dis qu'il n'y a point de Dieu ; que la création est une chimère. » Sans pouvoir assurer une influence, on peut trouver troublante la ressemblance de l'entame de cette Pensée avec une des *Touches du Seigneur des Accords* (1585) d'Étienne Tabourot, « De Iean atéiste » (1588) : « Iean dit, qu'il n'y a point de dieux – Que le ciel n'est qu'une folie » (cité par Olivier Bloch, « Cyrano de Bergerac et la philosophie », in *Matière à histoires*, Paris, Vrin, 1997, p. 230). Diderot évoquera cet auteur dans l'art. XXXVI de l'*Addition*.

30. Claudius Tiberius (42-56) Britannicus, fils de Claude et de Messaline, fut empoisonné par Néron (37-68). Racine fit représenter en 1669 la tragédie *Britannicus*.

31. Il est devenu courant de reconnaître derrière cet athée la figure impressionnante de Julien Offray de La Mettrie (1709-1751), puisque ce dernier en y répondant dans *L'Homme-machine*, reconnaissait avoir été visé (voir Annexe). Mais il est peut-être aussi plus intéressant de voir que Diderot convoque un « personnage » philosophique, partie prenante du débat philosophico-religieux, qu'il met en scène dans l'ouvrage. Il est remarquable que Diderot au lieu d'exposer scolairement les arguments de l'athéisme, pas plus qu'il n'expose ceux des « superstitieux », des « dévots » ou des « métaphysiciens », donne la parole à un athée et en accroît l'autorité. Il procède comme faisaient les adversaires de l'athéisme qui, dans leurs condamnations et réfutations, étaient amenés à exposer leurs thèses et à leur donner ainsi une publicité inespérée ou recherchée et crée ainsi une dramatisation redoutable. On relèvera que les thèses de l'athée relèvent de cinq types d'énonciation : 1) dans les Pensées XVIII et XIX, ce sont les idées de « l'athéisme » et du « matérialisme » qui sont évoquées très allusivement par la médiation de leur réfutation par la « physique expérimentale » et le

déisme ; 2) dans la Pensée XX, nous trouvons la déclamation habile de l'athée exprimée au style direct et 3) le long dialogue du déiste avec celui-ci ; 4) dans la Pensée XXI, la conception atomistique et aléatoire de l'athée est concédée par un adversaire (Rivard) qui lui oppose l'argument classique de l'apologétique de l'*Iliade* ou de *La Henriade* ; 5) auquel succède la réponse la plus forte de l'athée reposant sur « l'analyse des sorts », donnée au discours indirect. Cela suppose une très bonne connaissance des thèses les plus constantes du matérialisme athée de sa part et des arguments de ses adversaires. On peut aussi y voir une certaine connivence avec ses concepts et sa logique. En tout cas, Diderot se montre un brillant dialecticien. Dans les *Pensées*, sa voix philosophique contient plusieurs voix, celle du déiste, celle du sceptique non pyrrhonien, celle du matérialisme athée. Mais à l'évidence cette dernière a le plus d'éloquence et de force argumentative. Enfin, Diderot réalise ici le conseil qu'il donne dans l'*Essai* : « ne craignez pas de donner trop d'esprit à votre antagoniste. Faites-le paraître sur le champ de bataille avec toute la force, toute l'adresse, tout l'art dont il est capable » (*op. cit.*, p. 30). Le lecteur est en effet édifié sur cette force, cette adresse et cet art, puisque l'athée a le dernier mot dans sa querelle avec le déiste.

32. L'urbanité est la « politesse que donne l'usage du monde. Il ne se dit guère qu'en parlant de la politesse des Romains » (*Dictionnaire de l'Académie*). En insistant sur cette qualité, Diderot révèle sa dette à l'égard de Shaftesbury et semble lui emprunter l'idée que la communication philosophique relève de règles qui sont de même ordre que celles de la sociabilité civilisée. Il se souvient sans doute, entre autres, des *Moralistes* où Shaftesbury distingue la façon de parler et d'écrire des Magistrats et celle du philosophe. Les premiers jugent, condamnent et réduisent au silence les athées : « Personne n'écrit bien contre les athées que le greffier qui dresse l'arrêt pour les faire exécuter. » Le second « laisse la liberté dans les discussions et […] agit en galant homme avec son adversaire » (*op. cit.*, p. 505 et 506). (Voir la note précédente.) Mieux encore, on doit attendre des philosophes qu'ils soient les premiers à respecter et réaliser dans leurs échanges cette qualité qui est la caractéristique d'un état de mœurs et d'un État politique non despotiques, civilisés. Mais l'urbanité n'exclut évidemment pas la fermeté dans l'argumentation.

33. Ainsi que le précise Vernière, c'est Kyniscos et non Ménippe qui, dans *Zeus à court de raisons* de Lucien, accuse Zeus d'être l'auteur du mal. Ce dernier le menace de son tonnerre pour toute réponse (voir *OP*, p. 17).

34. « On », « À quelqu'un », « il » : avec ces mots indéfinis, Diderot introduit comme l'esquisse d'une scène de salon, qui nous permet d'imaginer un échange de répliques virevoltantes du genre de celles qui peuvent se graver dans la mémoire. L'esquisse ouvre un espace d'hypothèses sur les identités possibles de « on » et de « quelqu'un ». « On » peut être un ou des chrétien(ne)s, incrédules,

curieux, ou, comme on va le voir, un adversaire de l'athéisme.
« Quelqu'un » peut être un ami ou un familier d'athées, voire un
déiste faisant preuve d'« urbanité », en tout cas sa réplique montrera
qu'il n'est pas un pourfendeur de l'athéisme. Cette Pensée est aussi
écrite comme un mot d'esprit qui doit par un mouvement brusque
de la pensée faire entrevoir une vérité jusqu'alors inaperçue et faire
retourner le questionneur sur lui-même, s'il est chrétien. L'idée
qu'on ne puisse pas être vraiment athée, sinon par fanfaronnade, ou
pour justifier ses mœurs dissolues, est un véritable lieu commun.
« Existe-t-il de vrais athées ? » Si l'athéisme paraît impossible, c'est
que l'idée de Dieu et son existence sont soutenues par un appareil
impressionnant de « preuves : 1) pour beaucoup, elles sont attestées
par leur innéité en nous, 2) elles ont pour elles le consentement universel (*consensus gentium*) et l'universalité des religions, au point que
la religion est à l'évidence la caractéristique de la nature humaine ;
3) elles sont prouvées grâce au *topos* du spectacle de la nature qui
manifeste la présence d'un « dessein » divin ; 4) elles sont acces-
sibles par des raisons démonstratives puissantes ; 5) enfin, elles ont
pour elles l'imposant appareil de la Révélation. En outre, la fonction
politique, voire policière de la religion, ses effets sur les mœurs et les
opinions rendent puissante l'idée qu'affirmer qu'il n'est point de
Dieu est soit une absurdité totale, soit la preuve d'une ignorance,
voire d'une bêtise qui rejette l'athée du côté des bêtes. Pour Mersenne, l'athée est un « abruti » : « je vous assure que je me suis fort
souvent étonné lorsqu'on m'a dit qu'il y avait des athées vu qu'il n'y
a créature si chétive qui n'enseigne que Dieu est et qu'il est unique
et souverain ; je crois qu'il faut avoir l'âme merveilleusement
abrutie pour en venir jusque-là que de penser qu'il n'y a point de
Dieu » (*De l'impiété des déistes* (1624), chap. v, p. 72-73, cité in
Jacqueline Lagrée, *Le Salut du laïc, sur Herbert de Cherbury*, p. 143,
note 17). Or, il y a bien des gens qui se proclament athées. On les
soupçonnera donc d'être hypocrites et de vouloir justifier par des
prétentions théoriques leur conduite dépravée. Leur athéisme spéculatif, ou « de système », est au service de raisons pratiques. Plus
fondamentalement encore, si on pense que « croire est un acte de
l'intelligence en tant que celle-ci est menée à l'assentiment par la
volonté » (saint Thomas, *Somme théologique* II a II ; ae ; q. IV, a 2),
on accuse les incrédules et les athées de manquer de volonté,
d'avoir la volonté mauvaise. C'est contre ce présupposé que
Diderot polémique dans la Pensée XXIX. On comprend, en tout
cas, l'importance stratégique des débats ouverts par l'existence de
païens, d'incroyants, et d'athées dont la vertu est sans reproche et
la volonté bonne. Dans la pensée XVI, la possibilité de l'existence
d'athées ou de chrétiens est interrogée en fonction du lien entre les
croyances et les mœurs et non pas de la spéculation pure. Dans
l'*Entretien d'un philosophe avec la Maréchale****, écrit en 1771 et en
1774, paru en 1775 dans la *Correspondance littéraire* de Grimm,
c'est la spirituelle maréchale, raisonnablement pieuse, intriguée
par son interlocuteur athée (« C'est donc vous qui ne croyez à

rien ? »), qui s'étonne qu'on lui demande : « Mais, madame la
maréchale, est-ce qu'il y a des chrétiens ? je n'en ai jamais vu »
(*OP*, p. 535). L'interrogation porte sur la difficulté ou l'impossibilité d'une morale pleinement chrétienne dans une société en
train de séculariser ses mœurs. Voir Franck Salaün, *L'Ordre des
mœurs*.

35. Billevesées : « discours frivole, conte vain et ridicule » (*Dictionnaire de l'Académie*). Voir note 151 concernant « frivole ».

36. Selon Perelman-Tyteca (*Traité de l'argumentation*, Bruxelles,
Édition de l'ULB, Paris, Vrin, 1976), en rhétorique, un argument
ad hominem est un argument non « logique », mais « tiré de
l'expérience ». Plus précisément, ce type d'argument repose sur le
lien de la personne, de ses sentiments, de ses intérêts et de sa
pensée. Il s'adresse donc davantage au *pathos* qu'au *logos*. Alors que
traditionnellement cet argument sert à discréditer ou affaiblir
l'argument de l'adversaire, Diderot l'utilise pour tenter de faciliter
son accord en l'amenant à régler ses arguments sur son sentiment
intérieur. D'une certaine façon recourir à l'argument *ad hominem*
peut correspondre au souci de l'« urbanité » (voir note 23). –
L'appel au sentiment intérieur joue un rôle décisif chez Rousseau et
rend compte de son opposition aux « Philosophes » et particulièrement aux athées matérialistes. Voir entre autres « La profession de
foi du vicaire savoyard », *Émile*, L. IV, la *Lettre à Voltaire* (18 août
1756), la *Lettre à M. de Franquières* (25 mars 1769), in *Œuvres complètes*, t. IV, Paris, Gallimard, 1969.

37. Exemple d'argument *ad hominem*, comme le suivant. – Il pose
une question d'exactitude historique, dans la mesure où il ne semble
pas que les sceptiques aient nié exister, ni que les cyniques (évoqués
par le « bâton ») en aient bastonné quelques-uns. Dans l'*Essai*,
Diderot avait pourtant écrit : « À quoi bon me prescrire des règles
de conduite, dira peut-être un pyrrhonien, si je ne suis pas sûr de
la succession de mon existence ? » (*op. cit*, p. 145). Le « pyrrhonien »
qui doute de la succession de son existence est peut-être en réalité
Descartes, comme le suggère fortement la suite de la note : « Quelle
certitude ai-je donc de mon identité ? Je pense, donc je suis. Cela est
vrai. J'ai pensé, donc j'étais. C'est supposer ce qui est en question.
Vous étiez sans doute, si vous avez pensé ; mais quelle démonstration avez-vous que vous avez pensé ? [...] Aucune, il faut en
convenir. [...] Le pyrrhonien même laisse ces subtilités à la porte
de l'école et suit le train commun s'il perd au jeu » (*ibid.*, p. 146).
Il faut donc distinguer ce « pyrrhonien » outré, de l'extravagant
« égoïste » de *La Promenade du sceptique* (1747) qui n'est assuré que
de sa propre existence à laquelle il réduit tout le reste (Ver I,
p. 105). Il faut reconnaître dans cette dernière figure Berkeley et
Condillac, tels que Diderot les comprend. En tout cas, pour
Diderot, les pyrrhoniens sont légion.

38. Louis Dominique Bourguignon, dit Cartouche, né vers 1693,
fut un brigand, un chef de bande qui s'illustra par des vols, des
assassinats à Paris et des attaques de carrosses entre Paris et Ver-

sailles. Trahi par un de ses complices il fut roué vif en place de Grève le 28 novembre 1721. Son histoire inspira une multitude de récits, de poèmes, de petites pièces de théâtre, d'imprimés divers, de textes colportés.

39. La référence à Hobbes n'est pas très claire et trahit une ignorance de Diderot à l'égard de sa pensée. Il semble en effet sous-entendre que Hobbes est un défenseur de l'état de nature et cherche, par l'anecdote de Cartouche, à en montrer l'absurdité : tout comme dans le cas du pyrrhonien, sa doctrine politique ne peut que d'effondrer devant un argument de fait qui toucherait son « sentiment », en l'occurrence un homme violent et plus fort que lui qui menacerait sa vie. Or d'une certaine façon Diderot donne raison à Hobbes pour qui l'état de nature est précisément celui de l'insécurité générale et de la crainte universelle de la mort violente, et dans lequel « il n'est pas question d'équité » entre les hommes. Sur la connaissance de Hobbes par Diderot avant les premiers volumes de l'*Encyclopédie* et en particulier l'article HOBBISME, voir Yves Glaziou, *Hobbes en France au XVIIIᵉ siècle*, Paris, PUF, 1993, p. 142-146. Voir également Jacques Proust, *Diderot et l'Encyclopédie*, Paris, Albin Michel, 1995 [1962].

40. Nicolas Malebranche (1638-1715), philosophe chrétien, prêtre oratorien, son enthousiasme à la lecture du *Traité de l'homme* de Descartes orienta sa pensée et ses œuvres. Il développa le cartésianisme dans l'esprit du christianisme. Il fut critiqué par Arnauld sur la question de la grâce. Lors de la querelle du quiétisme, il se rallia à Bossuet. Ses principales œuvres sont *Recherche de la vérité* (1674, 1675), *Conversations chrétiennes* (1676), *Traité de la nature, et de la grâce* (1680), *Méditations chrétiennes* (1683), *Entretiens sur la métaphysique et la religion* (1688), *Entretiens entre un philosophe chrétien et un philosophe chinois sur l'existence de Dieu* (1707). Sa pensée philosophique, son cartésianisme hétérodoxe qui l'amena à exposer ses théories de la « vision en Dieu », des « causes occasionnelles », de « la prémotion physique », sa conception de la loi et de l'ordre naturel, jouèrent un grand rôle au XVIIIᵉ siècle. Il fut l'auteur de l'âge classique le plus lu, toujours apprécié comme écrivain, y compris par Diderot.

41. Descartes (1596-1650) : *Regulae ad directionem ingenii* (début de rédaction vers 1619), *Discours de la méthode, Dioptrique, Météores, Géométrie* (1636), *Meditationes de prima philosophia*, avec six séries d'objections et de réponses (1641 ; 2ᵉ édition en 1642 avec sept séries d'objections), *Principia philosophiae* (1644), *Méditations métaphysiques, Principes de la philosophie* (1647), *Passions de l'âme* (1649).

42. Diderot associe le matérialisme et l'athéisme. Cette liaison signifie que le matérialisme n'est pas seulement une doctrine spéculative sur le monde, mais qu'elle entraîne des conséquences morales. Par matérialisme Diderot entend, comme le montrent les *Pensées*, une philosophie qui explique tout par le mouvement de la matière, en l'absence de tout principe spirituel. Le matérialisme

athée en développe les conséquences suivantes : le refus de la finalité dans la nature, donc la critique du « dessein », celui de la Providence et de l'immortalité de l'âme, la dénonciation des doctrines qui
fondent les valeurs morales et sociales sur Dieu, via la Révélation
(voir Franck Salaün, *op. cit.*, O. Bloch, *Le Matérialisme*, Paris, PUF,
1985).

43. Malpighi, Marcello (1628-1694), médecin et anatomiste italien, découvrit au microscope les papilles gustatives, la couche profonde de l'épiderme, et les glomérules des reins qui portent son
nom. Il observa le développement du poulet et soutint la théorie de
la préformation et de l'emboîtement des germes.

44. La physique expérimentale se distingue de la physique
rationnelle, identifiée à celle de Descartes, élaborée *a priori*, limitée
à la considération de l'étendue et du mouvement local, et finalement
fausse. La physique expérimentale connaît un développement et un
succès considérable parce que en s'attaquant aux problèmes de la
vie et de la génération, et qu'en acceptant les présupposés généraux du mécanisme (qui rendent cependant mal compte de la spé-
cificité du vivant), elle montre qu'elle est compatible avec la
« science nouvelle », à condition de recourir à la finalité. Enfin, en
faisant usage de la téléologie, elle offre des ressources inépuisables
pour les partisans de l'existence d'un « dessein » intelligent et providentiel dans la nature. C'est pourquoi l'apologétique chrétienne lui
empruntera, pour longtemps encore, ses arguments, ses lieux communs, ses « preuves ». À l'époque des *Pensées*, Diderot apparaît
comme un adepte d'une pensée finaliste, mais en réalité, il laisse
sans réponse la longue Pensée XXI de l'athée épicurien-lucrétien.
Cette absence de réponse a été commentée dans l'Introduction,
p. 39 sq. et 52.

45. Isaac Newton (1642-1727), mathématicien et philosophe
anglais, découvrit la décomposition de la lumière, le calcul infinité-
simal en même temps que Leibniz et la gravitation universelle
exposée en 1685 dans les *Principia mathematica*. Ses découvertes,
sa méthode, sa méfiance à l'égard des théories (« *Hypotheses non
fingo* »), firent de sa pensée une autorité progressivement incontes-
tée : pour longtemps, le modèle de la science sera « newtonien ».
Son génie fut unanimement reconnu.

46. Musschenbroek, Pierre Van (1692-1761), physicien hollandais, élève de Newton, médecin et professeur de philosophie qui
introduisit en Hollande la philosophie expérimentale et la théorie de
Newton.

47. Hartsoeker, Nicolas (1656-1725), astronome hollandais,
physicien, mathématicien, il découvrit après Leuwenhoek les ani-
malcules spermatiques en 1678 et perfectionna le microscope, et le
télescope. Il contribua à disqualifier les théories de la génération
spontanée du vivant.

48. Nieuwentyt, Bernhardt (1654-1718), mathématicien et
médecin hollandais, auteur de l'*Existence de Dieu démontrée par les
merveilles de la nature* qui fut traduit en 1725.

49. Allusion à Spinoza, *Éthique*, IV, Préface, « *Deus seu natura* ». L'article SPINOZA du *Dictionnaire historique et critique* de Bayle a influencé la représentation que les auteurs du XVIIIᵉ siècle ont eue de ce philosophe qu'ils réduisent souvent à cette formule. En tout cas, il n'est pas faux de penser que si « la nature est un dieu », alors Dieu est une chimère, car la nature étant cause immanente de soi, puissance infinie d'action et de production de ses modes, il est inutile de poser un Dieu architecte, mécanicien et encore moins un Dieu personnel. Huit ans plus tard, dans le post-scriptum de l'exorde solennel des *Pensées sur l'interprétation de la nature*, Diderot écrira : « Aie toujours présent à l'esprit que la *Nature* n'est pas *Dieu* » (Voir l'édition de Colas Duflo, Paris, GF-Flammarion, 2005, p. 61 et p. 27-28).

50. Fontenelle, dans les *Entretiens sur la pluralité des mondes* donne une très belle représentation du mécanisme : « Je me figure toujours que la nature est un grand spectacle qui ressemble à celui de l'Opéra. Du lieu où vous êtes, vous ne voyez pas le théâtre tout à fait comme il est ; on a disposé les décorations et les machines, pour faire de loin un effet agréable, et on cache à votre vue ces roues et ces contrepoids qui font tous les mouvements. [...] Dans les machines que la nature présente à nos yeux, les cordes sont parfaitement bien cachées. [...] On veut que l'univers soit en grand, que ce qu'une montre est en petit, et que tout s'y conduise par des mouvements réglés qui dépendent de l'arrangement des parties » (édition de Christophe Martin, Paris, GF-Flammarion, 1998, « Premier Soir », p. 62, 63, 64).

51. L'ontologie, ou encore la métaphysique, est critiquée dans ses prétentions à nous donner une connaissance des substances, des causes premières et à reposer sur des idées vraies, indépendamment de la structure de notre entendement, de nos besoins, de nos intérêts, de nos passions et de notre corps. L'origine de cette critique de la métaphysique et de la méfiance qu'on éprouve à son égard est Locke. Le reproche essentiel de Diderot est que le genre de certitudes qu'elle propose est très abstrait et ne correspond ni aux « sentiments » des hommes, ni à leur expérience de la nature, ni aux connaissances de la physique expérimentale. C'est pourquoi elle est impuissante face aux arguments de l'athée.

52. Diderot fait allusion à la découverte des germes dans la semence et à la préexistence des germes, déjà évoquée avec Malpighi. Il s'agit en fait d'une doctrine établie à partir d'une multitude d'observations portant sur les mécanismes de la génération végétale et animale. Elle se répand aux alentours de 1670. Elle affirme que l'être vivant existe déjà formé sous forme d'un germe dans la semence et que son développement se fait par « intussusception » ou grossissement progressif des parties. Le germe contenu a été formé par Dieu et n'est pas produit par le géniteur. Cette doctrine a conduit à élaborer la théorie de l'emboîtement des germes avec les variantes « oviste » et « animalculiste ». Préformation, préexistence et emboîtement des germes ont donné lieu à d'innombrables dis-

cussions dont les enjeux étaient davantage théologico-philoso-phiques que scientifiques. La préexistence des germes respectait le mécanisme et faisait sa place au dessein divin qu'elle révélait. Sur ces questions, voir Jacques Roger, *Les Sciences de la vie dans la pensée française du XVIIIe siècle*, Paris, Albin Michel, 1993 [1963].

53. L'alternative entre mouvement accidentel ou essentiel est décisive pour distinguer le matérialisme et le mécanisme déiste. Si le mouvement est essentiel à la matière, s'il lui est inhérent, alors la matière se meut d'elle-même, a en elle-même les principes (chimiques, physiques) de son organisation et des ses transformations. Si le mouvement lui est accidentel, cela signifie qu'il ne fait pas partie de sa nature, que la matière est donc passive, pure étendue et qu'il faut supposer qu'il lui a été apporté de l'extérieur par Dieu qui en a réglé le cours et concerté les effets réguliers, ordonnés et harmonieux que nous observons dans les créatures. Poser que le mouvement est essentiel à la matière revient à la déterminer comme possédant une force intime, d'où découlent tous les types de mouvement, y compris la sensibilité et, au-delà, la pensée, si un corps est convenablement organisé pour qu'elles s'y développent. Dans le *Traité de l'âme* de La Mettrie, paru en 1745, Diderot a sans doute pu lire : « L'on comprend que les Modernes [sous entendu Descartes et les cartésiens] ne nous ont donné qu'une idée peu exacte de la matière, lorsqu'ils ont voulu par une confusion mal entendue donner ce nom à la substance des corps ; puisque encore une fois la matière, ou le principe passif de la substance des corps, ne fait qu'une partie de cette substance. Ainsi il n'est pas surprenant qu'ils n'y aient pas découvert la force motrice et la faculté de sentir. [...] Ce qui confirme que la simple étendue ne donne pas une idée complète de toute l'essence [...] de la substance des corps, par cela seul qu'elle exclut l'idée de toute activité de la matière. [...] Il est assez évident que la matière contient cette force motrice qui l'anime et qui est la cause immédiate de toutes les lois du mouvement » (La Mettrie, *Œuvres, op. cit.*, p. 135-136 et p. 138).

54. « ... se terminent à des développements. » Ce passage n'est pas très clair. Il signifie que l'action efficace du mouvement se réduit à développer une structure déjà donnée. Voir notre Introduction, p. 33.

55. La putréfaction : il s'agit de la décomposition de matières organiques dont l'observation avait donné lieu aux théories de la génération spontanée ou génération équivoques, contre lesquelles Diderot polémique ici. Les travaux de François Redi (1621-1698) jouèrent un rôle important à ce sujet. Il faut noter que cette doctrine était en effet fortement attaquée. Il est remarquable que le passage de Diderot au matérialisme a été accompagné, plus tard, par son ralliement à cette théorie, appuyée sur les travaux de Needham, en 1748 et en 1750, sur les « anguilles » responsables de la nielle du blé, eux-mêmes discutés et raillés par Voltaire. Sur ce point, voir l'Introduction de l'édition des *Pensées sur l'interprétation de la nature* par Colas Duflo, *op. cit.*, p. 14-27.

56. « Mécanisme » : voir note 50.

57. Pour Descartes, qui est ici à l'arrière-plan de l'argumentation du déiste, rien ne m'assure, avec un degré de certitude métaphysique, que les manteaux et les chapeaux, que je vois se mouvoir sur le trottoir, ne sont pas des automates (allusion à la *Méditation seconde*, in *Œuvres*, t. IX, p. 25). Pour m'assurer que ce sont bien des hommes, il faut que leur pensée s'atteste autrement que par des « sons » et des « mouvements » : c'est le langage qui est le test décisif. C'est pourquoi, afin de montrer que le langage est d'essence spirituelle, Descartes est amené à concevoir celui-ci de façon à en exclure les animaux. Les perroquets ne parlent pas : « Il n'y a aucune de nos actions extérieures, qui puisse assurer ceux qui les examinent, que notre corps n'est pas seulement une machine qui se remue de soi-même, mais qu'il y a aussi en lui une âme qui a des pensées, excepté les paroles, ou autres signes faits à propos des sujets qui se présentent, sans se rapporter à aucune passion. Je dis les paroles ou autres signes, parce que les muets se servent de signes en même façon que nous de la voix ; et qu'ils soient à propos, pour exclure le parler des perroquets » (voir *Lettre au marquis de Newcastle*, 23 novembre 1646, in *Œuvres, op. cit.*, t. IV, p. 574 ; voir également *Discours de la méthode*, 5ᵉ partie, *op. cit.*, t. VI, p. 56-59). Dans *L'Homme-machine*, « l'athée » La Mettrie doute de l'argument de Descartes et lui oppose Locke qui avait fait état du récit, rapporté par le chevalier Temple, d'un perroquet « qui répondait à propos et avait appris, comme nous, à avoir une espèce de conversation suivie » (*Œuvres philosophiques*, I, édition de Francine Markovits, Paris, Fayard, 1987, p. 77). Le passage de Locke se trouve dans l'*Essai philosophique sur l'entendement humain*, livre II, chapitre XXVII, § 8, traduction de Coste, Paris, 1983, p. 262-263. On voit qu'à partir du moment où se trouve récusé le modèle de l'évidence cartésienne, il est possible et nécessaire d'examiner les degrés du possible et du croyable. En l'occurrence, c'est la certitude « morale » qui élargit son champ.

58. Ciron : animal minuscule (voir « l'insecte le plus vil » de la Pensée XIX). La référence se trouve dans les *Pensées* de Pascal, « Disproportion de l'homme », fragment dit « sur les deux infinis » : « Qu'est-ce qu'un homme dans l'infini ? Mais pour lui présenter un autre prodige aussi étonnant, qu'il recherche dans ce qu'il connaît les choses les plus délicates, qu'un ciron lui offre dans la petitesse de son corps des parties incomparablement plus petites, des jambes avec des jointures, des veines dans ses jambes, du sang dans ses veines, des humeurs dans ce sang, des gouttes dans ces humeurs, des vapeurs dans ces gouttes » (Fragments Brunschvicg 72, Lafuma 199, Le Guern 185).

59. Cet argument est repris de Cicéron polémiquant contre les épicuriens (*De la nature des dieux*, II, 35, in *Les stoïciens*, édition de Pierre-Maxime Schuhl, traduction d'Émile Bréhier, Paris, Gallimard, 1962, p. 440) et réutilisé par Guillaume Derham : « Et nous voyons des gens qui doutent si l'univers […] n'est point l'effet du

hasard ou d'une aveugle nécessité, plutôt que l'ouvrage d'une intelligence divine ! Archimède, selon eux, montra plus de savoir en représentant le globe céleste, que la Nature en le faisant, quoique la copie soit bien au-dessous de l'original », in *Théologie physique ou démonstration de l'existence et des attributs de Dieu, tirées des œuvres de la création*, trad. 1730 (cité par Michel Fichant, « Téléologie et théologie physique chez Maupertuis », p. 146).

60. Autre allusion à Pascal : « L'homme n'est qu'un roseau, le plus faible de la nature, mais c'est un roseau pensant. Il ne faut pas que l'univers entier s'arme pour l'écraser ; une vapeur, une goutte d'eau suffit pour le tuer. Mais quand l'univers l'écraserait [...] » (Fragments Brunschvicg 347, Lafuma 200, Le Guern 186).

61. Le professeur célèbre est identifié, depuis l'édition Brière des œuvres de Diderot, comme étant D. F. Rivard, professeur de philosophie au collège de Beauvais dont Diderot fut l'élève.

62. C'est pour montrer la permanence d'un très ancien débat et d'un argument inusable, que Diderot cite *La Henriade* (1723, 1728). À l'épicurien Velléius qui soutenait que le choc des atomes pouvait engendrer les êtres, le stoïcien Balbus demandait qu'on appliquât analogiquement ce raisonnement à la composition des *Annales* d'Ennius, en doutant absolument qu'on puisse le faire (voir Cicéron, *De natura deorum*, II, 37). Fénelon reprendra l'argument en citant l'*Iliade* (voir *Traité de l'existence de Dieu*, Ire Partie, « Démonstration de l'existence de Dieu tirée du spectacle de la nature et de la connaissance de l'homme », chapitre I, art. 5, Paris, Éditions universitaires, 1990, p. 15).

63. La comparaison entre les atomes et les caractères est ancienne (voir note précédente), mais l'ordre dans laquelle on considère le comparant et le comparé établit des analogies différentes entre le caractère croyable de la création du monde et de la composition d'un livre. Chez Cicéron, ce qui est présenté en premier ce sont les atomes et leurs chocs pour faire un monde. Le recours à l'exemple des *Annales* joue comme un passage à la limite : si vous posez le premier, vous devriez croire que le second est possible. Ce qui ne se peut pas. Chez Fénelon, le mouvement est inverse : si personne ne peut croire que l'*Iliade* résulte de coups de dés, *a fortiori* le monde qui est plus merveilleux que le poème d'Homère ne peut l'être non plus. (Voir sur les aspects historiques et philosophiques de ce débat, Jean Deprun, « Quand la nature lance les dés... ou préhistoire des "singes dactylographes" ».)

64. L'analyse des sorts : calcul des probabilités. La première synthèse des travaux sur le calcul des probabilités fut donnée en 1713 par Bernoulli dans *Ars conjectandi*.

65. « Répugner » : « Être en contradiction avec un sujet, une chose, sans idée d'éloignement insurmontable, de dégoût. "Être en quelque façon contraire, ne s'accorde pas : *Cette proposition répugne à la première* [...]. *Cela répugne au sens commun, à la religion chrétienne*" (*Dictionnaire de l'Académie française*, 1694) », in Gaston Cayrou, *Le Français classique*, Paris, Didier, 1948, p. 758.

66. L'éternité de la matière est une thèse essentielle pour le matérialisme athée. Elle s'oppose évidemment à la création. Poser l'éternité de la matière revient aussi à la considérer comme impérissable. Dans l'article IMPÉRISSABLE qu'il rédigera pour l'*Encyclopédie*, Diderot précisera : « Rien [...] ne se perd de la quantité de mouvement, rien de la quantité de matière. Les êtres naissants s'accroissent et disparaissent, mais leurs éléments sont éternels. [...] Ce sentiment a été celui de presque tous les anciens philosophes, qui n'avaient aucune idée de la création » (t. VIII, p. 593).

67. La classification proposée par Diderot fait écho à d'autres distinctions, par exemple chez Shaftesbury (*Les Moralistes*) ou dans *Trévoux*. Son enjeu est de distinguer le genre d'athées avec lesquels il est possible de débattre de bonne foi. En effet, de nombreux apologistes, jugeant qu'il est impossible, en droit et en fait, d'être athée (voir note 34), l'effort de Diderot pour ouvrir le colloque philosophique a des chances de réussir s'il montre que l'athéisme est bien une position intellectuelle soutenue de bonne foi et fortement argumentée, comme l'a fait la Pensée XXI. D'autre part, il est nécessaire d'établir des degrés dans l'athéisme en montrant qu'ils correspondent des degrés dans la conviction. C'est ainsi qu'il faut distinguer « les fanfarons du parti », c'est-à-dire ceux qui affectent d'être athées, et les mettre à part. Dans la *Promenade du sceptique*, au paragraphe 10 de l'Allée des Marronniers : Cléobule déclare : « Ces fanfarons sont détestés par nos sages, et ils le méritent » (Ver I, p. 106). Ne restent donc que les vrais athées, celui des Pensées précédentes, et les athées sceptiques. C'est face à eux que le déiste apparaît comme la seule voie satisfaisante pour faire barrage à l'athéisme. Mais en réalité, comme Diderot va montrer dans la Pensée XXVII que ne pas avoir de certitude sur les objets auxquels va la croyance du déiste est indifférent, l'athée sceptique ne manque pas tant de lumières que cela. Quant au véritable athée, la question de la consolation ne se pose assurément pas. Autrement dit, on peut se demander si la position déiste ne joue pas dans les *Pensées* le rôle d'un leurre : elle n'est pas défendue parce qu'elle représenterait une position moyenne, mais parce qu'elle serait une position antireligieuse plus redoutable que l'athéisme. Enfin, on remarque qu'il n'y a pas de différence entre l'athée sceptique et le sceptique tout court, de sorte que ne demeurent que trois personnages, le déiste, le sceptique et l'athée.

68. Le classement des trois figures précédentes, par rapport à la morale et la pratique de la vertu, semble donner, là encore, l'avantage au déiste. Mais ce qui importe ici c'est l'athée. Apparemment, les conditions pour être vertueux semblent être plus nombreuses pour lui que pour les deux autres (la loi, le tempérament et la connaissance des avantages actuels de la vertu). Mais il apparaît immédiatement qu'il a précisément toutes les raisons de l'être en l'absence d'une croyance en l'Être suprême et en l'immortalité de l'âme. Il est donc possible d'être athée et vertueux. Sa vertu est plus solide que celle des croyants et des déistes, puisqu'elle ne repose pas

sur des notions incertaines et précaires. Notons qu'il partage ces conditions avec les autres, au point qu'on peut se demander ce qu'apporte de plus la croyance du déiste. Quant au sceptique, son « peut-être » est compensé par ce qui sert de soutien à l'athée : la loi, le tempérament. Dans l'*Essai*, Diderot avait écrit : « L'athéisme laisse la probité sans appui. Il fait pis, il pousse indirectement à la dépravation. Cependant, Hobbes était un bon citoyen. Les hommes ne sont pas conséquents ; on offense un Dieu dont on admet l'existence ; on nie l'existence d'un Dieu dont on a bien mérité ; et s'il y aurait à s'étonner, ce ne serait pas d'un athée qui vit bien, mais d'un chrétien qui vit mal » (*op. cit.*, p. 80). Voir ci-dessus note 34.

69. Diderot pose une question fort débattue chez les apologistes comme chez les libres penseurs : sur quoi fonder nos devoirs si Dieu n'existe pas, si la loi civile positive ne s'arrime pas à la loi naturelle instituée par Dieu, pour ne rien dire de la loi révélée, puisque les *Pensées* soumettent la révélation à la critique ? Diderot apporte une réponse subtile et audacieuse dans la Pensée XL.

70. Diderot passe à un troisième moment portant sur le scepticisme.

71. La distinction entre les preuves morales et les preuves métaphysiques qui renvoie aux deux formes de certitude correspondante trouve son origine chez Descartes, *Discours de la méthode*, 4ᵉ partie et *Principes de la philosophie*, IV, art. 206-206 (*op. cit.*, t. IV, p. 37-38 et tome IX, p. 323-325). Sont dites « morales » les preuves ou les certitudes issues d'inférences tirées du commerce de la vie quotidienne, des expériences sociales, des connaissances acquises par ouï-dire. Elles ne relèvent pas de la vérité, mais du vraisemblable, elles n'offrent à l'esprit que des connaissances probables et peuvent, en droit, être démenties, corrigées, annulées. Les preuves ou les certitudes « métaphysiques » récusent tout recours au vaste domaine de l'expérience sensible et sociale. Elles sont acquises et conquises par un effort de l'entendement pur qui ne donne son assentiment qu'aux idées claires et distinctes. Plus précisément, est « métaphysique » une certitude qui reconnaît comme vrai ce en quoi la raison ne voit pas d'impossibilité rationnelle. Par exemple : « métaphysiquement » parlant, il n'est pas impossible que les manteaux et les chapeaux ne revêtent que des automates (voir ci-dessus note 57), alors que « moralement » parlant, comme c'est fort peu probable, on peut tenir cette idée comme impossible, en tout cas non pertinente. En droit, une preuve « métaphysique » peut contredire les certitudes « morales », par exemple concernant l'existence du monde sensible, la distinction de la veille et du rêve, l'existence de Dieu, l'immortalité de l'âme, etc.

72. Diderot se réfère inexactement aux *Essais*, L. III, chapitre XI, *Des boiteux* (édition de Pierre Villey, Paris, PUF, 1992, p. 1030). Il en avait cité des passages dans l'*Essai*, p. 56. Voir note 135.

73. « Décrier. Signifie, figurément, décréditer, ôter la réputation ou l'estime » (*Dictionnaire de l'Académie*).

74. L'origine de cette conception des préjugés est cartésienne :
« Parce que nous avons tous été enfants avant que d'être hommes,
et qu'il nous fallu longtemps être gouvernés par nos appétits et nos
précepteurs, qui étaient souvent contraires les uns aux autres et qui,
ni les uns ni les autres, ne nous conseillaient peut-être pas toujours
le meilleur, il est presque impossible que nos jugements soient si
purs ni si solides qu'ils auraient été si nous avions eu l'usage entier
de notre raison dès le point de notre naissance » (*Discours de la
méthode, op. cit.*, t. VI, p. 13).

75. Le *Dictionnaire de l'Académie* indique qu'« élargir » signifie
aussi « mettre hors de prison ».

76. On remarquera que les « signes indicatifs de la présence
divine » ne sont pas cherchés particulièrement dans la nature, mais
dans la constitution de la subjectivité morale de l'enfant obtenue par
un artifice : « Dieu t'entend, et tu mens. » Cette présence n'est pas
celle d'un être effrayant, comme le souverain tyrannique des Pensées VII à X, mais celle d'une figure tutélaire qui, comme l'« ami » et
le précepteur (le « gouverneur ») accompagne, guide et soutient les
pensées et les actions sociales (son « ami ») de l'enfant. L'avertisse-
ment (« Dieu t'entend, et tu mens ») renvoie au sentiment de honte.
Dans l'*Essai*, Shaftesbury avait écrit : « Un théiste parfait est fortement persuadé de la prééminence d'un être tout-puissant, spectateur de la conduite humaine et témoin oculaire de tout ce qui passe
dans l'univers » (*op. cit.*, p. 73). Notons que dans l'*Entretien d'un
philosophe avec la Maréchale****, Diderot exposera la même idée,
celle d'un être qui donne une confiance émancipatrice et qui permet
de se perfectionner (voir *OP*, p. 540). Dans cette Pensée, Diderot
comprend la croyance en un Dieu raisonnable comme une forme
de vie qui peut convenir à certains. C'est pourquoi il ne pourra
jamais être un athée militant. À la Maréchale qui lui dit : « je ne sais
trop que vous répondre, et cependant vous ne me persuadez pas »,
il répond : « Je ne me suis pas proposé de vous persuader. »

77. Voir Montaigne : « Oh ! que c'est un doux et mol chevet, et
sain, que l'ignorance et l'incuriosité, à reposer une tête bien faite »,
op. cit., p. 1073. *OP* et DPV renvoient à Pascal, dans l'*Entretien avec
Monsieur de Saci :* « L'ignorance et l'incuriosité sont deux doux
oreillers pour une tête bien faite », *Œuvres complètes*, édition de
Louis Lafuma, Paris, Seuil, 1963, p. 296.

78. « Esprits bouillants » : renvoie, bien sûr, au thème des
« tempéraments » dans la Pensée XI (voir note 17), mais ici Diderot
dénonce l'attitude qui préside à l'argument du « pari » chez Pascal,
que l'on peut qualifier d'*ad hominem* : « Ne blâmez donc pas la fausseté de ceux qui ont pris un choix, car vous n'en savez rien – Non,
je les blâmerai d'avoir fait non ce choix, mais un choix […] Le juste
est de ne point parier. – Oui, mais il faut parier. Cela n'est pas
volontaire, vous êtes embarqué » (Fragment Brunschvicg 105,
Lafuma 376, Le Guern 397). D'Holbach fera écho à la critique de
Diderot : « Les hommes ont besoin de croire quelque chose : leur
esprit ne peut rester en suspens, surtout quand ils se persuadent que

la chose les intéresse très vivement et alors plutôt que de rien croire, ils croiront tout ce qu'on voudra et se persuaderont que le plus sûr est de prendre un parti » (*Système de la nature*, 2ᵉ partie, chap. VII, édition de Jean-Pierre Jackson, Paris, ALIVE, p. 523, note 52). Il est à noter que cette critique vise chez d'Holbach les déistes et les théistes…

79. « La profondeur des eaux » et les lignes qui suivent, décrivant l'état de l'esprit des « esprits bouillants » qui ne supportent pas le doute sceptique, sont un développement original du début de la seconde des *Méditations métaphysiques*, où Descartes, se rappelant les doutes dont la méditation précédente lui a rempli l'esprit, écrit alors : « comme si tout à coup j'étais tombé dans une eau très profonde, je suis tellement surpris que je ne puis assurer mes pieds dans le fond, ni nager pour me soutenir au dessus » (*op. cit.*, t. IX, p. 18). Il va de soi que Descartes n'est pas assimilé à ces « esprits bouillants ».

80. Ce « génie » est Voltaire qui écrit dans la XXVᵉ des *Lettres philosophiques*, « Sur les *Pensées* de M. Pascal » : « Quel est l'homme sage qui sera prêt à se pendre, parce qu'il ne sait pas comme on voit Dieu face à face et que sa raison ne peut débrouiller le mystère de la Trinité ? Il faudrait autant se désespérer de n'avoir pas quatre pieds et deux ailes », in *Mélanges*, édition de Jacques Van Den Heuvel, Paris, Gallimard, 1961, p. 110.

81. Cette Pensée est sinon influencée, du moins très proche des analyses et des combats de Pierre Bayle pour la reconnaissance du droit de la conscience errante, qui constitue l'un des fondements de la tolérance. Il faut pour cela défaire le lien posé par certains théologiens entre l'erreur et le vice, entre l'ignorance et l'opiniâtreté : l'hérésie ou les opinions hétérodoxes ne viennent pas d'un enfoncement dans le péché. Toute conscience doit se voir reconnaître un droit à errer, à partir du moment où, dans les questions de la foi, elle en est réduite à interroger son sentiment intérieur, sa conviction – une fois écartés, il est vrai les Autorités. Voir Pierre Bayle, *De la tolérance, Commentaire philosophique*, édition de Jean-Michel Gros, Paris, Pocket, 1992 et Élisabeth Labrousse, *Pierre Bayle*, Paris, Albin Michel, 1996 [1964], p. 544 et suiv. Dans l'*Entretien* Diderot dit : « Est-ce que celui qui fit les sots les punira pour avoir été sots ? […] Ce n'est pas une vertu que d'avoir de l'esprit, ce n'est pas un crime d'en manquer » (*op. cit.*, p. 548 et p. 550). Voir l'*Addition* XI, p. 161.

82. « Pyrrhonien » : disciple de Pyrrhon (360-270). Pyrrhon d'Élis est considéré comme le fondateur du « scepticisme » ancien. Sa philosophie est connue par des témoignages de ses disciples ou de ses adversaires. Elle est assez difficile à reconstituer. Il semble qu'elle était plus subtile et complexe que l'image qui s'est peu à peu imposée, au point que « pyrrhonien » a fini par désigner un type de scepticisme extravagant, outré, « insincère ». C'est souvent une « injure » philosophique dont ceux qui sont l'objet se défendent : personne ne se dit « pyrrhonien » en ce sens. En effet, on attribuait à

Pyrrhon l'idée qu'aucune connaissance, ni sensible, ni rationnelle n'était possible et qu'en conséquence il fallait douter de tout, absolument, douter signifiant refuser tout assentiment et se conduire en conséquence. Cette représentation est celle de *Trévoux*, par exemple. Pourtant Bayle, dans le *Dictionnaire historique et critique* avait présenté les sceptiques, disciples de Pyrrhon, comme étant « zététiques, éphectiques, aporectiques, c'est-à-dire examinateurs, inquisiteurs, suspendants, doutants. Tout cela montre qu'ils supposaient qu'il était possible de trouver la vérité, et qu'ils ne décidaient pas qu'elle était incompréhensible » (article PYRRHON, note A). Diderot qui distingue le sceptique du « pyrrhonien » semble donc partager la caricature. Toutefois dans la stratégie dialogique des *Pensées* cette caricature est commode, puisque cette figure joue le rôle de repoussoir et permet d'installer un scepticisme légitime, quoique suspect, dans le sillage de Montaigne et de Bayle, faisant même écho à la première des *Méditations* de Descartes, comme on l'a vu. Il y a donc un usage légitime de la raison examinatrice dans la mesure où on peut attendre de son exercice hyperbolique, y compris concernant l'existence de Dieu, une « pierre de touche de la vérité », comme le dit Diderot. Mais on comprend qu'il est possible de radicaliser le doute, et là où Descartes supposait un Dieu malin et trompeur, pour mieux ensuite prouver un Dieu bon et vérace, on peut suggérer pousser le doute sceptique jusqu'à sa négation. Cette suggestion n'est pas présente dans les *Pensées*. Mais celles-ci la rendent plausible et légitime.

83. *Prévention*. Pour Descartes, la cause des préjugés réside dans le fait de juger avec précipitation (trop vite) et prévention (trop tôt).

84. « Le scepticisme est le premier pas vers la vérité » : formule à rapprocher des dernières paroles que Diderot aurait dites devant sa fille avant sa mort : « le premier pas vers la philosophie, c'est l'incrédulité », *Mémoires pour servir à l'histoire de la vie et des ouvrages de M. Diderot*, par Mme de Vandeul, sa fille, (in DPV I, p. 34).

85. « Les notions privilégiées » sont : l'existence et la nature de Dieu, ses rapports avec le monde et les affaires humaines, l'origine de l'ordre du monde, l'immortalité de l'âme, la récompense des bons et le châtiment des méchants. L'expression est ironique.

86. Depuis la Pensée XXVIII, l'attitude sceptique permet de discriminer des types d'esprit, concernant la crédulité et l'incrédulité. Diderot semble lier des types de pensée et des tempéraments et des vices, mais malgré le vocabulaire employé, c'est trompeur. Il y a les « esprits bouillants » chez les « dogmatiques » qui manquent de patience et de courage et qui refusent de douter et de rester ignorants. Leur inquiétude leur fait identifier tranquillité d'esprit et certitude. Ils manquent l'épreuve de la suspension du jugement. Il y a les « semi-sceptiques » qui s'effraient des conséquences de leurs doutes, préférant comme les superstitieux entraver leur raison. Ils ont entrepris de douter mais reculent devant l'aveu de leur incrédulité. Dans les deux cas, on dira qu'une éthique de la pensée est en cause, un courage de supporter l'épreuve de la raison examinatrice.

Il est vrai, comme le dit superbement la fin de la Pensée XXXIV, que ce courage est celui d'un esprit libre pour qui rien n'est sacré. Le pyrrhonien est écarté, mais, face aux « notions privilégiées », Diderot recommande un pyrrhonisme complet.

87. « Impiété » : au sens propre on ne peut accuser d'impiété que celui qui n'a pas renoncé à sa croyance en Dieu. Est donc impie, ou hérétique, celui qui en professant des opinions dissidentes, offense l'une des religions établies. Un athée n'est donc pas un impie.

88. Au sens premier furent appelés jansénistes par leurs adversaires les partisans des thèses de Jansénius. La parution en 1640, après sa mort, de l'*Augustinus*, relança le débat sur la grâce divine, que le concile de Trente, lançant la Contre-Réforme, avait laissé de côté. Pour Jansénius, se fondant sur une interprétation radicale de certaines thèses de saint Augustin, Dieu donne sa grâce gratuitement aux hommes, dont la nature est comprise comme profondément corrompue par le péché. Mais si les hommes justes peuvent être touchés par la grâce, rien n'assure qu'ils seront sauvés. Il en découle que l'homme ne peut prétendre par ses œuvres et sa liberté collaborer à son salut. Le sort du jansénisme est inséparable de Port-Royal et des querelles théologiques et politiques qui l'opposèrent aux jésuites qui refusent la prédestination. Le monastère fut détruit en 1711 et la bulle *Unigenitus* demandée par Louis XIV au pape Clément XI en 1713 condamna des propositions extraites des *Réflexions morales* de Quesnel. – « Moliniste » : partisan de Louis Molina (1535-1600), jésuite espagnol, qui exposa sa doctrine de la grâce suffisante et inefficace dans *Accord du libre arbitre avec les dons de la grâce* (1588). « Les molinistes et les Jansénistes sont absolument opposés dans leurs sentiments sur les matières de la grâce » (*Trévoux*, art. MOLINISTE).

89. La rue Saint-Jacques est la rue du Collège Louis-le-Grand, dirigé par les jésuites.

90. Le cimetière où fut enterré le diacre janséniste Pâris se trouvait derrière l'église Saint-Médard, dans le faubourg Saint-Marcel, lieu des manifestations des miraculés et des convulsionnaires. Voir plus bas notes 95, 100, 139, 143 et 144.

91. « Bonheur ». Diderot veut dire que c'est une chance, c'est-à-dire le fruit du hasards. Né ailleurs, nous aurions reçu une autre religion. Diderot poursuit ainsi la démarche typique des déistes et des sceptiques consistant à insister sur l'origine contingente de notre religion et à mettre toutes les religions sur le même plan, leur accordant la même valeur, la même fonction, les mêmes défauts. Le christianisme ne jouit d'aucun privilège. Se prévaloir de sa religion et en tirer du mérite n'a de sens que si le croyant donne son assentiment volontaire et éclairé à la religion qui lui est échue par le hasard de sa vie et enseignée par ses nourrices, ses précepteurs et ses prêtres. Pour cela, il faut la soumettre à l'examen, et le lecteur des *Pensées* commence à comprendre qu'aucune religion ne résiste à un examen sceptique, c'est-à-dire rationaliste et critique. En tout cas, Diderot reprend un thème que l'on rencontre chez Bayle, chez

Shaftesbury. Il se trouve comme il se doit dans l'*Examen de la religion dont on cherche l'éclaircissement de bonne foi*, de Du Marsais. Le chapitre 1er commence par affirmer « *Qu'il doit être permis à un chacun d'examiner sa religion, et qu'il est nécessaire de le faire. Il doit nous être permis, même il est nécessaire que chacun examine sa religion. Car que peut-il y avoir, depuis le commencement de notre vie jusqu'au moment de notre mort, qui nous intéresse davantage que l'état où nous devons être après la fin de nos jours ?* [...] *Plus on examine la vérité et plus on la connaît. L'examen et l'attention sont une prière naturelle, disent les philosophes, que nous faisons à Dieu, pour le porter à nous découvrir la vérité. Si la religion chrétienne est véritable, l'examen nous fortifiera dans sa croyance ; si elle est fausse, quel bonheur pour nous de sortir de l'erreur ! La religion est, dit-on, un dépôt précieux que les pères ont laissé à leurs enfants. Si ce dépôt n'est pas un rien, une fiction, que craignonsnous de l'examiner ? Si c'est une fable, quel mal y aura-t-il de reconnaître que ce qu'on nous a donné comme une réalité n'est qu'une imagination de nos ancêtres ?* » (édition de Gianluca Mori, *op. cit.*, p. 143**)**.

92. Ici commence un long développement qui s'attaque, selon un programme commun à tous les libres penseurs, au système de la Révélation comme fondement et preuve du christianisme : les martyrs, les miracles, les prophéties, l'excellence du christianisme et l'authenticité des Écritures.

93. « Enragé », « fanatique », « martyr », « enthousiaste » : Diderot ne fait pas qu'esquisser des définitions qui pourraient constituer un dictionnaire antireligieux. Il reprend la pratique des typologies déjà utilisées dans les Pensées XXII et XXX à propos des athées et des sceptiques. On voit que ces différentes attitudes, mis à part « l'enthousiaste », ne sont pas expliquées par le « tempérament », mais bien par le rapport de la conscience à la vérité. Sur l'enthousiaste, Diderot est sans aucun doute tributaire de Shaftesbury, en particulier de la *Lettre sur l'enthousiasme* (1708. Voir l'édition de Claire Crignon-De Oliveira, Paris, Le Livre de poche, 2002). Diderot y a appris qu'il y avait plusieurs formes d'enthousiasme. On peut en distinguer au moins deux : l'une, illustrée par Théoclès, des *Moralistes* (voir *op. cit.*, p. 549 et suiv.), est raisonnable dans la mesure où elle traduit un amour qui s'étend à l'univers compris comme unité ; l'autre, irrationnelle, accompagne la superstition et le fanatisme, nourrissant la violence.. *Trévoux* donne la définition suivante d'enthousiaste : « synonyme de fanatique, visionnaire ». Notons que le baron d'Holbach publiera en 1758 une amusante *Théologie portative* qui, sous couvert de proposer des définitions orthodoxes, tourne en dérision la théologie chrétienne. L'article MARTYRS est proche de la définition donnée par Diderot (voir *Oeuvres philosophiques*, t. I, édition de Jean-Pierre Jackson, Paris, ALIVE, 1998, p. 563).

94. Polyeucte. Selon les récits de Siméon Métaphraste (compilateur byzantin du Xe siècle) et de Surius (moine allemand du

XVIᵉ siècle), Polyeucte, légionnaire romain, s'opposa à un édit sévère contre les chrétiens de l'empereur Décius. Ami de Néarque, chrétien, il déchira l'édit et brisa les idoles que le peuple portait en procession. Il fut condamné à la décapitation, en 250. Il passa ainsi pour avoir reçu le « baptême du sang ». Dans la pièce intitulée *Polyeucte martyr* (1643), Corneille inventa le baptême du héros avant sa mort. – La présentation qu'en fait Diderot est subtile. Apparemment il ne paraît pas prendre le contre-pied de la tradition catholique qui avait canonisé Polyeucte, puisqu'il laisse entendre que si « de nos jours » il serait un insensé, c'est qu'à l'époque il fut un vrai martyr. Mais en réalité il dévalorise son geste, puisque selon la Pensée XXXIX ce fut celui d'un « enthousiaste ». Pourquoi ne serait-il pas un « vrai martyr » ? La Pensée XXXVIII insinue que ce fut celui d'un « fanatique » si on le met en rapport avec les Pensées suivantes qui ruinent l'idée que le christianisme puisse être un culte vrai. On remarque que c'est par la juxtaposition de ces Pensées que le lecteur est incité à tirer ces inférences. Enfin, le rapprochement avec le profanateur de La Mecque laisse clairement comprendre que même dans les conditions de l'Empire romain, son comportement ne méritait pas d'être canonisé. Shaftesbury dans les *Mélanges* qualifie le zèle de Polyeucte de « zèle primitif », pour illustrer la violence exercée par des chrétiens contre de « pauvres païens qui étant censés être les bêtes les plus féroces, sont condamnés au massacre, tandis qu'on renverse leur dieux et leurs temples » (*op. cit.*, p. 647). – Rappelons que Mahomet fut enterré à Médine.

95. Les rapports du christianisme et des miracles constituent une question à multiples entrées. L'Église, aux XVIIᵉ et XVIIIᵉ siècles, est moins prompte qu'on ne l'imagine à enregistrer tout ce qui présente comme « miracles ». On redoute la crédulité et la superstition populaires, on soupçonne des imposteurs qui jetteraient du discrédit sur les vrais miracles et affaibliraient le système de la Révélation. C'est pourquoi les théologiens ont dû mettre au point des procédures précises de vérification des miracles et être conduits au XVIIIᵉ siècle à adopter des attitudes rationalistes (voir sur ce point appliqué au cas des convulsionnaires de Saint-Médard, Jean-Robert Armogathe, « À propos des miracles de Saint-Médard : les preuves de carré de Montgeron et le positivisme des Lumières », in *Revue d'histoire des religions*, t. CLXXX, Paris, PUF, 1971). Plus important encore, certains chrétiens sentent bien que la preuve par les miracles est précaire puisqu'il est attesté que les païens eux aussi en ont connu. Enfin, si le christianisme repose uniquement sur le Christ crucifié et sa résurrection, alors réclamer des miracles c'est manifester une foi fragile (voir Paul, *Épître aux Corinthiens* I, 1-22). – Diderot, comme les déistes, insiste sur le caractère accessoire et dépassé du recours aux miracles. Le début de la Pensée exprime une vision historique de la religion qui fait correspondre les miracles et les prophéties au moment de la formation d'un nouveau culte : on est incité à supposer des esprits crédules, des prêtres artificieux, des procédés grossiers, exactement comme faisaient les païens et les

idolâtres. Les Lumières constituent un moment de l'évolution de la culture où les esprits n'ont plus besoin de cet « échafaudage ». Manière de dire que le « naturalisme » (voir Pensée LXII) est la forme moderne que doit prendre la religion et que le christianisme est invité à s'y réduire.

96. Jonas. Prophète du VIIIᵉ siècle av. J.-C., il fut envoyé par Dieu pour prêcher contre les habitants de Ninive, capitale de l'empire assyrien. Ayant désobéi, il se serait réfugié sur un bateau. Mais pour calmer une tempête, les marins le jetèrent à l'eau où il fut avalé par un gros poisson qui le recracha au bout de trois jours. Il se rendit à Ninive qu'il convertit après avoir annoncé sa destruction (« Encore quarante jours et Ninive est détruite », Jonas, 3, 4).

97. Petites-Maisons : asile d'aliénés créé à Paris en 1557 qui dépendait du Grand Bureau des Pauvres fondé en 1554 par François Iᵉʳ.

98. Ninivite, habitant de Ninive.

99. « Visionnaire » : le terme est péjoratif, il désigne la personne qui a des « visions », des hallucinations qu'elle prétend être de réelles expériences. Le visionnaire pense avoir accès par une intuition surnaturelle à des réalités supranaturelles. Les prophètes sont des sortes de visionnaires. Pour un rationaliste critique, le visionnaire s'exclut du sens commun, de la communauté des hommes et de toute forme de communication : ou bien son entendement est gravement perturbé, ou bien il faut le suspecter d'imposture.

100. Selon les livres des Rois, dans l'Ancien Testament (I Rois, 17 ; 2 Rois 2), Élie est un prophète d'Israël qui lutta contre les idolâtres juifs. Il fut élevé à sa mort sur un « char de feu ». Son retour est annoncé par les prophètes dans les temps messianiques. Dans les Évangiles, Jésus est identifié à Élie (Marc 6, 15 ; 8, 28 ; Luc 9, 19). – La dérision de Diderot se marque au fait que sous le nom d'Élie il faut entendre le Christ, sa seconde venue, la parousie, précédant le Jugement dernier. Sans doute y a-t-il une allusion, suggérée avec raison par Paul Vernière, aux convulsionnaires de Saint-Médard dont certains annonçaient le retour d'Élie (voir Vernière, *op. cit.*, p. 31 et Catherine-Laurence Maire, *Les Convulsionnaires de saint-Médard*, Paris, Gallimard/Julliard, 1985, p. 196-197).

101. « *Crucifige !* », « Crucifie-le ! ». C'est, d'après les Évangiles selon Matthieu (27, 22-24), Marc (15, 12-14) et Luc (23, 21-22), la réponse du peuple de Jérusalem à Ponce Pilate qui, après avoir élargi Barrabas, lui demanda que faire de Jésus. Pour Jean (19, 6), ce sont les sacrificateurs juifs qui réclamèrent sa crucifixion. Yvon Belaval et Robert Niklaus indiquent que le Littré signale *crucifige* comme étant utilisé en français au XVᵉ siècle (DPV I, p. 38, note 55).

102. « Imposteur ». Le manuscrit clandestin *Traité des trois imposteurs*, imprimé en 1721, réédité en 1768 par les soins du baron d'Holbach, circule dès le début du siècle, héritier d'une longue tradition, et inspiré par Hobbes et Spinoza (voir l'édition de Françoise Charles-Daubert, *Le Traité des trois imposteurs et l'Esprit de Spinoza*.

Philosophie clandestine entre 1678 et 1768, Oxford, Voltaire Foundation, 1999). Il reprend la comparaison, avancée par Averroès, et
jugée « impie », des trois religions monothéistes pour en analyser les
origines et dévoiler les motivations passionnelles ayant produit
l'idée de Dieu. Le chapitre III explique que « toutes les religions sont
l'ouvrage de la politique […] » et démystifie les conduites de Moïse,
de Jésus et les « artifices » de Mahomet pour établir leur religion.
Voir note 127.

103. « Le dire anathème » : prononcer l'exclusion d'un individu
de la communauté, qui est livré au jugement de Dieu. Le mot
« anathème » est la forme française de « anathêma », qui vient de
l'hébreu *herem* qui exprime « l'idée de trancher, de séparer pour
soustraire à tout usage profane » (André-Marie Gérard, *Dictionnaire de la Bible,* Paris, Robert Laffont, 1989, p. 69).

104. Il ne s'agit pas d'un édit, mais de l'Épître aux Bostréniens
de 362. La référence élogieuse et provocatrice de Diderot à cet
empereur qui régna de 361 à 363 s'inscrit dans un courant de réhabilitation et de défense de sa figure contre une longue tradition
chrétienne. Succédant à Constantin, qui par l'édit de Milan (313)
décréta la liberté de tous les cultes et favorisa de fait l'expansion du
christianisme, Julien tenta vainement de rénover le paganisme. Il
rencontra de violentes résistances des chrétiens qu'il persécuta.
Ceux-ci lui vouèrent une haine de son vivant. Il nous reste de lui des
écrits de circonstance, des discours, des éloges et des lettres. Il faut
mettre à part le traité *Contre les Galiléens,* critique philosophique (et
« éclairée ») du christianisme. L'intérêt des libres penseurs pour cet
empereur fit de son nom une « pierre de touche » de l'esprit des
Lumières, du XVIe au XVIIIe siècle, comme le dit J.S. Spink dans
« The role of Julian the « apostate » in the Enlightenment » (*Studies
on Voltaire and the Eighteenth Century,* Genève, Institut et Musée
Voltaire, n° 57, 1967). En effet, après l'image négative de cet empereur qui fut fixée par les Pères de l'Église, Grégoire de Naziance, le
patriarche Cyrille et Théodoret, se dessina un mouvement de réhabilitation, qui prit une dimension militante antichrétienne, à laquelle
participèrent, entre autres, Montaigne (*Essais,* II, 19), La Mothe Le
Vayer (*De la vertu des payens,* 2e partie, p. 263-304, 2e édition,
1647), Bayle, Robert Challe, auteur des *Difficultés sur la religion proposées au père Malebranche,* Montesquieu, Shaftesbury, Diderot,
d'Argens, Voltaire. L'abbé de La Bletterie publia en 1735 une bio-
graphie, *La Vie de l'empereur Julien,* dans laquelle il reconnaît les
qualités morales de l'empereur, mais reprit les griefs des chrétiens à
son égard. Preuve que le sujet était encore investi d'enjeux profonds, la même année fut publiée une traduction du *Discours contre
l'empereur Julien* de Grégoire de Naziance. Le mouvement de réhabilitation servit aux différents combats antichrétiens du XVIIIe siècle
qui se traduisirent par une importante activité éditoriale. Ainsi le
marquis d'Argens procura une traduction, agrémentée d'une préface et de notes abondantes, du *Contre les Galiléens* parue à Berlin
en 1764, avec le texte en grec et en latin, dans son ouvrage *Défense*

du paganisme par l'empereur Julien. Voltaire reprit et modifia l'édition d'Argens en 1768 dans son *Discours de l'empereur Julien contre les chrétiens* (édition de José-Michel Moureaux, Oxford, Voltaire Foundation, 1994). Le débat autour de la figure de Julien permet d'abord de critiquer les représentations défavorables qui ont été données : il a été coupable du crime d'apostasie et a montré un esprit superstitieux en adoptant les croyances absurdes du paganisme ; il a dissimulé son apostasie en affectant des dehors chrétiens ; il a commis l'erreur historique et le crime de vouloir détruire le christianisme : d'ailleurs ne se serait-il pas écrié au moment de mourir : « Tu as vaincu Galiléen » ? Chacune de ces accusations sera réfutée, par les moyens de l'érudition historique et de l'argumentation philosophique, puisqu'il s'agit de faire valoir un empereur philosophe, tolérant, vertueux, victime du fanatisme. Mais faire référence à Julien permet aussi d'illustrer plusieurs thèses de la libre-pensée, du déisme ou de l'athéisme. La première est la thèse du païen, voire de l'athée vertueux, qui a pour effet de renforcer la critique de la Révélation et de l'idée que la religion chrétienne est nécessaire pour mener une vie honnête. La deuxième consiste à montrer que la critique du christianisme a une longue histoire, puisqu'elle se confond avec sa diffusion et son installation mêmes. Et particulièrement, la critique relève comment le christianisme fut un facteur de divisions et de violences sociales. La troisième montre que la religion doit se soumettre au politique. Au XVIIIe siècle encore, la possession des discours de l'empereur Julien pouvait constituer une circonstance aggravante dans le cas de procès pour impiété. Si l'on croit Voltaire, on aurait trouvé chez le chevalier de La Barre, exécuté en 1766, des ouvrages interdits ou suspects pour l'orthodoxie religieuse, dont les *Pensées philosophiques* et un discours de l'empereur Julien (voir *Discours de l'empereur Julien contre les chrétiens, op. cit.,* page 67). On ne sera pas surpris de voir La Mettrie citer Julien, dans son effort pour dissocier la vertu de la religion, païenne et chrétienne : « Depuis que le polythéisme est aboli par les lois, en sommes-nous plus honnêtes gens ? Julien, apostat, valait-il moins, que chrétien ? » (*Discours préliminaire, op. cit.,* p. 220). – La référence de Diderot à l'*Épître aux Bostréniens* est indirecte, elle s'appuie sur Shaftesbury, *Mélanges, op. cit.,* p. 647-648, dont il respecte les coupures.

105. Selon *Trévoux* : « ZÈLE : affection ardente pour quelque chose. [...] On le dit particulièrement en parlant des choses saintes, de l'attachement pur et éclairé qu'on a pour la religion et pour le culte de Dieu. » Il enregistre toutefois que si « dans sa première origine, [il] ne signifie rien que de fort bon, [...] on a presque décrié ce terme, de même que celui de *dévot* » (*Trévoux*).

106. « Galiléens », habitants de la Galilée, partie septentrionale de la Palestine. Par métonymies successives, ce mot finit par désigner les sectateurs de Jésus de Nazareth, en Galilée. Si l'on en croit La Mothe Le Vayer, c'est l'empereur Julien qui défendit d'appeler « chrétiens » les sectateurs de Jésus et ordonna de leur imposer « par

mépris celui de Galiléens », ayant eu le projet de tendre « à l'exter-
mination du nom de chrétien » (*De la vertu des païens*, 2ᵉ édition
1647, p. 264 et 268).

107. La bulle *Gratia Divina* (1656) définit l'hérésie comme étant
« la croyance, l'enseignement ou la défense d'opinions, dogmes,
propos, idées contraires aux enseignements de la sainte Bible, des
saints Évangiles, de la Tradition et du magistère ».

108. À la différence du sens biologique et organique du mot
signalé dans la note 5, « constitutions », au pluriel, désigne les règle-
ments qui sont pris par ordre des princes et souverains.

109. « Cabaler » : monter une cabale, faire partie d'un complot,
d'une intrigue.

110. « Apostasie. » Terme de théologie : abandon de la foi et de la
vie chrétienne, renonciation aux vœux.

111. Grégoire Iᵉʳ dit le Grand (532-604) devint pape en 590,
après une vie monastique succédant à une activité de préfet de la
ville de Rome. Il réorganisa l'Église romaine, fixa la liturgie, aida à
la propagation de l'ordre bénédictin et envoya des missionnaires en
Angleterre. Les *Mélanges* de Shaftesbury sont, là encore, la source
de Diderot : « Le fameux Grégoire [...] qui est célèbre pour avoir au
moyen de ses moines planté la religion chrétienne chez nos idolâtres
anglo-saxons, était si éloigné d'encourager les Lettres et les Arts,
qu'il fit en quelque sorte main basse sur toutes les productions de
génie. [...] La raison qu'il donnait était un peu singulière. Les
Saintes Écritures, disait-on, *en seront plus goûtées, et tireront de grands
avantages de la ruine de leurs rivales*. On n'avait donc pas une bien
haute idée des Livres sacrés, si l'on s'imaginait que leur comparaison leur fît tort » (*op. cit.*, p. 720-721).

112. Il s'agit bien sûr du Coran. Nouvelle utilisation de Shaftesbury. Voir *op. cit.*, p. 718-719.

113. « Soléciser » : faire des solécismes. Le solécisme est un
« emploi syntaxique fautif de formes existant par ailleurs dans la
langue (par opposition à barbarisme) » (Le Robert). Ce verbe est
attesté par Littré qui cite précisément cette Pensée.

114. Donat : Aelius Donatus, grammairien et rhéteur latin du IVᵉ
siècle apr. J.-C., fut le maître de saint Jérôme.

115. La version latine de la Bible est attribuée à saint Jérôme,
Docteur de l'Église (347-420). Commencée en 382, elle fut
achevée vers 405. Elle est une révision de versions antérieures en
latin, demandée par le pape Damase Iᵉʳ. Elle fut appelée au XIIIᵉ
siècle la Vulgate, déclarée canonique par le Concile de Trente
(1545-1563). Il traduisit aussi l'Ancien Testament. Cet ensemble
constitua la Vulgate, *Editio vulgata* qui se maintint à travers d'autres
éditions révisées et approuvées par les papes Sixte Quint et Clément VII (1592) (voir André-Marie Gérard, *Dictionnaire de la
Bible*, *op. cit.*, p. 1375). Selon Jacques de Voragine, Jérôme, étudiant
à Rome, eut comme maître de grammaire Donat. Il fut tiraillé entre
son étude des Écritures saintes et son goût pour les livres profanes :
« À une époque [...] il passait le jour à lire Cicéron et la nuit à lire

Platon, parce que le style négligé des livres des prophètes ne lui plaisait pas. » Il fut puni et fouetté et s'engagea à lire « les livres divins avec le même zèle qu'il avait lu auparavant les livres païens » (Jacques de Voragine, *La Légende dorée*, Paris, GF-Flammarion, 1967, p. 245).

116. La source de cette idée remonte sans doute à Spinoza qui soutenait que les prophètes « n'ont perçu les révélations de Dieu que par le secours de l'imagination, c'est-à-dire au moyen de paroles ou d'images, véritables ou imaginaires », ce qui explique qu'ils aient parlé « si improprement et si obscurément de l'esprit de Dieu ou de sa pensée » (*Traité théologico-politique*, in *Œuvres*, t. III, traduction de Jacqueline Lagrée et Pierre-François Moreau, Paris, PUF, 1999, § 27, p. 109 et § 29, p. 111). Diderot l'étend aux apôtres et aux évangélistes. En effet, ce sont, à côté des miracles, des Écritures saintes, des martyrs, les sources de la Révélation. Toute critique de celle-ci passe nécessairement par l'examen des conditions, des contenus des messages et des formes d'expression des prophètes, apôtres, et évangélistes. Elle permet d'énoncer, au-delà de la critique biblique, les conditions générales d'énonciation de la vérité.

117. Selon un procédé courant chez les penseurs sceptiques, hétérodoxes, critiques, déistes, Diderot se rapporte à quelques historiens profanes pour les opposer aux textes révélés. – Tite-Live (64 ou 59 av. J.-C.-17 apr. J.-C.), historien romain, auteur des 142 livres de l'*Histoire de Rome* ; Salluste (87 ou 86-35 av. J.-C.), homme politique, historien romain, auteur de la *Conjuration de Catilina*, du *De bello Jugurthino* et des cinq livres de ses *Histoires ;* César (101-44 av. J.-C.), homme politique qu'on ne présente plus, célèbre aussi par ses *Commentaires* sur la guerre des Gaules et la guerre civile jusqu'à la mort de Pompée ; Josèphe, historien juif, romanisé – il prit le nom de Flavius – (37-100 apr. J.-C.), fut le contemporain de la destruction du temple de Jérusalem et de la reddition et du suicide des défenseurs de la forteresse de Massada. Il rédigea la *Guerre des Juifs* (avant 80) et les *Antiquités juives*, entre autres, pour justifier son ralliement aux Romains. Le fait qu'il ne parle jamais des événements liés à la prédication du Christ fut souvent utilisé pour mettre en doute les récits des Évangiles et des Actes des Apôtres et opposer, comme le fait Diderot ici, le travail des historiens aux écrits des prophètes, apôtres, évangélistes, etc. Dans l'*Analyse de la religion chrétienne*, on peut lire : « Je veux bien supposer, contre toute vraisemblance, que des faits aussi publics ont été soigneusement ignorés des historiens romains ; que pourrait-on répondre au silence de Josèphe, cet historien juif qui écrivait cent ans après J.-C. dans le lieu même où toutes ces merveilles avaient été opérées ? Cependant, il n'en dit pas un mot, il ne parle même pas de Jésus, si l'on excepte deux lignes qui n'en disent rien », p. 16.

118. Le père Berruyer fut célèbre pour avoir écrit des contes tirés de la Bible qui cherchaient à moderniser les épisodes de l'histoire sainte (*Histoire du peuple de Dieu*, 1728, 8 volumes).

119. Eustache Le Sueur (1616-1655), peintre, portraitiste, réalise, entre autres sujets religieux, une suite de vingt-deux tableaux sur la vie de saint Bruno pour la Chartreuse de Paris ; Charles Le Brun (1619-1690), après avoir travaillé pour Fouquet, fut le peintre officiel de Louis XIV, directeur de la Manufacture royale des Gobelins. Il se consacra pendant quatorze ans à la réalisation du château de Versailles (escalier des Ambassadeurs, galerie des Glaces, salons de la Guerre et de la Paix).

120. Non seulement Diderot défend l'idée que des œuvres divines ne peuvent enfreindre les règles de la beauté artistique, le Beau, comme le Bien, étant des réalités non conventionnelles et non créées, mais il applique le même raisonnement analogique qu'il appliquait dans la Pensée XX entre le monde formé (« l'œil d'un ciron ») et le monde expliqué (« les ouvrages du grand Newton »). Mais ici, le sens de l'analogie est polémique et met en doute l'argument de l'intervention divine : il faut que les œuvres d'art faites par Dieu soient au moins aussi parfaites que les œuvres humaines soumises au Beau idéal. Si ce n'est pas le cas, on peut douter que Dieu inspire les œuvres qu'on dit émaner de sa vérité. Autrement dit, si le Beau est le Vrai, le Vrai est lui aussi indépendant de Dieu.

121. Ponce Pilate, procurateur romain de Judée de 26 à 36, est connu des historiens profanes (Philon, Flavius Josèphe, Tacite) et des Évangiles comme protagoniste du procès de Jésus. Réticent à couvrir les griefs des prêtres juifs, il le livra au supplice de la croix pour éviter des émeutes populaires. Son attitude face aux réclamations du Sanhédrin et après son avant-dernière entrevue avec Jésus (« Qu'est-ce que la vérité ? », Jean 18, 38) a pu en faire un exemple de sceptique et un homme se défiant du fanatisme.

122. Diderot va passer aux miracles. Ce thème est annoncé indirectement par l'usage du mot « fait », répété tout au long des Pensées suivantes, puisque les défenseurs des miracles insistent sur leur réalité factuelle, attestée par de nombreux témoins. Les miracles posent ainsi la question de la valeur des témoignages. Cette question est soulevée aussi bien par les incrédules libertins, sceptiques que par les athées. Mais aussi par les théologiens qui doivent donner des critères qui, en permettant de distinguer les vrais et les faux miracles, font barrage aux conséquences du scepticisme qui tend à refuser tous les miracles à partir de l'argument hypercartésien, selon lequel il suffit qu'un seul miracle contienne de la fausseté pour réputer tous les miracles faux. La Logique de Port-Royal dresse en conséquence une méthode détaillée concernant les règles qu'il faut suivre concernant la croyance que l'on doit avoir touchant les événements qui dépendent de la foi humaine, en particulier touchant les miracles (voir op. cit., IVᵉ partie, chapitres XII à XIV). Cette question du témoignage se divise en plusieurs questions que Diderot examine : celle de la qualité du premier témoin, celle du nombre des témoins, celle de la transmission du témoignage, celle de la croyance, de son renforcement et de sa fixation en certitude. Parmi les auteurs qui ont pu inspirer Diderot, outre les textes

antiques auxquels il se réfère sans grand danger d'être censuré, Montaigne, Bayle avec les *Pensées diverses sur la Comète*, Fontenelle avec l'*Histoire des oracles*, Shaftesbury, les auteurs anonymes ou non de manuscrits clandestins, d'inspiration déiste et sceptique, constituent une tradition à laquelle Diderot appartient et qu'il poursuit. D'Holbach, avec lequel Diderot va se lier en 1750, intégrera à sa stratégie de prosélytisme athée et matérialiste des arguments et des *topoï* empruntés à ce courant (voir Alain Sandrier, *Le Style philosophique du baron d'Holbach*, Paris, Champion, 2004). Enfin, Hume, dans les *Dialogues sur la religion naturelle*, l'*Histoire de la religion naturelle* et l'*Enquête sur l'entendement humain*, analysera les conséquences de l'approche sceptique des miracles et des témoignages.

123. Allusion à la guerre de succession d'Autriche que la bataille de Fontenoy n'avait pas terminée (voir DPV II, p. 42).

124. La fin de la Pensée est discutée par l'abbé de Prades dans l'article CERTITUDE du tome II de l'*Encyclopédie*, en 1751, année où l'abbé soutint sa thèse qui déclencha une « affaire », dans laquelle le Parlement contraignit la Sorbonne à condamner dix propositions d'une thèse qu'elle avait pourtant acceptée ; l'archevêque de Paris condamna de Prades contre qui fut pris un mandat d'arrestation. Une bulle du pape condamna également la thèse. Il dut s'enfuir à Berlin où il prépara sa défense. Les ennemis des encyclopédistes en profitèrent pour obtenir la suppression par le Conseil du roi des deux premiers volumes de l'*Encyclopédie* le 7 février 1752. Diderot publia le 12 octobre 1752 une apologie de l'abbé de Prades. Voir *Suite de l'Apologie de M. l'abbé de Prades*, in Ver I, p. 515 et suiv.

125. Il s'agit de Tarquin l'Ancien (616 ?-575 ?), 5ᵉ roi légendaire de Rome, 1ᵉʳ roi étrusque. Il renforça en effet la cavalerie lors de la guerre contre les Sabins ; Romulus (753 ?-715 ?), fondateur et premier roi légendaire de Rome. Attius Navius, augure respecté, s'était opposé à sa volonté de créer de nouvelles centuries.

126. Les augures : « Dans l'Antiquité, prêtres chargés d'observer certains signes tels que les éclairs, le tonnerre, le vol, la nourriture et le chant d'oiseaux, etc.) afin d'en tirer des présages » (*Dictionnaire Robert*).

127. Lactance (vers 250-mort sous Constantin). Né païen, converti au christianisme, il fut persécuté sous Dioclétien. Sa grande œuvre fut les *Divinae Institutiones* où il exposa et défendit la doctrine chrétienne contre la pensée païenne.

128. Denys d'Halicarnasse (54 av. J.-C.-8 apr. J.-C.), rhéteur et historien grec, enseigna à Rome en 29 av. J.-C. À côté d'ouvrages d'éloquence et de rhétorique, il écrivit les *Antiquités romaines*. Le récit sur Navius se trouve au livre III, 70-71.

129. Saint Augustin (354-430), Père de l'Église, évêque d'Hippone, a écrit notamment *La Cité de Dieu*, *Confessions*, *Traité de la grâce*, *Traité sur le libre arbitre*.

130. Cicéron (106-43 av. J.-C.), avocat, orateur, homme politique, philosophe néoacadémicien, théoricien de la rhétorique, a laissé une œuvre très importante. Les ouvrages philosophiques

exposent les doctrines stoïciennes, épicuriennes, sceptiques grecques et dressent l'état des questions débattues entre les différentes écoles. Il est depuis la Renaissance une référence essentielle dans la culture humaniste européenne.

131. « Il n'est pas digne d'un philosophe, à mon sens, de s'appuyer sur des témoignages qui peuvent être vrais par rencontre et aussi bien falsifiés ou forgés par des personnes de mauvaise foi ; c'est par des arguments rationnels qu'il faut prouver ce qu'on avance, non par des faits, surtout quand il est permis de ne pas y croire… Ne me parle donc plus de la baguette augurale de Romulus qui, à ce que tu prétends, n'a pu être consumée dans un incendie ; laisse tomber le caillou d'Attius Navius. Il n'y a place dans la philosophie pour ces contes mensongers. Le rôle du philosophe est bien plutôt de rechercher d'abord la nature de la science augurale, puis son mode de formation et enfin d'en éprouver la consistance… Les Étrusques, il est vrai, nomment leur auteur ; c'est cet enfant qu'a fait sortir du sol la charrue du laboureur. Et nous ? Est-ce Attius Navius ?… Nous déclarerons versées dans les choses divines des populations ignorantes de ce qui est le propre de l'humanité ? […] Mais qu'y a-t-il d'aussi communément répandu que la sotte ignorance ? Toi-même t'inclines-tu devant les jugements de la multitude ? » Cicéron, *De divinatione*, traduction Appuhn, cité in Vernière *OP*, p. 39.

132. Romulus « monté aux cieux », « assis à la droite de Jupiter » est une évidente parodie de l'ascension du Christ.

133. Cette précision est importante. Elle montre d'abord que pour Diderot le succès des imposteurs ne tient pas seulement à leurs talents, mais suppose une situation de désarroi qui favorise la crédulité des hommes. Ici les conjonctures sont politiques (« l'état des affaires de Rome »). D'autre part, Diderot reconnaît qu'une imposture peut avoir des effets politiques décisifs sur la grandeur d'un peuple en lui inspirant de la confiance. Si les matérialistes proches de Diderot (d'Holbach, par exemple) s'attacheront à discréditer totalement toutes les impostures religieuses, Rousseau discernera chez certaines d'entre elles une fonction politique décisive dans le moment instituant de la législation (voir *Du contrat social*, l. II, chap. VII, *Œuvres complètes*, III, Gallimard, 1964, p. 383). Il va de soi que Diderot invite son lecteur à appliquer cette théorie de l'imposture au christianisme et à l'Église catholique et à se demander quel secours, quelle confiance l'imposture de l'ascension du Christ peut apporter à la politique.

134. « On ne saurait croire combien le personnage et son récit inspirèrent confiance et combien le regret de Romulus s'atténua dans le peuple […] dès qu'on crut à son immortalité […] [Cette] version fut popularisée par le prestige du héros et les dangers du moment […] [Puis] suivant l'exemple de quelques-uns, tous à la fois poussent des vivats en l'honneur de Romulus dieu et fils d'un dieu. » Diderot réorganise trois passages de Tite-Live, *Histoire romaine*, livre I, chap. XVI (traduction Baille, Paris, Les Belles

Lettres, 1941, t. 1, p. 27-28). Recopier Tite-Live permet une nouvelle impertinence à propos de « dieu et fils d'un dieu ».

135. « Se calfeutra ». Dans une note de sa traduction de l'*Essai*, Diderot, affirmant que « les erreurs particulières engendrent les erreurs populaires, et alternativement », renvoie à Montaigne, à propos de « l'origine et des progrès des erreurs populaires » (*op. cit.*, p. 55-56). Le passage de Montaigne est dans les *Essais* : « Or les premiers qui sont abreuvés de ce commencement d'étrangeté, venant à semer leur histoire, sentent par les oppositions qu'on leur fait où loge la difficulté de la persuasion, et vont calfeutrant cet endroit de quelque pièce fausse » (*Essais*, III, chap. XI, *op. cit.*, p. 1027). On doit comprendre ici : « on calfeutra les récits successifs de cette aventure par d'autres récits qui augmentèrent la confusion ». Diderot suggère que c'est de cette façon que se sont constituées les histoires du christianisme, comme un tissu mal construit de récits déformés. La forme réfléchie « on se calfeutra » étant introuvable dans les dictionnaires de l'époque, on peut se demander s'il s'agit d'un néologisme de Diderot. Il faut remarquer que la page de Montaigne d'où est tiré ce passage est citée dans la *Logique de Port-Royal*, comme un exemple de « lieu commun » dont se servent les incrédules et les libertins pour rejeter tous les miracles (l. IV, chap. XIV, p. 343). Diderot avait donc bien apprécié la charge critique de Montaigne.

136. Pontife de Mahomet. Dans la mesure où l'islam sunnite ne connaît pas d'organisation hiérarchique du clergé sur le modèle du catholicisme, l'usage du terme de « Pontife » paraît traduire une ignorance de Diderot. En réalité, tout lecteur, *a fortiori* le lecteur averti, comprend qu'il s'agit du Christ, comme le confirme la liste des miracles. L'islam, Mahomet, La Mecque sont des leurres pour détourner l'attention des censeurs, mais on peut douter que le stratagème ait pu tromper grand monde.

137. Depuis Aristote, le syllogisme est « un discours dans lequel, certaines choses étant posées, quelque chose en résulte nécessairement par cela seul qu'elles sont posées » (*Premiers Analytiques*, I, 1). Le syllogisme démonstratif est la forme que prend la connaissance scientifique. Dans un sens général, un syllogisme peut désigner tout type d'argument mis en forme, à prétention démonstrative.

138. « Celui-ci, lorsque que bon lui semblait, si l'on imitait certaines voix plaintives, perdait tout sentiment et demeurait au sol comme mort au point de se sentir ni pincer ni piquer ; quelquefois même au point de se laisser brûler sans ressentir de souffrance, quitte à souffrir plus tard de la blessure » (*Cité de Dieu*, XIV, 24, voir *OP*, p. 42, note 1). Pour saint Augustin, le prodige du prêtre de Calame illustre la puissance, chez certains hommes, de la volonté sur les organes et le corps, vestige de l'état de l'homme avant le péché. Diderot suggère qu'il existe une explication naturelle de l'attitude du prêtre, quand bien même elle paraît incroyable. En réalité Diderot dit deux choses : aux dévots, ne crions pas trop vite au miracle, essayons d'expliquer le fait rationnellement ; aux esprits

forts et aux sceptiques, ne nions pas le fait trop tôt parce que nous
ne le comprenons pas. Dans les deux cas il invite à ouvrir les cadres
de la rationalité. Diderot restera fidèle à cette position. Plus tard, à
l'époque des *Pensées sur l'interprétation de la nature* et surtout avec
Le Rêve de d'Alembert, il supposera que les phénomènes naturels,
surtout quand ils sont pathologiques ou qu'ils marquent un écart,
révèlent les processus profonds de la nature dont il ne faut pas
borner trop vite la fécondité. (Sur le prêtre de Calame, voir Colas
Duflo, article PRÊTRE DE CALAME, in *L'Encyclopédie du* Rêve de
d'Alembert *de Diderot*, Sophie Audidière, Jean-Claude Bourdin,
Colas Duflo éditeurs, Paris, CNRS-Éditions, 2006, p. 321-322.)

139. Ce magistrat janséniste est Carré de Montgeron, conseiller
au Parlement de Paris, converti sur le tombeau du diacre Pâris au
cimetière de Saint-Médard en 1731. Il avait rédigé un mémoire
rassemblant tous les éléments en faveur des miracles et des agisse-
ments des convulsionnaires (*Vérité des miracles opérés par l'intercession
de M. de Paris et autres appelants, démontrés contre M. l'Archevêque
de Sens*, 1737). Exilé après avoir tenté d'offrir au roi un exemplaire
de son livre, il en publie deux autres parties en 1741 et 1747. Évoquer ce personnage à l'époque des *Pensées philosophiques* montre
que cette histoire qui provoqua des polémiques sur la vérité des
miracles est encore présente à l'esprit. Sur cette histoire, voir *Les
Convulsionnaires de Saint-Médard, miracles, conversions et prophéties
à Paris au XVIIIᵉ siècle*.

140. « Constitutionnel » : se dit lors de la querelle du Jansénisme
de celui qui accepta la Constitution *Unigenitus* qui condamna, en
1713, cent une propositions tirées des *Réflexions morales* du janséniste Quesnel, arrêté en 1705, trois ans avant la destruction de Port-
Royal des Champs.

141. « Le logicien de Port-Royal » : il s'agit de deux logiciens,
Antoine Arnauld et Pierre Nicole, auteurs d'une célèbre et importante *Logique ou l'art de penser, contenant outre les règles communes
plusieurs observations nouvelles, propres à former le jugement*, appelée
couramment *Logique de Port-Royal*, première édition 1662, fré-
quemment rééditée au XVIIIᵉ siècle. (Voir l'édition de Pierre Clair et
François Girbal, Paris, PUF, 1965. La référence se trouve dans la
IVᵉ partie « De la méthode », chapitre 1, p. 291-299.) Il est remarquable que Diderot se réfère à une doctrine du jugement qui se présente d'abord comme d'inspiration cartésienne et augustinienne,
pour, dans ce même chapitre, finir par prôner l'« ignorance
nécessaire » concernant les choses qui dépassent le savoir humain,
comme la puissance de Dieu (p. 295). Or si pour le sceptique
l'ignorance va de pair avec la tranquillité de son esprit (voir Pensée
XXVIII), l'athée na pas reculé devant la contestation de la puissance de Dieu (voir Pensée XX), et le déiste se garde bien de s'en
préoccuper. Mais Diderot, auteur des *Pensées*, en mettant son jugement au service de la critique de la Révélation, finit par rendre dou-
teuses les preuves de ladite puissance. C'est que le spectacle des
créatures révèle non un Dieu de puissance mais un Dieu intelligent

et providentiel qui manifeste sa bonté en donnant aux hommes des passions bienfaisantes (voir Pensées I à VI).

142. « La vérité du jugement ne se trouve pas dans les sens. » Diderot énonce, sans ambiguïté, une thèse rationaliste et c'est sincèrement qu'il peut renvoyer à la *Logique de Port-Royal*, Augustin et Platon. Qu'il soit empiriste, lecteur de Locke, n'empêche nullement de faire de la vérité du jugement le résultat de l'activité de la raison. À l'époque des *Pensées*, Diderot ne cherche pas à rendre compte du jugement. On trouvera dans la *Lettre sur les aveugles* (1749, édition Marian Hobson et Simon Harvey, Paris, GF-Flammarion, 2000, p. 78-79) une belle théorie du jugement à propos de la solution au problème de Molyneux (voir à ce sujet, Colas Duflo, *Diderot philosophe*, p. 79-98).

143. Il s'agit du faubourg Saint-Marcel où est située l'église Saint-Médard. La tombe du diacre Pâris fut le lieu de guérisons miraculeuses et de scènes de convulsions. Ces événements donnèrent naissance au phénomène des « convulsionnaires », (Voir notes 95, 100, 139 et 144).

144. Le « prédestiné », sobriquet pour janséniste, est le diacre François de Pâris, mort le 1er mai 1727. Il fut un janséniste convaincu, rejetant la Constitution *Unigenitus*, ayant choisi de vivre avec les pauvres dans une grande humilité. Dès son décès, des miracles eurent lieu discrètement. Les jansénistes vont essayer d'utiliser la dévotion populaire qui commence à se développer de façon spectaculaire au point que les autorités feront surveiller les lieux. La hiérarchie catholique regarde avec prudence cette vague de guérisons et cette piété subversive, spectaculaire, qui s'accompagne de scène de convulsions, et qui se poursuit parallèlement à la crise consécutive à la Bulle *Unigenitus*. Monseigneur Vintimille, hostile aux « appelants » renonçant à se soumettre à la Bulle, prit en 1731 un mandement condamnant un miracle. En 1732, le cimetière est fermé, le roi prend une ordonnance contre les convulsionnaires (sur la porte du cimetière on avait écrit : « De par le Roy défense à Dieu de faire miracle en ce lieu »). Le Parlement les condamne en 1735. Les Jésuites s'étaient vigoureusement opposés aux miracles et aux convulsions. En 1747 encore, la police arrête des convulsionnaires et d'Argenson note dans son Journal : « On a depuis peu interrogé des convulsionnaires appelés secouristes : il y en a plusieurs qui ont avancé en vouloir à la vie du roi, ce qui fait trembler » (cité in Pierre Lepape, *Diderot*, Paris, Champs-Flammarion, 1991, p. 87). Voir surtout *Les Convulsionnaires de Saint-Médard, op. cit.* – David Hume, dans la deuxième édition de l'*Enquête sur l'entendement humain* (1re édit. 1758), se réfère longuement aux miracles attribués à Pâris, dans la section X consacrée aux miracles. Il se propose d'établir qu'« aucun témoignage humain ne peut avoir assez de force pour prouver un miracle et en faire le juste fondement d'un tel système de religion » (édition de Michelle Beyssade, Paris, GF-Flammarion, 1983, p. 203).

145. Selon Vernière, le boiteux est l'abbé Bécheran de La Motte (voir *op. cit.*, p. 43, note).

146. Cette expression rappelle les termes de l'exorde des *Pensées* et confirme que Diderot conçoit son combat comme devant s'adresser exclusivement à un public averti et restreint. Le succès des préjugés religieux, la propagation des histoires calfeutrées et des récits de miracles reposent aussi sur la crédulité populaire qui explique les phénomènes de contagion sacrée.

147. « Sénateur » : voir note 139.

148. Concernant Carré de Montgeron, ce mot a une signification strictement et précisément morale, tel que l'entend le sens commun : est matérialiste quiconque a une attitude qui montre un attachement aux biens matériels, aux honneurs sociaux, aux plaisirs factices, à la débauche. Carré de Montgeron avait cette réputation. Le fait que Diderot n'hésite pas à recourir au sens vulgaire et dépréciatif de « matérialisme », alors même que dans la Pensée XVIII il se réfère à son sens philosophique, signifie qu'en 1746, ce dernier sens est encore assez rare, mal établi, valant comme une accusation et propre à tous les amalgames. D'où la précision « assez mal entendu à la vérité ». En revanche, le mot d'« athée », quoique son usage soit lui aussi soumis aux intérêts de la polémique, peut recevoir un sens plus stable dans les débats et les polémiques philosophiques et religieuses (Sur les usages du mot matérialisme, voir Franck Salaün, *L'Ordre des mœurs, op. cit.*, p. 41-78).

149. La question des sentiments n'est pas celle du « sentiment » de la Pensée XVII, ni celle de l'athée auquel s'adressait le déiste dans la Pensée XX. Dans ces deux cas, il s'agit du « sentiment intérieur », l'instance qui mesure le degré d'adhésion à un énoncé dont il détermine l'acceptation ou le refus. Ici il est question de l'état d'esprit (des passions, intentions et intérêts inconscients) qui a pu déterminer les témoignages dont fait état Carré de Montgeron ainsi que sa propre relation. Selon Diderot la critique des miracles ne consiste pas à affirmer leur impossibilité, ni à soupçonner une imposture ou la crédulité populaire, mais à s'interroger en premier lieu sur l'état d'esprit de celui qui affirme en avoir vu ou accorde foi à ceux qui les rapportent comme étant authentiques. L'analyse porte donc sur la crédibilité des miracles.

150. Tertullien (entre 150 et 160-entre 230-240). Après des études d'humanités, il devient avocat mais se convertit soudainement au christianisme. Adversaire du paganisme, combattant les hérésies, il exposa dans différents textes des positions intransigeantes en matière de morale conjugale et sexuelle ; – Athanase (298-373), saint, Père de l'Église il fut patriarche d'Alexandrie. Il se distingua dans sa lutte contre l'hérésie d'Arius qui fut condamnée au concile de Nicée (325) ; – Chrysostome (v.347-407), saint, Père de l'Église d'Orient, patriarche de Constantinople, connu pour son éloquence qui donna son surnom (Bouche d'or). Il lutta contre les divers dérèglements au sein de l'Église et de la cour et s'attaqua aux hérétiques, aux juifs et aux païens. Il fut finalement exilé ; – Cyprien

(mort martyr en 258), saint, Père et docteur de l'Église, il commença une carrière de rhéteur avant de se convertir. Il fut évêque de Carthage, et combattit des hérésies.

151. Locke a donné une définition précise de la frivolité en philosophie, dans le cadre d'une réflexion sur la question de l'accroissement de nos connaissances. Dans une polémique contre le statut de l'évidence cartésienne, Locke définit les propositions frivoles comme des « propositions universelles, qui, quoique certainement véritables, ne répandent aucune lumière dans l'entendement et n'ajoutent rien à notre connaissance ». Telles sont 1) les propositions identiques (où l'on affirme le même terme de lui-même : le même terme est le même terme, la même idée est la même idée) qui rendent certes de services à la philosophie en ce qu'elles sont évidentes par elles-mêmes, mais qui n'accroissent pas notre connaissance), 2) les propositions où une partie de l'idée complexe est affirmée du nom du tout, 3) celles où le genre est affirmé de l'espèce (le plomb est un métal), 4) celles où une partie de la définition du défini est affirmée de celui-ci (l'or est fusible). Les propositions portant sur les substances (âme, corps), sont de ce type parce que, selon Locke, les combinaisons d'idées simples requises pour concevoir leurs constitutions réelles étant en très petit nombre, les propositions affirmatives ou négatives n'expriment que des essences purement nominales, qui peuvent certes être déduites les unes des autres dans des démonstrations indubitables mais sans nous avoir avancés dans la connaissance des choses. C'est ce que l'on trouve dans « les livres de Métaphysique et de Théologie scolastique et d'une certaine espèce de physique ». Locke dénonce dans le recours aux propositions frivoles, une envie de jouer sur les mots, courante dans les controverses « où l'on dispute selon la méthode établie dans les Écoles », qui révèle le « peu de sincérité d'un homme qui veut me faire accroire qu'il dit quelque chose de nouveau » et qui conduit à douter de l'usage du langage. Critiquer et dévoiler les propositions futiles qui « ne renferment ni vérité ni fausseté réelle », doit nous épargner de « vains amusements et des disputes et abréger extrêmement la peine que nous prenons » (John Locke, *Essai philosophique concernant l'entendement humain*, traduction de Pierre Coste [1755], Paris, Vrin, 1983 [1690], L IV, chapitre VIII). L'expression de proposition frivole a malheureusement disparu de notre vocabulaire. Mais on peut trouver chez Harry G. Frankfurt, un philosophe américain contemporain, dans un autre contexte philosophique et culturel, un prolongement de cette critique lockéenne des propositions frivoles sous le terme plus populaire de « baratin » (voir Harry G. Frankfurt, *On Bullshit*, Princeton University Press, 2005, traduction française de Didier Sénécal sous le titre *De l'art de dire des conneries*, Paris, 10/18, 2006). Le « baratin » qualifie tout discours déconnecté de tout souci de vérité, incompatible avec la description de la réalité, répété bêtement, de manière irréfléchie, dénué de tout respect envers la réalité des faits, qui ne s'intéresse pas à l'authenticité de ce qui est dit. « Cette absence

de tout souci de vérité, cette indifférence à l'égard de la réalité des choses constituent l'essence du baratin » (p. 46). C'est quand nous disons d'un discours que « c'est du vent » : « ses paroles sont creuses, sans substance ni contenu. Par là même son maniement du langage n'est d'aucune utilité pour le but qu'il prétend servir » (p. 53), à savoir communiquer des informations. « Le baratineur finit par ne plus prêter attention à ses propres assertions, de sorte que son sens des réalités a tendance à s'atténuer, voire à s'évanouir » (p. 69). Selon Harry G. Frankfurt, la prolifération du baratin a ses sources « dans les diverses formes de scepticisme qui nient toute possibilité d'accéder à une réalité objective » (p. 73). – La dénonciation des raisonnements frivoles chez Diderot n'exprime pas seulement une exigence de type logique et épistémologique : elle entraîne avec elle une conception de ce qu'on pourrait appeler une « éthique de la communication » en philosophie, un souci des enjeux sociaux et socialisants de l'interlocution. Voir la note 37 sur l'urbanité.

152. L'évocation de l'oignon des Égyptiens est l'occasion d'une allusion irrévérencieuse indirecte à l'égard de l'eucharistie à laquelle se sont livrés bien des auteurs hétérodoxes et antichrétiens. Les Égyptiens attribuaient à l'oignon des propriétés nutritives et médicales remarquables et l'ont considéré comme un légume sacré qui intervenait dans le rituel d'ouverture de la bouche des défunts lors de la fête de Bastet, à la fin de la période hivernale, annonçant la lumière à venir, où il était mâché. Assimilé alors aux dents de l'Ancien Osiris, il était le vecteur de l'union entre Horus (la renaissance solaire) et Osiris-Soka (principe chtonien, garantie des richesses de la terre). (Voir Catherine Graindorge, *Revue d'Égyptologie*, n° 43, 1992.) Au XVIIIe siècle, dans des polémiques antichrétiennes, l'oignon est sollicité pour dénoncer l'eucharistie. Par exemple, Voltaire écrit dans l'*Essai sur les mœurs* : « Juvénal [*Satires*, XV, 9-11] a dit que les Égyptiens adoraient les oignons ; mais aucun historien ne l'avait dit. Il y a bien de la différence entre un oignon sacré et un oignon dieu […]. Nous lisons dans Cicéron que les hommes qui ont épuisé toutes les superstitions ne sont point parvenus encore à celle de manger leurs dieux et que c'est la seule absurdité qui leur manque » (Voltaire, *Essai sur les mœurs*, édition de René Pomeau, Paris, Classiques Garnier, 1990, t. I, p. 81-82). L'examen comparé des superstitions qui peut quelquefois aboutir à mettre toutes les religions sur le même plan et, ainsi, à destituer le christianisme de la place qu'il se donne, conduit ici à le dénoncer comme le plus absurde puisqu'il mange son dieu. On comprend en quel sens Voltaire a pu chercher à opposer le jugement de Cicéron à Juvénal. Ce dernier s'indigne du culte que les Égyptiens rendaient à de « monstrueuses divinités » : « On est sacrilège si l'on pose la dent sur le poireau et sur l'oignon. » À quoi Cicéron répond : « Quand nous disons que les moissons sont Cérès, le vin Liber, nous utilisons un langage de tous les jours ; mais penses-tu qu'il existe quelqu'un d'assez fou au point de croire que l'aliment dont il se nourrit est un dieu ? » (*De natura deorum*, III, 16, 41). Dans une

note de sa traduction de l'*Essai* de Shaftesbury, Diderot évoque
l'oignon des Égyptiens pour illustrer l'absurdité d'une croyance
manifestement contraire à « la loi naturelle » et à laquelle on est
fondé de désobéir (voir *op. cit.*, p. 58). Outre Cicéron et Juvénal, les
Difficultés sur la religion proposées au père Malebranche de Robert
Challe ont certainement été l'une des sources de Diderot, tout à fait
explicite quant à l'usage de ce liliacée dirigé contre l'eucharistie :
« Qu'auraient répondu les chrétiens aux Égyptiens, ridicules parmi
les païens même s'ils avaient soutenu que les rats, les oignons sont
véritablement des dieux cachés sous les espèces et les accidents de
ces animaux et de ces légumes : cela n'est pas plus impossible que
d'être caché sous les accidents du pain et du vin » (*op. cit.*, p. 279,
avec une référence en note à Malebranche).

153. « Prostituer » : au sens figuré, signifie se déshonorer par des
actions indignes, perdre son estime auprès de soi-même et des
autres.

154. « BLASPHÈME : Crime énorme qui se commet contre la divinité par des paroles ou des sentiments qui choquent sa majesté ou
les mystères de la vraie religion. C'est proprement une injure que
l'on fait à Dieu, en lui attribuant ce qui ne lui convient pas ou en lui
ôtant ce qui lui convient, comme sa sagesse, sa bonté, sa puissance,
etc. » (*Trévoux*).

155. Sorte de Chambre haute formée par les cardinaux assistant
le pape, le sacré collège fut institué en 1150 par le pape Eugène III.

156. « Délaissons ce genre d'argument que les deux partis peuvent invoquer, bien qu'ils ne puissent en les invoquant avoir tous les
deux raisons », saint Augustin (l'origine de la citation est introuvable).

157. « Je suis chrétien parce qu'il est raisonnable de l'être. » Cette
déclaration prépare la profession de foi hypocrite qui suit (Pensée
LVIII) et, d'une certaine façon, en annule la portée. En effet, un
christianisme raisonnable n'est pas le christianisme de la Révélation,
laquelle vient d'être soumise à une série de critiques. Mais il n'est
pas non plus un christianisme qui serait rationnellement démontré.
Non seulement parce qu'il y a des vérités qui répugnent à la raison,
comme celle de la Trinité (voir pensée LIX), mais parce que le
christianisme n'est ni affaire de miracles, ni affaire de démonstrations : « c'est en cherchant des preuves que j'ai trouvé des difficultés » (Pensée LXI). « Raisonnable », le christianisme l'est au sens
où il s'accorde aux sentiments éprouvés devant la nature qui me
montre un Auteur intelligent, où il me montre un Dieu bon et bienveillant qui ne nous demande pas de renoncer à notre nature et qui
est compatible avec les vertus morales et sociales. En 1695, Locke
avait publié *The Reasonableness of Christianity*, traduit en 1715 par
Coste. Dans *La Religion naturelle*, Jacqueline Lagrée présente ainsi
l'esprit de cet ouvrage : « Le titre [...] indique d'emblée le domaine
où se situe l'examen : non pas celui des vérités rationnelles de la
science déductive, mais celui des vérités raisonnables, c'est-à-dire à

la fois le domaine de la pratique, des certitudes de fait et de la "pénombre du probable" » (p. 52).

158. John Locke (1532-1704), philosophe anglais dont l'influence en France au XVIIIᵉ siècle fut considérable. Les philosophes des Lumières, y compris bon nombre de leurs adversaires « éclairés », se rattachent tous à une vulgate lockéenne qui marque la rupture avec un certain cartésianisme (innéisme, métaphysique, rationalisme *a prioriste*, etc.) et se situent toujours plus ou moins par rapport à sa philosophie. Il fut notamment l'auteur des *Lettres sur la tolérance* (1689), de l'*Essai sur le gouvernement civil* (trad. 1691), de l'*Essai philosophique concernant l'entendement humain* (trad. de Coste, 1700), *De l'éducation des enfants* (trad. Coste, 1695), *Le Christianisme raisonnable* (trad. de Coste, 1715).

159. Pierre Bayle (1647-1706), philosophe, protestant, se convertit au catholicisme puis retourna à la loi réformée. Il se réfugia à l'académie protestante de Sedan et à Rotterdam où il enseigna la philosophie et l'histoire. Il écrivit, entre autres, les *Pensées diverses sur la comète de 1680* (1682), le *Commentaire philosophique sur ces paroles de Jésus-Christ, contrains-les d'entrer* (1686-1687), le *Dictionnaire historique et critique* (1696 ; 2ᵉ éd. 1701). En 1684, il commence seul un périodique *Les Nouvelles de la République des Lettres*. L'influence de Bayle sur les Lumières et Diderot fut considérable.

160. Évidemment, il est difficile de ne pas voir dans cette profession de foi une déclaration hypocrite. Mais compte tenu des Pensées qui précèdent et de la restriction considérable apportée immédiatement (« je la crois bonne autant qu'il est possible à quiconque n'a jamais eu aucun commerce immédiat avec la divinité et qui n'a jamais été témoin d'aucun miracle »), ce masque ne pouvait tromper personne. Il semblerait que Diderot cherche à provoquer la fureur des dévots qu'il avait éreintés tout au long de l'ouvrage et court le risque d'être qualifié d'« insincère ». Mais comme ils se sont suffisamment disqualifiés en damnant Descartes, Montaigne, Locke et Bayle (un métaphysicien, un sceptique modéré, un rationaliste empiriste et un protestant, relaps certes, théoricien de la tolérance et esprit critique, en tout cas distant à l'égard de l'athéisme), cette provocation est sans conséquence. Toutefois, au-delà de ces intentions polémiques, on peut remarquer que Diderot semble reprendre le contenu de la première Règle de la morale par provision de Descartes qui justifie pragmatiquement l'obéissance aux lois et coutumes et la fidélité « à la religion en laquelle Dieu m'a fait la grâce d'être instruit dès mon enfance » par l'impossibilité de parvenir à des certitudes sur ces sujets. Peut-être y a-t-il chez les Chinois et les Perses des personnes plus sensées que chez nous ? (Voir Descartes, *Discours de la méthode*, *op. cit.*, t. VI, p. 22-23.) Mais ce genre d'affirmations était fréquent chez certains écrivains libres penseurs, sceptiques érudits de la première partie du XVIIIᵉ siècle. Voir J.S. Spink, *La Libre Pensée française de Gassendi à Voltaire*, p. 38, qui cite les derniers mots attribués à René de Chantecler, rapportés par Guy Patin : « il faut qu'un honnête homme meure […]

dans la loi et la religion de son pays », Patin rappelant que Charron et Malherbe soutenaient la même idée. Il ajoutait : « mais cette maxime est très dangereuse ». (Voir aussi René Pintard, *Le Libertinage érudit dans la première moitié du XVIIe siècle*, p. 180). Le pasteur Viret, cité par Bayle, relève avec inquiétude que les déistes « se moquent de toute religion, nonobstant qu'ils s'accommodent, quant à l'apparence extérieure, à la religion de ceux avec lesquels il faut vivre » (voir Annexe). L'inquiétude est celle qui est provoquée par toute attitude relevant du marranisme. Le pasteur Pierre Viret indiquait dans sa définition-dénonciation des déistes qu'ils n'hésitaient pas à afficher leur allégeance à la religion. Avoir fortement suggéré qu'il était déiste et en énonçant une profession de foi orthodoxe et convenue, Diderot confirme le soupçon que depuis le XVIe siècle on fait peser sur cette philosophie, mais il fait plus qu'une provocation : il essaie de décrisper l'attitude que depuis Viret les théologiens ont à l'égard du déisme.

161. Jacques Abbadie (1654-1727), théologien, prédicateur et apologiste protestant, exilé en Angleterre depuis 1688, auteur entre autres du *Traité de la vérité de la religion chrétienne* (1684) ; Pierre-Daniel Huet (1630-1721), évêque d'Avranches, mathématicien, helléniste, hébraïsant, précepteur du Dauphin pour qui il publia des classiques latins *ad usum delphini*. Il écrivit une *Demonstratio evangelica* (1679) où il proposa des preuves géométriques de la religion et le *Traité philosophique de la faiblesse de l'esprit humain* (1723) où il défendit un scepticisme fidéiste. Selon Albert Monod, avec Malebranche et Bossuet, ces deux apologistes du christianisme appartiennent à « l'âge d'or de l'apologétique classique » (*De Pascal à Chateaubriand, les défenseurs français du christianisme de 1670 à 1802*, Paris, Félix Alcan, 1916). Elle se caractérise par la conviction que « la vérité de la religion est démontrable, par des raisonnements et des faits [...] Ils appliquent à la défense de la foi de Pascal une raison formée par Descartes » (p. 61).

162. La Trinité est, par excellence, le type de dogme chrétien qui attire le plus grand nombre de critiques et de sarcasmes chez les penseurs radicaux. Ils se sont sentis d'autant plus fondés à s'acharner sur lui que, dans l'histoire de l'Église, il a été l'objet de querelles théologiques subtiles et souvent très violentes, de décisions dramatiques de conciles et d'hérésies. Tous ces écrivains connaissent l'histoire tourmentée du dogme de la Trinité et n'ont pas de difficulté à montrer qu'il n'a été finalement reçu qu'au prix de décisions de politique religieuse. En tout cas, nombreux sont ceux qui soutiennent qu'affirmer que trois est un répugne à la raison. Cette répugnance envers ce dogme trouve des renforts dans l'hérésie d'Arius (256-336), dans les difficultés des théologiens pour rendre ce dogme intelligible (voir saint Augustin, *De trinitate*, IV, chap. IX) et reprend les arguments des Antitrinitaires (comme Michel Servet au XVIe siècle) et des Sociniens (XVIe siècle, disciples de Socin), tous alliés du déisme et compagnons de route des athées. Voir la VIIe des

Lettres philosophiques de Voltaire dont le titre identifie les Sociniens, les Ariens et les Antitrinitaires (voir Annexe).

163. Comme il est d'usage dans les manuels de logique, Diderot introduit entre les preuves morales et métaphysiques les preuves géométriques. Il ne se contente pas de distinguer le « moral » et le « métaphysique », mais soumet le « métaphysique » au « géométrique ». Le contenu du dogme de la Trinité (trois en est Un), à supposer qu'il fasse l'objet d'une démonstration, ne peut produire en moi une certitude égale à celle des démonstrations géométriques, dans la mesure où il contient une contradiction. Il faut donc admettre que ma pensée, si on sollicite la raison, puisse douter à ce sujet. Il faut incriminer alors la démonstration métaphysique et non le sceptique et renoncer à faire de la Trinité l'objet d'une démonstration pour la rejeter hors de la raison, soit comme article de foi, éventuellement soutenue par la Révélation, soit comme une « billevesée » dont on n'a plus à se préoccuper. *A fortiori* cette preuve est incommensurable avec la certitude des preuves morales. Ce qui permet de poser l'intérêt de ce dogme pour les « mœurs ». Peut-être peut-on discerner également l'annonce d'une position que Diderot soutiendra avec d'Alembert. Cette distinction du « métaphysique » et du « géométrique » affirme qu'en son ordre, la connaissance géométrique relève d'une certitude qui est lui est suffisante et qu'elle n'a donc pas besoin de reposer sur la preuve métaphysique de l'existence de Dieu. Contrairement à Descartes qui expliquait qu'il pouvait, certes, y avoir des géomètres qui soient athées, mais qu'ils n'auront pas l'entière certitude de leurs raisonnements.

164. Au XVIIIe siècle, ce mot n'a pas nécessairement la signification péjorative qu'il a acquise. Il désigne depuis le XVIIe siècle tout groupe de personnes qui partagent la même doctrine, qu'elle soit philosophique ou religieuse. Il peut cependant être pris ironiquement pour désigner un groupe fermé sur ses certitudes doctrinales.

165. « Nécessité » : au sens où on est conduit par une nécessité logique à adopter cette conclusion.

166. Si la « foi doit être proportionnée à la certitude de ces règles » de critique portant sur l'établissement des textes sacrés, il y a fort à parier, arrivés à ce moment des *Pensées*, que la foi doit être suspendue, à la façon des sceptiques, ou remplacée par le déisme qui n'est pas embarrassé par ces difficultés de la critique scripturaire.

167. Les deux dernières *Pensées* introduisent la « religion naturelle ».

168. Les « arsenaux » sont « communs » aux apologistes, aux théologiens, aux métaphysiciens, aux dévots d'un côté, aux sceptiques, aux incroyants, aux athées de l'autre. – Diderot relève lucidement un phénomène caractéristique de la culture de cette moitié du XVIIIe siècle. Dans le combat de la raison et de la foi, les arguments, les textes, les exemples, les lieux communs sur lesquels reposent les controverses (les « arsenaux ») sont en effet communs aux deux camps. Le terrain du combat est connu des uns et des

autres, de sorte que les déistes, les sceptiques, les matérialistes athées ressemblent à l'image que leurs adversaires donnent d'eux et inversement. On peut ainsi comprendre que lorsque Rousseau attaquera le matérialisme de son temps, dans la *Profession de foi du vicaire savoyard*, il n'aura aucune difficulté à réutiliser l'arsenal des antimatérialistes, et que les athées comme d'Holbach dans *Le Système de la nature*, retourneront contre les « théistes » comme Rousseau tout l'éventail des critiques des penseurs hardis.

169. Voir le commentaire de cette Pensée dans l'Introduction, p. 48-49.

170. « Religionnaires » : à l'origine ce terme s'appliquait aux membres de la religion réformée.

171. « Religion naturelle ». Elle est naturelle en ce qu'elle émane de la raison « naturelle », et non en ce qu'elle fait de la nature l'objet de son adoration : il faudrait dire « religion rationnelle », ou, comme on l'a vu, « raisonnable », en tout cas c'est une religion qui n'admet ni Révélation, ni mystères, ni médiations sacerdotales. Pour son contenu, voir note suivante et l'Introduction, p. 49-51.

172. Employé dans le sens que Diderot lui donne, ce mot est nouveau. En effet, parmi les nombreuses définitions proposées, celle que *Trévoux* donne des « naturalistes » en restreint l'idée à une sorte de panthéisme ou d'athéisme matérialiste : « Naturaliste : On donne encore le nom de *Naturalistes* à ceux qui pour toute religion n'écoutent que la nature, qui n'admettent point de Dieu ; qui croient qu'il n'y a qu'une substance matérielle, revêtues de qualités qui lui sont essentielles, en conséquence desquelles s'exécute tout ce que nous voyons dans le monde. » En 1751, l'abbé Laurent François explique que les athées modernes renouvellent les doctrines athées de l'Antiquité, celle des épicuriens qui attribuent tout au hasard et celles des adeptes de la nécessité (en fait il vise Spinoza). Et « comme ces prétendus philosophes ont toujours à la bouche ces mots : *le tout, le grand tout, la nécessité naturelle, la nature, l'ordre de la nature*, nous les nommerons, pour abréger, *Naturalistes* » (cité in Jean Ehrard, *L'Idée de nature en France dans la première moitié du XVIIIᵉ siècle*, Paris, Albin Michel, 1994 [1963], p. 178). Or pour Diderot, le naturalisme, synonyme de religion naturelle, est la religion sur laquelle le déisme, comme position philosophique, débouche, par rapports aux différentes religions positives. Elle est leur vérité oubliée ou masquée par des siècles de dogmes inintelligibles, de cultes bizarres, d'affrontements meurtriers. Le naturalisme est la religion des hommes sans Église. Voir dans l'Annexe, *De la suffisance de la religion naturelle*.

173. Cet argument est tiré d'un fragment perdu des *Académiques* de Cicéron, connu grâce à saint Augustin qui le rapporte dans *Contre les Académiciens*, L. III, VII, 15 et 16, in *Œuvres* I, Paris, Gallimard, 1998, p. 59 et 60.

INTRODUCTION
À L'*ADDITION*
AUX PENSÉES PHILOSOPHIQUES

Hypothèses sur la genèse du texte

Le texte connu sous le titre *Addition aux Pensées philosophiques* eut différentes éditions. Il fut diffusé pour la première fois dans la *Correspondance littéraire* de Grimm (manuscrit de Gotha) le 1er janvier 1763, puis publié par Naigeon dans le *Recueil philosophique* en 1770, sous le titre de *Pensées sur la religion* mais sans le nom de l'auteur. Naigeon en donna des extraits dans l'*Encyclopédie méthodique (Philosophie ancienne et moderne)* en 1792, sous un nouveau titre, *Objections diverses contre les écrits de différents théologiens pour servir de suite aux* Pensées philosophiques. Il révélait que l'auteur était Diderot et expliquait dans sa présentation (t. II, p. 259-260) que ce dernier, encouragé par le succès des *Pensées philosophiques*, voulut écrire, « plusieurs années après », une suite « plus hardie » qu'il préféra garder dans ses papiers pour ne pas compromettre son repos et sa liberté. Mais ce renseignement ne permet pas de dater la rédaction de l'*Addition*. En outre, il n'éclaire pas le sens du petit préambule de Diderot publié dans la *Correspondance littéraire*, que les éditions de Naigeon avaient négligé, mais qui apparut par ses soins en 1798 : « Il m'est tombé entre les mains un petit ouvrage fort rare intitulé *Objections diverses contre les récits de différents théologiens*. Élagué et écrit avec un peu plus de chaleur ce serait une assez bonne suite des *Pensées philosophiques*. » C'est Franco Venturi qui découvrit, dans le fonds de Saint-Pétersbourg des ouvrages de Diderot, l'existence de cet ouvrage, dont la signature est « J.L.P. ». Il put ainsi montrer que l'*Addition* de Diderot est bien l'élagage de quarante articles des *Objections diverses*[1]. L'auteur de ce manuscrit de 107 pages a été désigné par Venturi comme étant Louis-Jean Levesque de Pouilly, auteur déiste qui l'aurait composé vers 1746 en s'inspirant de l'*Examen de la religion* de Du Marsais et... des *Pensées philosophiques* de Diderot[2].

Reste à préciser la date de rédaction de l'*Addition*. La question n'est pas, on s'en doute, de pure érudition chronologique : elle renseignerait sur les raisons pour lesquelles Diderot a pris prétexte de la lecture des *Objections diverses* pour donner une suite aux *Pensées*, et elle permettrait de soulever la question d'une éventuelle « évolution » de sa pensée antireligieuse, pour mesurer ce qu'était devenu le déisme de 1746. Il faut bien dire qu'on en est réduit à des conjectures.

En effet, les recherches menées par différents spécialistes ne permettent pas de répondre précisément. Mis à part une lettre de Diderot à Sophie Volland du 11 novembre 1762 (« Vous aurez tôt ou tard ce supplément aux *Pensées philosophiques*. Il y a des idées qui vous feront plaisir »), les indications directes font défaut. Yvon Belaval, que nous suivons[3], pense qu'il est vraisemblable que l'*Addition* ait été rédigée entre 1758 et 1762. Si l'on relève que selon Naigeon c'est

---

1. Voir Franco Venturi, « Addition aux *Pensées philosophiques* », p. 24-42 et p. 289-308.

2. Roland Mortier estime que l'ouvrage est en réalité *Pensées secrètes et Observations critiques attribuées à feu M. de Saint-Hyacinthe*, de 1735. Voir *Revue d'histoire littéraire de la France*, 1967, p. 609-612.

3. Voir Yvon Belaval, « Sur l'*Addition aux Pensées philosophiques* ».

« plusieurs années » après les *Pensées philosophiques*
que Diderot rédigea cette suite et qu'il le fit en écho au
succès rencontré par ce livre, on peut en effet considérer 1758 comme une date plausible : jusqu'à cette
date, les *Pensées philosophiques* n'ont cessé d'alimenter
les débats puisqu'elles ont été rééditées et critiquées [1].
Diderot aurait alors eu envie d'intervenir dans les discussions et de réaffirmer ou de préciser les positions
déistes de son livre.

La date de 1758 correspond en outre au scandale
de *De l'esprit* d'Helvétius, qui éclata entre le 12 mai,
signature du privilège, et le 15 juillet, mise en vente de
l'ouvrage aussitôt arrêtée, et se poursuivit quelques
mois. Or ce scandale et l'« affaire [2] » qui s'ensuivit
révélaient aux yeux des philosophes que les dévots
intolérants, aussi bien jésuites que jansénistes, étaient
puissants. Si l'on accepte cette conjecture, on peut
donc situer entre 1758 et 1762 la période au cours de
laquelle Diderot aurait travaillé à son *Addition*. Or,
pendant cette période, un autre livre important, et
dont les datations de rédaction et d'édition ont posé
des difficultés aux chercheurs, a pu jouer un rôle dans
la genèse et la rédaction de l'*Addition*, concurremment
avec les *Objections diverses*. Ce livre est, comme l'a
montré Yvon Belaval, *Le Christianisme dévoilé* [3] du

---

1. Voir l'Introduction aux *Pensées philosophiques*, p. 11.

2. L'« affaire Helvétius » désigne l'avalanche de condamnations
essuyées par *De l'esprit*, dans un climat marqué par l'attentat de
Damiens contre Louis XV, les attaques contre les encyclopédistes,
les conflits entre le roi et le Parlement, entre jansénistes et
jésuites. Helvétius dut à ses protections de n'être pas inquiété dans
sa personne, mais il dut écrire trois rétractations humiliantes.
Après quoi il s'abstint de rien publier. *De l'homme* paraîtra après sa
mort, en 1772.

3. Le titre complet est *Le Christianisme dévoilé ou examen des
principes et des effets de la religion chrétienne*, avec l'indication fictive
de l'auteur comme étant « feu M. Boulanger », ingénieur des ponts
et chaussées, mort en 1759, contributeur de l'*Encyclopédie* et
auteur des *Recherches sur l'origine du despotisme oriental* et de
L'Antiquité dévoilée, édités par d'Holbach respectivement en 1761
et 1766.

baron d'Holbach[1], publié en 1766, imprimé après
1762 ou 1763, avec une étrange antidatation du 4 mai
1758 pour la préface[2]. Cette date devait revêtir une
signification particulière pour d'Holbach et ses amis :
c'est celle de l'obtention du privilège pour *De l'esprit*.
Il est tentant de supposer que *Le Christianisme dévoilé*
et *l'Addition* aient été écrits tous les deux entre 1758 et
1762. En outre, Diderot et d'Holbach se connaissaient
depuis 1750, travaillaient ensemble, échangeaient
beaucoup et partageaient le même souci de diffuser la
pensée critique et de participer aux combats contre la
religion chrétienne. Les rapprochements effectués par
Belaval entre les deux textes montrent de très nombreuses ressemblances.

Un texte sans auteur

Élagage d'un manuscrit, *l'Addition* n'est donc pas
un texte de Diderot, au sens où il n'en est pas l'auteur
complet qui aurait souverainement décidé de son
contenu. La catégorie de « scripteur », que nous avons
employée pour expliciter l'anonymat des *Pensées*, correspondrait parfaitement à son travail. « Élaguer »,

---

1. Paul Henri Thiry, baron d'Holbach, naît en 1723 dans le Pala-
tinat. Après des études de droit à Leyde, il s'installe en France, en
1749 et obtient la nationalité française. Il achète un office de
conseiller du roi. Grâce à sa fortune, léguée par son oncle, il tient
dès 1753 un salon célèbre rue Royale-Saint-Roch, où il reçoit la
plupart des philosophes, des encyclopédistes et aussi des personnes
hostiles au matérialisme. Diderot séjourna plusieurs fois dans son
château du Grandval. C'est dans ce salon que Rousseau se brouil-
lera avec la « coterie holbachique ». Spécialiste de chimie et de miné-
ralogie, il écrivit plus de 400 articles pour l'*Encyclopédie*. Il édita des
textes clandestins, des écrits de déistes anglais, publia des livres de
critique antireligieuse. En 1770, parut le *Système de la nature*, en 1772,
Le Bon sens et à partir de 1773 des ouvrages de morale et de politique : *La Politique naturelle, Système social, Éthocratie, La Morale
universelle*, notamment. Il meurt à Paris le 21 janvier 1789, peu de
temps avant les États généraux.

2. Voir Jeroom Vercruysse, *Bibliographie descriptive des écrits du
baron d'Holbach*, Paris, Minard, 1971.

pour reprendre son mot, c'est partir d'une matière première étrangère pour y intervenir en faisant des coupes, en résumant quelques lignes, en ajoutant des morceaux. Cette intervention est une appropriation du premier texte, une assimilation qui efface l'extériorité du texte de départ pour produire un ensemble où se mêlent des éléments de l'original, des parties qui relèvent du plagiat et des articles nouveaux. Elle suppose évidemment une affinité entre le scripteur et son texte-prétexte qui suscite le désir de s'insinuer en lui pour le poursuivre.

Cette pratique repose sur une propriété intellectuelle moins fermement établie qu'elle ne l'est aujourd'hui. Elle était du reste assez fréquente dans la littérature clandestine où de nombreux textes ont été constitués par collages, remaniements, emprunts plus ou moins déformés, etc. La volonté de diffuser des pensées que les pouvoirs s'efforçaient d'occulter l'emportait sur le souci de la notoriété personnelle. Les pratiques d'écriture collective avaient pour fonction de substituer au refus de reconnaissance officielle dans les lieux institutionnels une circulation anonyme où tout un chacun pouvait, théoriquement, venir puiser, ajouter sa part et à son tour poursuivre la diffusion[1]. Lorsque Diderot se saisit des *Observations diverses*, qu'il y reconnaît sans doute des emprunts faits à ses *Pensées philosophiques* et qu'il assiste à la rédaction du *Christianisme dévoilé* de son ami d'Holbach, il participe à cette tradition libertine et clandestine de prolifération des textes[2].

---

1. Il est séduisant de rapprocher, formellement, ces pratiques de celles qui utilisent aujourd'hui les ressources d'Internet pour mutualiser les savoirs en annulant la propriété intellectuelle.

2. Parlant plus particulièrement du matérialisme, Olivier Bloch écrit que « la clandestinité n'est donc pas seulement une circonstance contingente, et une simple limite, de l'expression du matérialisme à l'aube des Lumières et dans la période qui précède, elle contribue à former les traits, voire à en imprégner le contenu », « Matérialisme et clandestinité : tradition, écriture, lecture », in *Matière à histoires*, p. 283.

Entre 1746 et la période supposée de mise au point de l'*Addition*, la situation intellectuelle en France a changé. Le début des années 1760 est marqué par des événements politiques importants. En 1761, le Parlement de Paris commence le processus qui aboutira à la suppression des jésuites. Marc-Antoine Calas est trouvé mort, et l'année suivante le parlement de Toulouse condamne à mort son père, le protestant Jean Calas. Voltaire mène campagne pour sa réhabilitation et mène combat pour la tolérance[1]. Il s'engage pour obtenir l'acquittement de la famille Sirven condamnée à Toulouse en 1764. En 1762, *Du Contrat social* et l'*Émile* de Rousseau sont condamnés. Voltaire déploie son activité antichrétienne, avec le *Sermon des cinquante* de 1762. D'Holbach publie les œuvres posthumes de Boulanger (*Recherche sur le despotisme oriental*, 1761, *Dissertation sur Élie et Énoch*, 1764, *L'Antiquité dévoilée*, 1766), traduit des livres de déistes anglais (Toland, Davisson, Bourn, Gordon). Depuis 1757, les attaques contre les encyclopédistes se multiplient : en 1759, l'*Encyclopédie* perd son privilège, après sept volumes parus, et il faut attendre 1765 pour que paraissent les onze autres. En 1760, on donne la comédie *Les Philosophes* de Palissot[2], soutenu par le parti dévot à la cour. Les « philosophes » sont ridiculisés et Diderot est particulièrement attaqué.

C'est dans ce contexte difficile que Diderot aurait participé au regain de critique antireligieuse. Revenir au livre qu'il avait écrit en 1746, à travers la lecture du manuscrit clandestin des *Observations*, lui permet d'aiguiser ses arguments, dans un contexte où le déisme n'est plus pour lui une position satisfaisante.

---

1. Voir, entre autres, Voltaire, *Traité sur la tolérance* (1763), édition de René Pomeau, Paris, GF-Flammarion, 1989.
2. Voir Palissot, *La Comédie des Philosophes et autres textes,* présentation d'Olivier Ferret, Saint-Étienne, Publications de l'université de Saint-Étienne, 2002.

Un déisme exténué

À la question de l'« évolution » de la pensée religieuse de Diderot, on doit substituer celle du statut du déisme, en accord avec Belaval. La lecture des *Pensées* nous enseigne qu'il n'est pas évident de considérer le déisme comme une thèse soutenue par Diderot. Il faut bien plutôt le tenir pour une position stratégique dans un jeu à quatre personnages : l'athée, le sceptique, les théologiens dévots et le déiste. Lisons donc l'*Addition* en interrogeant la nouvelle position qu'y occupe le déisme. Ce qui frappe d'emblée, c'est la différence de ton entre les deux écrits. En effet, l'*Addition* est, par rapport aux *Pensées philosophiques*, un texte beaucoup plus violent, plus incisif, drôle souvent, et surtout incomparablement plus affirmatif. La construction dialoguée, les insinuations discrètes, les plaisanteries indirectes sur le christianisme ont disparu. La plupart des Pensées sont des interpellations adressées aux théologiens, et notamment aux jansénistes (VII, VIII, XIV, XV, XXXII, XLVIIIILIX, LXI). Il n'est jamais question de l'existence de Dieu, de sa preuve, « des signes indicatifs de [sa] présence » (*Pensées*, XXVI). Mais le nom de « Dieu » est toujours référé à celui que la théologie conçoit, comme s'il n'y avait maintenant qu'une seule sorte de Dieu qui ne mérite que la réfutation. Soit, et c'est le cas le plus fréquent, il s'agit du Dieu tel que le christianisme et, précisément désigné, le catholicisme (LXIX) se le représentent : Diderot montre que son idée est absurde, contradictoire, contre-naturelle, négatrice de la liberté et de la morale humaines. Soit, plus rarement, à deux reprises seulement, Diderot feint de donner un sens positif à Dieu, tel qu'il est reçu dans la religion. Dans le premier cas (I), ironiquement présenté, Dieu ne peut qu'approuver celui qui doute de la religion puisqu'il reconnaît son ignorance et se défie de l'abus de sa raison. Le second (XLII) est un syllogisme disjonctif incomplet : l'homme est soit le produit de la nature, soit la création de Dieu. Or ni l'un ni l'autre ne font rien de mauvais, donc, quelle que soit l'hypothèse retenue, l'homme n'est pas mauvais. La conclusion implicite est que Dieu n'est qu'une hypothèse qui est sans doute plus coûteuse à accepter que la nature et dont on peut se passer. Reste la mention de Dieu dans l'avant-dernière des Pensées rajoutées par les éditeurs Assézat et Tourneux, en 1875-1876. On voit immédiatement que ce Dieu est celui d'une religion instituée politiquement, définie par un culte minimal. Dieu n'est pas nié, seul celui du christianisme, et au-delà celui des trois monothéismes, est critiqué. Mais il n'est pas non plus évoqué dans le cadre d'une théorie déiste. Pourtant, ce texte repose sur l'un des *leitmotive* déiste : le primat de la raison sur la foi, ou l'impossibilité que Dieu les ait mis en contradiction (II, IV, V, VI) et, de là, il déroule la dénonciation des idées absurdes de Dieu, le refus de sacrifier la nature humaine au profit de la religion, et, comme on pouvait s'y attendre, la critique de la Révélation. L'absence d'une mention positive de Dieu, d'un renvoi à son existence bienveillante, opposée à l'image inhumaine des théologiens, est l'indice que nous n'avons pas affaire à un texte déiste.

Faut-il dire qu'il est athée ? Non, car il ne procède pas d'une démonstration de sa non-existence et de l'affirmation d'une théorie alternative, comme le fait l'athée des *Pensées*. Si l'on ne peut le qualifier d'athée, ni de déiste, c'est qu'il est avant tout antireligieux et antichrétien, qu'il est mené du point de vue de la seule raison. Et pour cela, il n'est pas nécessaire de passer par un nouveau dogme, l'athéisme matérialiste. L'efficacité de sa dénonciation est à ce prix.

Allons plus loin : si l'*Addition* n'est pas athée, elle ouvre la voie à une attitude qu'on pourrait qualifier d'athéiste, ce qui, d'une certaine façon, est pire. En effet, est athéiste une pensée qui se tient à l'écart de l'idée de Dieu ou de la question de Dieu, ou pour qui Dieu ne fait pas, ou plus, difficulté. Une pensée qui cherche à se déployer indépendamment de lui et à inventer des catégories et des concepts étrangers au religieux et au divin. Alors qu'un athée est encore quelqu'un qui est préoccupé par la question de Dieu et qui estime nécessaire de s'y opposer, dont la position est ainsi conditionnée par cette opposition. L'indifférence à l'égard de Dieu (de son existence ou non) est peut-être la forme la plus haute de dépassement de l'opposition entre croyants et athées. Lorsque Jacques, le personnage du roman éponyme, répond à son maître qui lui demande s'il croit à la vie à venir, « je n'y crois ni décrois, je n'y pense pas [1] », il fait une réponse athéiste. Nous ne prétendons pas que l'*Addition* soit athéiste, mais nous suggérons que sa façon de vider le Dieu des religions de tout sens acceptable se substitue à une critique athée, et vaut pourtant comme liquidation de tout Dieu possible, de sorte qu'il est possible de sortir définitivement de cette question.

Ni formellement athée ni expressément déiste, ce texte n'est pas non plus antidéiste. Mais ce qu'il propose est plus grave.

Sa critique de la religion est en tout point celle que mène traditionnellement le déisme : le contenu des critiques est exactement celui des *Pensées philosophiques*, mais débarrassé des ménagements qu'elles semblaient prendre en s'abritant derrière un scepticisme méthodique et de bonne foi. La disparition du scepticisme dans l'*Addition*, seulement rappelé ironiquement dans la Pensée I, est le signe que Diderot procède ici à un effacement du déisme. Il n'est plus nécessaire. Si, dans les *Pensées,* du point de vue de la stratégie antireligieuse, le déisme précédé par le scepticisme était bien utile, l'*Addition* montre qu'il devient superflu. Rétrospectivement, le scepticisme apparaît comme le masque de la raison critique et assurée de ses conclusions. Quant au déisme, il était soit le faire-valoir maladroit de l'athéisme, soit une propédeutique à une position athéiste.

Alors que les *Pensées philosophiques* préservaient une image attrayante du déisme et de la religion naturelle, l'*Addition* semble se débarrasser de ce dernier recours.

---

1. *Jacques le fataliste et son maître,* Ver II, *op. cit.*, p. 852.

La critique de la religion ne consiste plus à inciter les religions à s'autocritiquer pour se fondre dans la religion naturelle, elle aboutit à exténuer l'idée même de religion naturelle. La première Pensée ajoutée par Assézat-Tourneux, le conte de l'île de Ternate, décrit un pays où les formes extérieures de religion sont totalement exsangues : des prêtres qui ne parlent pas de religion, un temple sans autel ni statue, un silence énorme et des mots au sommet d'une pyramide : « Mortels, adorez Dieu, aimez vos frères et rendez-vous utiles à la patrie. » Ce curieux dispositif est en outre présenté comme émanant d'une autorité non religieuse : « il n'était permis à qui que ce soit, même aux prêtres, de parler de religion… ». On peut supposer que cette interdiction est d'origine politique et que ce qui reste de religion naturelle est essentiellement un artifice politique.

Deux pensées font certes référence au déisme. La Pensée XLVI est l'une de celles qui critiquent la Trinité : « Les personnes divines sont, ou trois accidents, ou trois substances. Point de milieu. Si ce sont trois accidents, nous sommes athées ou déistes. Si ce sont trois substances, nous sommes païens. » Le deuxième terme de l'alternative ne pose pas de difficulté. Le premier semble plus énigmatique par le rapprochement entre le déiste et l'athée et pour les raisons données. Mais le raisonnement est le suivant. Si, conformément au dogme, fixé laborieusement au cours de nombreux conciles, depuis celui de Nicée, en 325, le Père, le Fils et le Saint-Esprit sont des accidents distincts (ou des personnes, ou des hypostases) d'une seule substance divine, l'athée est bien entendu celui qui refuse la substance divine. Quant au déiste, il refuse les trois accidents pour ne retenir que la seule substance, moyennant un changement de vocabulaire. Mais rien ne dit que le déisme est défendable. Diderot s'est contenté de déduire d'un dogme particulièrement obscur, deux positions philosophiques possibles et le paganisme, d'où est exclu le christianisme. Sa cible est donc celui-ci, son but n'est pas de défendre le déisme. La Pensée LXVII, reprenant une idée du § XXV de *De*

la suffisance de la religion naturelle[1] dit que « Tous les
sectaires du monde ne sont que des déistes hérétiques ».
Elle veut dire qu'aucune religion ne peut se présenter
comme l'unique et que leurs différences, loin de signifier une supériorité théologique ou une plus grande
fidélité au message divin, ne sont que des écarts, des
aberrations, par rapport à un noyau commun que le
déisme est capable de définir. Mais cette Pensée ne
porte aucun jugement de valeur sur le déisme. Dans les
Pensées, la valeur du déisme consistait dans sa pré-
tendue supériorité sur l'athéisme et dans sa proposition
de religion naturelle. Dans l'*Addition*, aucun argument
n'étant présenté en faveur du déisme et l'athéisme étant
contourné, la question d'une évolution de Diderot du
déisme à l'athéisme ne peut être posée à partir de ce
texte : elle lui est étrangère.

Les rapports de Diderot à l'égard de la religion peuvent être présentés schématiquement ainsi. Pendant la
période des *Pensées philosophiques*, il est favorable au
déisme parce qu'il est le moyen de mener une critique
de la religion qui ménage une place pour la religion
naturelle. L'athéisme spéculatif est vu comme une
philosophie dogmatique. Avec l'*Addition*, Diderot
poursuit sa critique de la religion en effaçant le rôle du
déisme et en appauvrissant la religion naturelle.
L'athéisme est inutile. Mais du point de vue spéculatif, la *Lettre sur les aveugles* marque moins un ralliement à l'athéisme qu'une acceptation croissante du
matérialisme et de la critique du finalisme. Ce qui est
décisif, c'est le changement de terrain que va constituer l'intérêt de Diderot pour les sciences naturelles,
pour ses réflexions sur les méthodes d'interprétation
de la nature et pour les discussions sur la nature de la
matière, comme le montrent avec éclat les *Pensées sur
l'interprétation de la nature*. *Le Rêve de d'Alembert*[2]

---

1. Voir « La subversion déiste », p. 193.
2. Nous nous permettons de renvoyer à *L'Encyclopédie du* Rêve de
d'Alembert *de Diderot*, sous la direction de Sophie Audidière, Jean-
Claude Bourdin et Colas Duflo, Paris, CNRS-Éditions, 2006.

poursuit l'entreprise d'explication de l'homme d'un point de vue matérialiste, en s'efforçant de montrer que l'hypothèse d'une matière sensible est plausible, féconde et qu'elle est en accord avec certaines sciences de son temps. Dans ce dialogue, la question de Dieu est évacuée en cinq lignes dès le début. Toutefois, Diderot demeurera toute sa vie un critique décidé de toutes les religions établies puisqu'il considère qu'elles sont des institutions d'asservissement de la pensée et de négation de la vie humaine. Il saura reconnaître néanmoins que la croyance en un observateur impartial mais bienveillant peut être indispensable pour certaines personnes qui, douées d'un tempérament bon et qui n'ont pas renoncé à raisonner – c'est-à-dire à discuter avec des athées –, s'en portent bien [1].

L'apologue du misanthrope qui invente le nom de « Dieu » et déclenche la naissance de la religion, laquelle s'achève dans les haines et les meurtres, délivre une vérité universelle : l'idée d'un être « important et incompréhensible [2] », à laquelle on peut sacrifier la vie humaine, ne peut que donner naissance au malheur. Bref, toute idée transcendante, infiniment hétérogène à la raison et la nature humaines, présentée comme décisive pour l'existence, ne peut que conduire à l'auto-destruction de la vie humaine. Si l'incompréhensibilité d'une chimère de ce genre est capable de telles conséquences, c'est qu'elle rend l'entente impossible. Diderot décrit ici un processus qu'on pourrait appeler, malgré l'anachronisme, un « processus d'aliénation » : comment une création humaine, née dans le malheur, l'idée de Dieu, donne naissance à une histoire où les hommes ne reconnaissent plus leur œuvre qui s'est transformée en une force extérieure à eux, hostile et cause de destructions. Mais, la limite de cette analyse, c'est que Diderot fait de cette invention le résultat

---

1. Nous renvoyons à l'*Entretien d'un philosophe avec la Maréchale ****, *OP*, p. 525 et suiv. ainsi qu'à Colas Duflo, « Diderot et la conséquence de l'athéisme », in *Les Athéismes philosophiques*.

2. Voir *Addition*, page 171.

d'une intention, rejoignant les doctrines, comme celle de d'Holbach, qui font remonter la naissance des religions à la volonté mauvaise des prêtres.

La lecture des *Pensées philosophiques* permet aisément de repérer les thèmes abordés par l'*Addition* et d'en découvrir de nouveaux. Les critiques portent sur les dogmes chrétiens : la transsubstantiation (XXVIII-XXX), la Trinité et l'incarnation (XXXVIII-XL, XLV-XLVII), le Saint-Esprit (LXII, LXIII). Elles passent en revue les rapports de Dieu aux hommes (XLI-LXVIII, XLVIII-LVIII), les questions du salut, de l'élection et de la damnation éternelle (XI-XVII). Elles s'attaquent aux Écritures, à leur établissement, aux problèmes de traduction, à la concordance des Évangiles et aux Évangiles apocryphes (XXXIV-XXXVIII, LVIII, XLIV, LIX, LXV-LXVII). Les miracles ne sont pas épargnés (XXI, XIX-XX). À côté de cet ensemble, l'*Addition* s'indigne des implications morales du christianisme qui recoupent les critiques portant sur le rapport de Dieu avec la responsabilité des hommes (XL, LXVIII).

Les multiples procédés de critique des *Additions* peuvent se ramener à une seule démarche : prendre la religion au pied de la lettre pour pousser ses affirmations jusqu'au point où elles révèlent soit leur absurdité, soit leur cruauté. Des théologiens, mis au défi de résoudre des contradictions présentées comme insolubles, l'*Addition* ne peut attendre de réponse. Dès les *Pensées*, les dévots étaient exclus du colloque, mais on pouvait imaginer que la religion naturelle leur offre une possibilité de rejoindre le concert des hommes raisonnables et raisonnablement religieux, surtout après la curieuse pesée effectuée par le sceptique en faveur du christianisme (Pensée LXI). L'*Addition*, ayant évacué et le déisme et la religion naturelle, ne laisse aucune issue aux théologiens. La confrontation est brutale, sans troisième terme pacificateur possible : il faut détruire, sans concession et avec toutes les armes disponibles. Et ces armes sont multiples : le blasphème (XXIX-XXX), avec la volonté de désacraliser son objet par l'ironie, la satire, le mot d'esprit (« Ce que nous appelons le péché originel, Ninon de Lenclos l'appelait le péché original », XLIII ; « *Ce Dieu qui fait mourir Dieu pour apaiser Dieu*, est un mot excellent de La Hontan », XL)) ; l'argumentation, l'érudition (voir XXXVIII sur les paroles du Christ : *pater major me est* et *hoc est corpus meum*, et LVIII sur l'erreur de traduction de « durable » en hébreu par « éternel » par « les atroces chrétiens ») ; la plaisanterie coquine sur le « péché de chair » (LVII) ; la mauvaise foi qui consiste à prendre le christianisme « à la lettre » (XXXIV, XXXVIII, LIV, LXIX-LXXI) ; l'atopie de l'île de Ternate, l'apologue final du misanthrope pétri de ressentiment s'achevant sur la dénonciation des méfaits sociaux de la religion. Systématiquement, Diderot fait de l'homme la mesure de la validité des propositions théologiques sur Dieu (LI, LXIX-LXXI). Ce court texte est sans doute celui de ses écrits qui se rapproche le plus de la verve de Voltaire.

Jean-Claude BOURDIN

NOTE SUR CETTE ÉDITION

Le texte que nous publions est celui des manuscrits de Leningrad et du fonds Vandeul, choisis par Paul Verrière et Laurent Versini. Nous renvoyons aux éditions Verrière et DPV pour les passages des *Objections diverses* que Diderot élague.

ADDITION AUX
PENSÉES PHILOSOPHIQUES

OU OBJECTIONS DIVERSES CONTRE LES ÉCRITS DE DIFFÉRENTS THÉOLOGIENS

Il m'est tombé entre les mains un petit ouvrage fort rare intitulé Objections diverses contre les récits de différents théologiens. *Élagué et écrit avec un peu plus de chaleur ce serait une assez bonne suite des* Pensées philosophiques. *Voici quelques-unes des meilleures idées de l'auteur dont il s'agit.*

I.

Les doutes, en matière de religion, loin d'être des actes d'impiété, doivent être regardés comme de bonnes oeuvres, lorsqu'ils sont d'un homme qui reconnaît humblement son ignorance, et qu'ils naissent de la crainte de déplaire à Dieu par l'abus de la raison.

II.

Admettre quelque conformité entre la raison de l'homme et la raison éternelle, qui est Dieu, et prétendre que Dieu exige le sacrifice de la raison humaine, c'est établir qu'il veut et ne veut pas tout à la fois [1].

III.

Lorsque Dieu de qui nous tenons la raison en exige le sacrifice, c'est un faiseur de tours de gibecière qui escamote ce qu'il a donné.

IV.

Si je renonce à ma raison, je n'ai plus de guide : il faut que j'adopte en aveugle un principe secondaire, et que je suppose ce qui est en question.

V.

Si la raison est un don du ciel, et que l'on en puisse dire autant de la foi, le ciel nous a fait deux présents incompatibles et contradictoires[2].

VI.

Pour lever cette difficulté, il faut dire que la foi est un principe chimérique, et qui n'existe point dans la nature.

VII.

Pascal, Nicole, et autres ont dit : « Qu'un dieu punisse de peines éternelles la faute d'un père coupable sur tous ses enfants innocents, c'est une proposition supérieure et non contraire à la raison. » Mais qu'est-ce donc qu'une proposition contraire à la raison, si celle qui énonce évidemment un blasphème ne l'est pas ?

VIII.

Égaré dans une forêt immense pendant la nuit, je n'ai qu'une petite lumière pour me conduire. Survient un inconnu qui me dit : *Mon ami, souffle ta bougie pour mieux trouver ton chemin.* Cet inconnu est un théologien.

IX.

Si ma raison vient d'en haut, c'est la voix du ciel qui me parle par elle ; il faut que je l'écoute.

X.

Le mérite et le démérite ne peuvent s'appliquer à l'usage de la raison, parce que toute la bonne volonté du monde ne peut servir à un aveugle pour discerner des couleurs. Je suis forcé d'apercevoir l'évidence où elle est, et le défaut d'évidence où l'évidence n'est pas, à moins que je ne sois un imbécile ; or l'imbécillité est un malheur et non pas un vice.

XI.

L'auteur de la nature, qui ne me récompensera pas pour avoir été un homme d'esprit, ne me damnera pas pour avoir été un sot[3].

XII.

Et il ne te damnera pas même pour avoir été un méchant. Quoi donc ! N'as-tu pas déjà été assez malheureux d'avoir été méchant ?

XIII.

Toute action vertueuse est accompagnée de satisfaction intérieure ; toute action criminelle, de remords ; or l'esprit avoue, sans honte et sans remords, sa répugnance pour telles et telles propositions ; il n'y a donc ni vertu ni crime, soit à les croire, soit à les rejeter.

XIV.

S'il faut encore une grâce pour bien faire, à quoi a servi la mort de Jésus-Christ ?

XV.

S'il y a cent mille damnés pour un sauvé, le diable a toujours l'avantage, sans avoir abandonné son fils à la mort[4].

XVI.

Le Dieu des chrétiens est un père qui fait grand cas de ses pommes, et fort peu de ses enfants[5].

XVII.

Ôtez la crainte de l'enfer à un chrétien, et vous lui ôterez sa croyance.

XVIII.

Une religion vraie, intéressant tous les hommes dans tous les temps et dans tous les lieux, a dû être

éternelle, universelle et évidente ; aucune n'a ces trois
caractères. Toutes sont donc trois fois démontrées
fausses.

XIX.

Les faits dont quelques hommes seulement peuvent
être témoins sont insuffisants pour démontrer une
religion qui doit être également crue par tout le
monde.

XX.

Les faits dont on appuie les religions sont anciens et
merveilleux, c'est-à-dire les plus suspects qu'il est
possible, pour prouver la chose la plus incroyable [6].

XXI.

Prouver l'Évangile par un miracle, c'est prouver
une absurdité par une chose contre-nature.

XXII.

Mais que Dieu fera-t-il à ceux qui n'ont pas
entendu parler de son fils ? Punira-t-il des sourds de
n'avoir pas entendu ?

XXIII.

Que fera-t-il à ceux qui, ayant entendu parler de sa
religion, n'ont pu la concevoir ? Punira-t-il des pyg-
mées de n'avoir pas su marcher à pas de géant ?

XXIV.

Pourquoi les miracles de Jésus-Christ sont-ils vrais,
et ceux d'Esculape, d'Apollonius de Tyane et de
Mahomet sont-ils faux [7] ?

XXV.

Mais tous les Juifs qui étaient à Jérusalem ont apparemment été convertis à la vue des miracles de Jésus-
Christ ? Aucunement. Loin de croire en lui, ils l'ont
crucifié. Il faut convenir que ces Juifs sont des
hommes comme il n'y en a point ; partout on a vu les

peuples entraînés par un seul faux miracle, et Jésus-Christ n'a pu rien faire du peuple juif avec une infinité de miracles vrais [8].

XXVI.

C'est ce miracle-là d'incrédulité des Juifs qu'il faut faire valoir, et non celui de sa résurrection.

XXVII.

Il est aussi sûr que deux et deux font quatre, que César a existé ; il est aussi sûr que Jésus-Christ a existé que César. Donc il est aussi sûr que Jésus-Christ est ressuscité, que lui ou César a existé. Quelle logique ! L'existence de Jésus-Christ et de César n'est pas un miracle [9].

XXVIII.

On lit dans la *Vie de M. de Turenne,* que le feu ayant pris dans une maison, la présence du Saint-Sacrement arrêta subitement l'incendie. D'accord. Mais on lit aussi dans l'histoire, qu'un moine ayant empoisonné une hostie consacrée, un empereur d'Allemagne ne l'eut pas plus tôt avalée qu'il en mourut.

XXIX.

Il y avait là autre chose que les apparences du pain et du vin, ou il faut dire que le poison s'était incorporé au corps et au sang de Jésus-Christ.

XXX.

Ce corps se moisit, ce sang s'aigrit. Ce dieu est dévoré par les mites sur son autel. Peuple aveugle, Égyptien imbécile, ouvre donc les yeux [10] !

XXXI.

La religion de Jésus-Christ, annoncée par des ignorants, a fait les premiers chrétiens. La même religion, prêchée par des savants et des docteurs, ne fait aujourd'hui que des incrédules [11].

XXXII.

On objecte que la soumission à une autorité législative dispense de raisonner. Mais où est la religion, sur la surface de la terre, sans une pareille autorité ?

XXXIII.

C'est l'éducation de l'enfance qui empêche un mahométan de se faire baptiser ; c'est l'éducation de l'enfance qui empêche un chrétien de se faire circoncire ; c'est la raison de l'homme fait qui méprise également le baptême et la circoncision[12].

XXXIV.

Il est dit dans saint Luc, que Dieu le père est plus grand que Dieu le fils, *pater major me est.* Cependant, au mépris d'un passage aussi formel, l'Église prononce anathème au fidèle scrupuleux qui s'en tient littéralement aux mots du testament de son père.

XXXV.

Si l'autorité a pu disposer à son gré du sens de ce passage, comme il n'y en a pas un dans toutes les Écritures qui soit plus précis, il n'y en a pas un qu'on puisse se flatter de bien entendre, et dont l'Église ne fasse dans l'avenir tout ce qu'il lui plaira[13].

XXXVI.

Tu es Petrus, et super hunc petram aedificabo ecclesiam meam. Est-ce là le langage d'un Dieu, ou une bigarrure digne *du seigneur des accords*[14] ?

XXXVII.

In dolore paries. Tu engendreras dans la douleur, dit Dieu à la femme prévaricatrice. Et que lui ont fait les femelles des animaux, qui engendrent aussi dans la douleur[15] ?

XXXVIII.

S'il faut entendre à la lettre, *pater major me est,* Jésus-Christ n'est pas Dieu. S'il faut entendre à la lettre, *hoc est corpus meum,* il se donnait à ses apôtres de ses propres mains ; ce qui est aussi absurde que de dire que saint Denis baisa sa tête après qu'on la lui eut coupée [16].

XXXIX.

Il est dit qu'il se retira sur le mont des Oliviers, et qu'il pria. Et qui pria-t-il ? Il se pria lui-même.

XL.

Ce Dieu, qui fait mourir Dieu pour apaiser Dieu, est un mot excellent du baron de La Hontan [17]. Il résulte moins d'évidence de cent volumes *in-folio*, écrits pour ou contre le christianisme, que du ridicule de ces deux lignes.

XLI.

Dire que l'homme est un composé de force et de faiblesse, de lumière et d'aveuglement, de petitesse et de grandeur, ce n'est pas lui faire son procès, c'est le définir.

XLII.

L'homme est comme Dieu ou la nature l'a fait ; et Dieu ou la nature ne fait rien de mal.

XLIII.

Ce que nous appelons le péché originel, Ninon de L'Enclos l'appelait le péché *original* [18].

XLIV.

C'est une impudence sans exemple que de citer la conformité des Évangélistes, tandis qu'il y a dans les uns des faits très importants dont il n'est pas dit un mot dans les autres [19].

XLV.

Platon considérait la Divinité sous trois aspects, la bonté, la sagesse et la puissance. Il faut se fermer les yeux pour ne pas voir là la Trinité des chrétiens. Il y avait près de trois mille ans que le philosophe d'Athènes appelait *Logos* ce que nous appelons le Verbe [20].

XLVI.

Les personnes divines sont, ou trois accidents, ou trois substances. Point de milieu. Si ce sont trois accidents, nous sommes athées ou déistes. Si ce sont trois substances, nous sommes païens [21].

XLVII.

Dieu le père juge les hommes dignes de sa vengeance éternelle : Dieu le fils les juge dignes de sa miséricorde infinie : le Saint-Esprit reste neutre. Comment accorder ce verbiage catholique avec l'unité de la volonté divine [22] ?

XLVIII.

Il y a longtemps qu'on a demandé aux théologiens d'accorder le dogme des peines éternelles avec la miséricorde infinie de Dieu ; et ils en sont encore là.

XLIX.

Et pourquoi punir un coupable, quand il n'y a plus aucun bien à tirer de son châtiment ?

L.

Si l'on punit pour soi seul, on est bien cruel et bien méchant.

LI.

Il n'y a point de bon père qui voulût ressembler à notre père céleste.

LII.

Quelle proportion entre l'offenseur et l'offensé ? Quelle proportion entre l'offense et le châtiment ? Amas de bêtises et d'atrocités [23] !

LIII.

Et de quoi se courrouce-t-il si fort, ce Dieu ? Et ne dirait-on pas que je puisse quelque chose pour ou contre sa gloire, pour ou contre son repos, pour ou contre son bonheur ?

LIV.

On veut que Dieu fasse brûler le méchant, qui ne peut rien contre lui, dans un feu qui durera sans fin ; et on permettrait à peine à un père de donner une mort passagère à un fils qui compromettrait sa vie, son honneur et sa fortune !

LV.

Ô chrétiens ! Vous avez donc deux idées différentes de la bonté et de la méchanceté, de la vérité et du mensonge. Vous êtes donc les plus absurdes des dogmatistes, ou les plus outrés des pyrrhoniens [24].

LVI.

Tout le mal dont on est capable n'est pas tout le mal possible : or, il n'y a que celui qui pourrait commettre tout le mal possible qui pourrait aussi mériter un châtiment éternel. Pour faire de Dieu un être infiniment vindicatif, vous transformez un ver de terre en un être infiniment puissant.

LVII.

À entendre un théologien exagérer l'action d'un homme que Dieu fit paillard, et qui a couché avec sa voisine, que Dieu fit complaisante et jolie, ne dirait-on pas que le feu ait été mis aux quatre coins de l'univers ? Eh ! Mon ami, écoute Marc Aurèle, et tu verras que tu courrouces ton dieu pour le frottement illicite et voluptueux de deux intestins [25].

LVIII.

Ce que ces atroces chrétiens ont traduit par *éternel* ne signifie, en hébreu, que *durable*. C'est de l'igno-

rance d'un hébraïste, et de l'humeur féroce d'un interprète, que vient le dogme de l'éternité des peines.

LIX.

Pascal a dit : « Si votre religion est fausse, vous ne
risquez rien à la croire vraie ; si elle est vraie, vous risquez tout à la croire fausse. » Un iman en peut dire
tout autant que Pascal [26].

LX.

Que Jésus-Christ qui est Dieu ait été tenté par le
diable, c'est un conte digne des *Mille et une nuits*.

LXI.

Je voudrais bien qu'un chrétien, qu'un janséniste
surtout, me fît sentir le *cui bono* de l'incarnation [27].
Encore ne faudrait-il pas enfler à l'infini le nombre des
damnés si l'on veut tirer quelque parti de ce dogme.

LXII.

Une jeune fille vivait fort retirée : un jour elle reçut
la visite d'un jeune homme qui portait un oiseau ; elle
devint grosse : et l'on demande qui est-ce qui a fait
l'enfant ? Belle question ! C'est l'oiseau.

LXIII.

Mais pourquoi le cygne de Léda et les petites
flammes de Castor et Pollux nous font-ils rire, et que
nous ne rions pas de la colombe et des langues de feu
de l'Évangile [28] ?

LXIV.

Il y avait, dans les premiers siècles, soixante Évangiles presque également crus. On en a rejeté cin-
quante-six pour raison de puérilité et d'ineptie. Ne
reste-t-il rien de cela dans ceux qu'on a conservés [29] ?

LXV.

Dieu donne une première loi aux hommes ; il abolit
ensuite cette loi. Cette conduite n'est-elle pas un peu

d'un législateur qui s'est trompé, et qui le reconnaît avec le temps ? Est-ce qu'il est d'un être parfait de se raviser [30] ?

LXVI.

Il y a autant d'espèces de foi qu'il y a de religions au monde

LXVII.

Tous les sectaires du monde ne sont que des déistes hérétiques [31].

LXVIII.

Si l'homme est malheureux sans être né coupable, ne serait-ce pas qu'il est destiné à jouir d'un bonheur éternel, sans pouvoir, par sa nature, s'en rendre jamais digne ?

LXIX.

Voilà ce que je pense du dogme chrétien : je ne dirai qu'un mot de sa morale. C'est que, pour un catholique père de famille, convaincu qu'il faut pratiquer à la lettre les maximes de l'Évangile sous peine de ce qu'on appelle l'enfer, attendu l'extrême difficulté d'atteindre à ce degré de perfection que la faiblesse humaine ne comporte point, je ne vois d'autre parti que de prendre son enfant par un pied, et que de l'écacher [32] contre la terre, ou que de l'étouffer en naissant. Par cette action il le sauve du péril de la damnation, et lui assure une félicité éternelle ; et je soutiens que cette action, loin d'être criminelle, doit passer pour infiniment louable, puisqu'elle est fondée sur le motif de l'amour paternel, qui exige que tout bon père fasse pour ses enfants tout le bien possible [33].

LXX.

Le précepte de la religion et la loi de la société, qui défendent le meurtre des innocents, ne sont-ils pas, en effet, bien absurdes et bien cruels, lorsqu'en les tuant on leur assure un bonheur infini, et qu'en les laissant vivre on les dévoue, presque sûrement, à un malheur éternel ?

LXXI.

Comment, monsieur de La Condamine ! Il sera permis d'inoculer son fils pour le garantir de la petite vérole, et il ne sera pas permis de le tuer pour le garantir de l'enfer ? Vous vous moquez [34].

LXXII.

Satis triumphat veritas si apud paucos, eosque bonos, accepta sit ; nec ejus indoles placere multis [35].

[*Nous plaçons ici deux Pensées inédites, relevées sur les manuscrits de Diderot à la bibliothèque de l'Ermitage. Elles se rapportent exactement à ce qui précède, et l'une d'elles, la seconde, porte en tête l'indication : Pensée philosophique* [36].]

Anciennement, dans l'île de Ternate [37], il n'était permis à qui que ce soit, pas même aux prêtres, de parler de religion. Il n'y avait qu'un seul temple ; une loi expresse défendait qu'il y en eût deux. On n'y voyait ni autel, ni statues, ni images. Cent prêtres, qui jouissaient d'un revenu considérable, desservaient ce temple. Ils ne chantaient ni ne parlaient, mais dans un énorme silence ils montraient avec le doigt une pyramide sur laquelle étaient écrits ces mots : *Mortels, adorez Dieu, adorez Dieu, aimez vos frères et rendez-vous utiles à la patrie.*

Un homme avait été trahi par ses enfants, par sa femme et par ses amis ; des associés infidèles avaient renversé sa fortune et l'avaient plongé dans la misère. Pénétré d'une haine et d'un mépris profond pour l'espèce humaine, il quitta la société et se réfugia seul dans une caverne. Là, les poings appuyés sur les yeux, et méditant une vengeance proportionnée à son ressentiment, il disait : « Les pervers ! Que ferai-je pour les punir de leurs injustices, et les rendre tous aussi malheureux qu'ils le méritent ? Ah ! s'il était possible d'imaginer... de les entêter d'une grande chimère à laquelle ils missent plus d'importance qu'à leur vie, et sur laquelle ils ne pussent jamais s'entendre !... » À l'instant il s'élance de la caverne en criant : « Dieu ! Dieu ! » Des échos sans nombre répètent autour de lui : « Dieu ! Dieu ! » Ce nom redoutable est porté d'un pôle à l'autre et partout écouté avec étonnement. D'abord les hommes se prosternent, ensuite ils se relèvent, s'interrogent, disputent, s'aigrissent, s'anathématisent, se haïssent, s'entr'égorgent, et le souhait fatal du misanthrope est accompli. Car telle a été dans le temps passé, et telle sera dans le temps à venir, l'histoire d'un être toujours également important et incompréhensible.

NOTES

1. Voir *Le Christianisme dévoilé* d'Holbach, in *Œuvres philosophiques*, tome I, édition de Jean-Pierre Jackson, Paris, Alive, 1998, V, p. 32, et XI, p. 76. Nous abrégerons le titre de l'ouvrage en *Christianisme*, suivi de l'indication du chapitre en chiffre romain.

2. Cette incompatibilité de la raison et de la foi n'est pas partagée par tous les théologiens et les apologistes du XVIIIᵉ siècle dont certains s'efforcent de montrer qu'ils s'accordent, Dieu n'ayant pu mettre l'esprit humain en contradiction avec lui-même. Mais Diderot en avait tiré argument dans les *Pensées philosophiques* pour montrer que l'intrusion de la raison dans les questions de foi n'avait provoqué que des obscurités : « c'est en cherchant des preuves que j'ai trouvé des difficultés » (Pensée LXI).

3. L'idée se trouve dans les *Pensées* (XXIX). Vernière et Versini relèvent que le manuscrit de Leningrad précise « comme a dit M. Diderot », qui vient de Diderot lui-même, puisque cette pensée n'a pas de correspondant dans les *Objections diverses*.

4. Voir le *Christianisme*, VIII, p. 54.

5. Voir *ibid.*, IV, p. 29.

6. Voir *ibid.*, p. 36.

7. Voir *ibid.*, VI, p. 38, note 16. Apollonius de Tyane, philosophe néoplatonicien, thaumaturge, vécut à la même époque que le Christ. Accompagné de disciples, prêchant, il accomplit des miracles. Esculape (Asclépios en grec), dieu de la médecine : on lui attribua le pouvoir de ressusciter des morts.

8. Voir *Christianisme*, *ibid.*, p. 37.

9. Voir *ibid.*, p. 38.

10. L'allusion aux Égyptiens, considérés comme particulièrement superstitieux, est amenée par la comparaison du corps de l'empereur empoisonné par une hostie, avec une momie sacrée.

11. Voir *Christianisme*, V, p. 35 et VI, p. 37.

12. Voir *ibid.*, XIII, p. 90.

13. Voir *ibid.*, V, p. 33 et 34.

14. « Tu es Pierre, et sur cette Pierre je bâtirai mon Église » (Matthieu, 16, 18). Sur Étienne Tabourot, « Le Seigneur des Accords », voir *Pensées philosophiques*, note 29.

15. Genèse, 3, 16.

16. « Mon père est plus grand que moi » (Jean, 14, 28). « Ceci est mon corps » (Marc, 14, 22).

17. Louis Armand de Lom d'Arce, baron de La Hontan (1666-1715), voyageur et philosophe, séjourna au Canada. Il publia les *Nouveaux voyages dans l'Amérique septentrionale* (1703) et *Dialogues de Monsieur le baron de Lahontan et d'un sauvage dans l'Amérique* (1704). Voir l'édition de Henri Coulet, Paris, Desjonquères, 1993. Ce bon mot semble avoir été inventé par Diderot. Voir *Christianisme*, IV, p. 28 et note 14.

18. Anne, dite Ninon, de Lenclos (1620-1705), très cultivée, elle appartient à la génération du libertinage érudit de la fin du siècle dernier, elle tenait un salon à l'hôtel de Sagonne, rue des Tournelles, que fréquentèrent de très nombreux hommes et femmes de lettres. Elle reçut avant de mourir le jeune Voltaire. Elle fut célèbre par le nombre de ses amants.

19. Voir *Christianisme*, X, p. 61.

20. Voir *ibid.*, III, p. 23, note 9, VII, p. 47, note 23.

21. Voir *ibid.*, VII, p. 152. Voir Introduction, p. 49.

22. Voir *ibid.*, IV, p. 29.

23. Voir *ibid.*, VII, p. 49.

24. Voir *ibid.*, IV, p. 29. Sur le sens de « pyrrhoniens » selon Diderot, voir *Pensées philosophiques*, note 82.

25. Voir Marc Aurèle, *Pensées*, VI, 13, in *Les Stoïciens*, Paris, Gallimard, 1962, p. 1180 : « à propos de l'accouplement, un frottement de ventre et l'éjaculation d'un liquide gluant accompagné d'un spasme » (traduction d'Émile Bréhier, revue par Jean Pépin).

26. Allusion au pari de Pascal. Voir *Pensées philosophiques*, note 78. L'« iman » est un imam, qui dans l'islam sunnite conduit la prière. Le titre fut donné dans le passé à d'éminents théologiens. C'est ce dernier sens que Diderot retient ici.

27. Mot à mot : « bon à qui ? ». Quelle est l'utilité du dogme de l'incarnation, selon lequel Dieu s'est fait homme pour l'amour des hommes, si, par ailleurs, on soutient la thèse de la prédestination et celle de la grâce janséniste ?

28. Selon la mythologie grecque, Léda, séduite par Zeus qui prit la forme d'un cygne, enfanta les jumeaux Castor et Pollux. Ceux-ci apaisèrent une tempête pendant l'expédition des Argonautes : apparurent des flammes sur leur tête, manifestant leur divinité. Rapprocher la mythologie païenne des Évangiles revient à dire que les faits rapportés par ces derniers relèvent d'une même mythologie. L'argument signifie aussi que les religions, quelles qu'elles soient, sont des récits fabuleux qui puisent aux mêmes sources de l'imagination et de la crédulité.

29. Diderot soulève la question des Évangiles apocryphes et de la constitution du canon définitif qui obéit à des considérations arbi-

traires. En réalité, le catholicisme ne reconnaît que trente-huit Évangiles dont trente-quatre apocryphes.

30. Diderot s'appuie sur l'idée de l'immutabilité de Dieu, soutenue dès Platon et Aristote et sur laquelle se fondait la science nouvelle : Dieu, créateur du monde et des lois du mouvement ne peut les changer. D'où la difficulté de rendre compte des miracles. Ici Diderot applique cette thèse aux lois contenues dans les textes sacrés et met au défi les théologiens d'accorder l'immutabilité divine avec les variations qui découlent de la sélection des textes.

31. Voir l'introduction de l'*Addition*, p. 152-153.

32. « Écacher » signifie écraser, broyer.

33. Voir *Christianisme*, IV, p. 28.

34. Charles Marie de La Condamine (1701-1774), mathématicien, géographe, chimiste et voyageur, participa à l'expédition royale organisée pour mesurer un arc de méridien et observer le renflement de la terre aux pôles. Il enquêta sur les convulsionnaires de Saint-Médard (voir *Pensées philosophiques*, notes 95, 100 et 139) et publia des *Mémoires sur l'inoculation de la petite vérole* en 1759 et 1763). Voir l'article LA CONDAMINE d'Annie Ibrahim, in *L'Encyclopédie du* Rêve de d'Alembert *de Diderot, op. cit.*

35. « La vérité triomphe suffisamment lorsqu'elle est acceptée par un petit nombre de bons, car elle n'est pas faite pour plaire à tout le monde », citation tirée des *Objections diverses*, signé JLP (voir *DPV*, IX, p. 371, note 50). Diderot reprend la citation de Juste Lipse qu'il avait utilisée dans l'exorde des *Pensées*.

36. Ces deux pensées se trouvent dans le fonds Vandeul (voir les éditions de Paul Vernière et de Laurent Versini).

37. L'île de Ternate se trouve dans l'archipel des Moluques. Diderot a repris deux fois cette fable. Le nom de Ternate apparaît dans les *Essais* de Montaigne (L. I, chapitre 5, *op. cit.*, p. 26) où est mise en valeur une coutume qui montre leur modération avant d'entreprendre une guerre.

ANNEXE :
LA SUBVERSION DÉISTE

Nous donnons dans cette annexe des textes qui résonnent avec les *Pensées philosophiques*. Ils ont pour thème cet objet difficile à définir qu'est le « déisme », qui joue dans les *Pensées* un rôle stratégique d'affaiblissement du christianisme et qui fraie la voie à l'athéisme.

En 1747, Diderot rédige *De la suffisance de la religion naturelle*, qui sera publié en 1770 dans *Le Recueil philosophique ou Mélange de pièces sur la religion, la morale par différents auteurs*. L'idée de « suffisance de la religion naturelle » vient d'Angleterre et résulte de combats de différents auteurs, prêtres, théologiens, philosophes déistes, pour établir la tolérance grâce à l'idée que la religion naturelle, débarrassée des obscurités de la révélation, est celle d'un Dieu totalement intelligible, dont l'essence se voit dans l'ordre de l'univers et dans la loi morale. La religion naturelle n'a comme seul culte que l'obéissance à la loi de Dieu.

Sous le titre « La subversion déiste », nous présentons quelques éléments d'un dossier sur le déisme. Aujourd'hui oublié, il a représenté, dès le XVIᵉ siècle, une menace pour le christianisme, peut-être plus embarrassante encore que l'athéisme. Dans le conflit de la raison et de la foi religieuse qui constitua la pensée et la culture occidentale, le déisme joua un rôle considérable.

L'origine sinon du mot, du moins de l'identification des déistes et simultanément de leur critique violente, est attribuée [1] au pasteur Pierre Viret (en 1563). C'est Pierre Bayle qui a attiré

---

1. Voir Henri Busson, *Sources et développement du rationalisme dans la littérature française de la Renaissance*, Paris, 1922, p. 509-510, Jacqueline Lagrée, *Le Salut du laïc. Sur Herbert de Cherbury*, p. 142-143 et Pascal Taranto, *Du déisme à l'athéisme : la libre-pensée d'Anthony Collins*, p. 155 et suiv.

l'attention sur la définition-dénonciation donnée par le ministre réformé des déistes, dans la note D de l'article qu'il lui consacre dans le *Dictionnaire historique et critique* (1696, 1701).

L'*Encyclopédie*, dont le premier tome paraît en 1751, est un bon témoin de la façon dont les Lumières radicales, autour de Diderot et d'Alembert (jusqu'en 1758-1759), reflètent les débats du siècle philosophique en les abordant selon une perspective critique. Cependant, l'*Encyclopédie* eut aussi des collaborateurs orthodoxes. Nous donnons l'article Déistes de l'abbé François Mallet, paru dans le tome IV en 1754. En présentant deux critiques relativement modérées du déisme, l'auteur est amené à en exposer en détail les éléments principaux. Les extraits de l'article Unitaires de Jacques André Naigeon, auquel il renvoie, sont plus explicitement favorables à cette version du déisme qu'est le Socinianisme. Enfin, le lecteur trouvera dans l'article Impie (auteur non identifié), dans le tome VIII en 1765, un exemple de la légèreté et de l'humour avec lesquelles on savait traiter de questions qui avaient intimidé les esprits et mené des hommes devant les tribunaux et sur des bûchers.

Malgré sa force, le déisme rencontra des résistances du côté de matérialistes. La Mettrie, dans *L'Homme-machine* (1748), réplique avec élégance à la Pensée XX des *Pensées philosophiques* et critique l'argument téléologique de l'existence de Dieu. L'extrait proposé montre qu'il s'était reconnu dans le personnage de l'athée que Diderot fait surgir brutalement au début de la Pensée XV.

Les notes sont du préfacier. L'orthographe a été modernisée et la ponctuation conservée.

De la suffisance de la religion naturelle

Le texte fut publié pour la première fois dans le *Recueil philosophique* de Naigeon, en 1770. Il est attribué à Diderot, quoiqu'il soit anonyme, que Diderot n'en ait jamais parlé et que la table du *Recueil* l'attribue à Vauvenargues. Toutefois, il faut reconnaître que nous n'avons que des indices indirects de son attribution à Diderot : le fait que Naigeon l'ait recueilli dans cette édition collective et que le § 9 cite la Pensée LXII. Suivant donc la tradition, nous considérons que Diderot en est l'auteur. Le texte a vraisemblablement été écrit peu de temps après les *Pensées philosophiques* : Naigeon propose la date de 1747.

Les paragraphes de *De la suffisance de la religion naturelle* peuvent être considérés comme des développements de certaines des *Pensées* et comme une mise au point d'arguments en faveur de la religion naturelle. D'où la forme scolaire, souvent déductive de certains paragraphes qui sont comme de brèves démonstrations logiques qui prennent souvent la forme de syllogisme. Il est possible que Diderot ait voulu utiliser les formes d'exposition en vigueur dans les écoles afin de montrer que la thèse de la « suffisance » est rationnelle, mettant au défi les théologiens et les prêtres d'argumenter sur le même registre. On ne peut non plus écarter une intention de prosélytisme, comme s'il s'agissait pour son auteur de convaincre ouvertement, à la différence de ce qui se passe dans les *Pensées philosophiques* qui procèdent par sauts ou insinuations de la pensée, ses lecteurs de devenir des membres de cette religion et de s'inscrire dans un mouvement historique qui reste à accomplir. *De la suffisance* est en ce sens un texte de combat en faveur d'une prise de conscience de la fausseté et de la nocivité des religions, alors que les hommes possèdent dans la religion naturelle un trésor commun, simple et évident qui peut les rassembler.

L'expression de « suffisance de la religion naturelle », fait écho aux débats qui se sont déroulés en Angleterre aux XVIIe et XVIIIe siècles autour de la religion naturelle et des diverses variétés du déisme, de Herbert de Cherbury (*De religione laïci*, 1645) à Tindal (*Christianity as old as the Creation*, 1730), dont Diderot s'inspire souvent, selon J.S. Spink (voir DPV II, p. 173 et suiv.), en passant par Locke (*Reasonableness of Christianity, ableness of Christianity, 1695*), Toland (*Christianity not mysterious*, 1696), Anthony Collins [1] et Shaftesbury.

Le texte énonce les caractéristiques de la religion naturelle, en la comparant avec les autres religions, singulièrement le christianisme, envisagé comme religion révélée.

Elle est distincte des religions positives, créations humaines : elle est donc d'origine divine. Elle est le fondement de toutes religions. Si celles-ci se présentent comme révélées, la religion naturelle est l'ouvrage de Dieu qui l'a rendue accessible à la raison naturelle de tout homme. Tous les hommes portent en eux, dans leur cœur, comme créatures de Dieu, la loi naturelle. Son contenu, simple, compte des vérités essentielles et la pratique des devoirs. En ce sens, elle est dite suffisante aux hommes. Sa loi d'origine divine est conforme à la nature humaine, les hommes peuvent la connaître et la suivre. Sa suffi-

---

1. Sur Anthony Collins, voir Pascal Taranto, *op. cit.*

sance réside également dans le fait qu'elle n'appelle de la part des religions révélées aucun complément, aucun perfectionnement. Au contraire, celles-ci ont introduit des vérités inintelligibles ou des dogmes absurdes si on les rapporte à l'homme, preuve qu'elles n'ont rien apporté de nouveau par rapport à elle. Concernant la morale, elles ne font que reprendre ce que la loi naturelle prescrit à laquelle elles ajoutent des préceptes qui divisent. Diderot établit ensuite la supériorité de la religion naturelle : elle est conforme à la bonté, à la justice, à l'immutabilité et l'universalité de Dieu. Sa vérité, naturelle, rationnelle, universelle est le signe qu'elle est divine. L'argumentation sur la suffisance de la religion naturelle, qui dans un premier temps apparaît comme une défense de celle-ci, devient peu à peu une démonstration de l'insuffisance du christianisme et donc de son inutilité ou de sa nocivité.

Le dernier paragraphe expose, dans une longue et unique phrase, la supériorité de la religion naturelle comme religion de l'humanité, en insistant sur sa capacité à créer une seule société, paisible et heureuse de tous les hommes, au-delà de toutes leurs diversités, y compris religieuses. La religion naturelle est bien une religion en ce qu'elle relie les hommes par la pratique des devoirs simples de la loi naturelle, et les relie tous à Dieu dans la louange à lui adressée. Diderot suggère que l'histoire confirmera la supériorité et la suffisance de la religion naturelle par rapport aux cultes institués et qu'un jour les hommes reviendront à la simplicité et la vertu.

La religion naturelle, à laquelle conduit le déiste, fait subir à l'idée de Dieu une cure drastique qui le vide de toute dimension spéculative. spirituelle, mystique. C'est d'abord un Dieu que chaque homme peut découvrir dans son cœur et qui parle le langage de sa raison et de sa nature, puisque raison et nature sont créées par Dieu. Ce Dieu est l'auteur de la loi naturelle qui énonce les devoirs essentiels des hommes par rapport à eux-mêmes et par rapports aux autres. Enfin, les attributs du Dieu de la religion naturelle, bon, juste, non contradictoire, immuable, en font un être dont il importe peu de connaître l'essence, la façon dont il a créé le monde, ses rapports avec le mouvement de la matière, etc., la façon dont il intervient, ou pas, dans le cours des affaires humaines. On remarque que ces questions sont absentes : l'existence de Dieu est attestée, et non prouvée, par la prise de conscience de la loi naturelle en nous et de son universalité. Du coup, la religion naturelle n'exclut aucune prise de position spéculative sur ces questions. Elle y est indifférente.

On pourrait dire que c'est dans l'amitié avec tous les hommes pratiquant les mêmes vertus simples exprimant la loi naturelle, que Dieu est présent et non comme objet de la représentation.

Le texte est celui de l'édition du *Recueil philosophique* de Naigeon (1770). On trouvera ce texte également dans l'édition de Laurent Versini (*Œuvres* I, p. 55-64) et *DPV* II.

De la suffisance de la religion naturelle

§ 1

La religion naturelle est l'ouvrage de Dieu ou des hommes. Des hommes ; vous ne pouvez le dire, puisqu'elle est le fondement de la religion révélée.

Si c'est l'ouvrage de Dieu, je demande à quelle fin Dieu l'a donnée. La fin d'une religion qui vient de Dieu ne peut être que la connaissance des vérités essentielles, et la pratique des devoirs importants.

Une religion serait indigne de Dieu et de l'homme si elle se proposait un autre but.

Donc, ou Dieu n'a pas donné aux hommes une religion qui satisfît à la fin qu'il a dû se proposer, ce qui serait absurde ; car cela supposerait en lui impuissance ou mauvaise volonté ; ou l'homme a obtenu de lui tout ce dont il avait besoin. Donc il ne lui fallait pas d'autres connaissances que celles qu'il avait reçues de la nature.

Quant aux moyens de satisfaire aux devoirs, il serait ridicule qu'il les eût refusés. Car de ces trois choses, la connaissance des dogmes, la pratique des devoirs, et la force nécessaire pour agir et pour croire, le manque d'une rend les deux autres inutiles.

C'est en vain que je suis instruit des dogmes, si j'ignore les devoirs. C'est en vain que je connais les devoirs, si je croupis dans l'erreur ou dans l'ignorance des vérités essentielles. C'est en vain que la connaissance des vérités et des devoirs m'est donnée, si la grâce de croire et de pratiquer m'est refusée.

Donc j'ai toujours eu tous ces avantages, Donc la religion naturelle n'avait rien laissé à la révélation d'essentiel et de nécessaire à suppléer. Donc cette religion n'était point insuffisante.

§ 2

Si la religion naturelle eût été insuffisante, c'eût été ou en elle-même, ou relativement à la condition de l'homme.

Or on ne peut dire ni l'un ni l'autre. Son insuffisance en elle-même serait la faute de Dieu. Son insuffisance relative à la condition de l'homme supposerait que Dieu eût pu rendre la religion naturelle suffisante, et par conséquent la religion révélée, superflue, en changeant la condition de l'homme ; ce que la religion révélée ne permet pas de dire.

D'ailleurs une religion insuffisante relativement à la condition de l'homme serait insuffisante en elle-même. Car la religion est faite pour l'homme, et toute religion qui ne mettrait pas l'homme en état de payer à Dieu ce que Dieu est en droit d'en exiger, serait défectueuse en elle-même.

Et qu'on ne dise pas que Dieu ne devant rien à l'homme, il a pu sans injustice lui donner ce qu'il voulait ; car remarquez qu'alors le don de Dieu serait sans but et sans fruit ; deux défauts que nous ne pardonnerions pas à l'homme, et que nous ne devons point avoir à reprocher à Dieu. Sans but, car Dieu ne pourrait se proposer d'obtenir de nous par ce moyen ce que ce moyen ne peut produire par lui-même. Sans fruit, puisqu'on soutient que le moyen est insuffisant pour produire aucun fruit qui soit légitime.

§ 3

La religion naturelle était suffisante, si Dieu ne pouvait exiger de moi plus que cette loi ne me prescrivait ; or Dieu ne pouvait exiger de moi plus que cette loi ne me prescrivait, puisque cette loi était sienne, et qu'il ne tenait qu'à lui de la charger plus ou moins de préceptes.

La religion naturelle suffisait autant à ceux qui vivaient sous la loi, pour être sauvés, que la loi de Moïse aux juifs et la loi chrétienne aux chrétiens. C'est la loi qui forme nos obligations, et nous ne pouvons être obligés au-delà de ses commandements.

Donc quand la loi naturelle eût pu être perfectionnée, elle était tout aussi suffisante pour les premiers hommes que la même loi perfectionnée pour leurs descendants.

§ 4

Mais si la loi naturelle a pu être perfectionnée par la loi de Moïse et celle-ci par la loi chrétienne, pourquoi la loi chrétienne ne pourrait-elle pas l'être par une autre qu'il n'a pas encore plu à Dieu de manifester aux hommes ?

§ 5

Si la loi naturelle a été perfectionnée, c'est ou par des vérités qui nous ont été révélées, ou par des vertus que les hommes ignoraient. Or on ne peut dire ni l'un ni l'autre. La loi révélée ne contient aucun précepte de morale que je ne trouve recommandé et pratiqué sous la loi de nature ; donc elle ne nous a rien appris de nouveau sur la morale. La loi révélée ne nous a apporté aucune vérité nouvelle ; car qu'est-ce qu'une vérité, sinon une proposition relative à un objet, conçue dans des termes qui me présentent des idées claires et dont je conçois la liaison ? Or la religion révélée ne nous a apporté aucune de ces propositions. Ce qu'elle a ajouté à la loi naturelle consiste en cinq ou six propositions qui ne sont pas plus intelligibles pour moi que si elles étaient exprimées en ancien carthaginois ; puisque les idées représentées par les termes et la liaison de ces idées entre elles m'échappent entièrement.

Les idées représentées par les termes et leur liaison m'échappent, car sans ces deux conditions les propositions révélées, ou cesseraient d'être des mystères, ou seraient évidemment absurdes. Soit par exemple cette proposition révélée. Les enfants d'Adam ont tous été coupables, en naissant, de la faute de ce premier père. Une preuve que les idées attachées aux termes et leur liaison m'échappent dans cette proposition, c'est que si je substitue au nom d'*Adam*, celui de *Pierre* ou de *Paul*, et que je dise, les enfants de Paul ont tous été coupables, en naissant, de la faute de leur père ; la proposition devient d'une absurdité convenue de tout le monde. D'où il s'ensuit, et de ce qui précède, que la religion révélée ne nous a rien appris sur la morale et que ce que nous tenons d'elle sur le dogme, se réduit à cinq ou six propositions inintelligibles, et qui, par conséquent, ne peuvent passer pour des vérités par rapport à nous. Car si vous aviez appris à un paysan, qui ne sait point de latin, et moins… encore de logique, le vers : *Asserit A, negat E, verum generaliter ambae*[1], *croiriez-vous lui avoir appris une* vérité nouvelle ? N'est-il pas de la nature de toute vérité d'être claire et d'éclairer ? deux qualités que les propositions révélées ne peuvent avoir. On ne dira pas qu'elles sont claires ; elles contiennent clairement, ou il est clair qu'elles contiennent une vérité, mais elles sont obscures ; d'où il s'ensuit que tout ce qu'on en infère doit partager la même obscurité ; car la conséquence ne peut jamais être plus lumineuse que le principe.

§ 6

Cette religion est la meilleure, qui s'accorde le mieux avec la bonté de Dieu. Or la religion naturelle s'accorde avec la bonté de Dieu ; car un des caractères

---

1. Selon DPV, II, p. 184-185, il s'agit d'une formule mnémotechnique employée dans les classes de philosophie pour les cours de logique. Un manuel de G. Dagoumer, professeur au collège d'Harcourt, fréquenté par Diderot, *Philosophia ad usum scolae accomodata*, la citait : « *Asserit A, negat E verum generaliter ambae : Asserit I, negat O, sed particulariter ambae* » (A = propositions universelles affirmatives, E = universelles négatives, I = particulières positives, O = particulières négatives) : A affirme, E nie, mais toutes les deux universellement ; I affirme, O nie toutes les deux particulièrement.

de la bonté de Dieu, c'est de ne faire aucune acception de personne. Or la loi naturelle est de toutes les lois celle qui cadre le mieux avec ce caractère, car c'est d'elle que l'on peut vraiment dire que c'est la lumière que tout homme apporte au monde en naissant.

§ 7

Cette religion est la meilleure, qui s'accorde le mieux avec la justice de Dieu ; or la religion ou la loi naturelle, de toutes les religions, est celle qui s'accorde le mieux avec la justice. Les hommes présentés au tribunal de Dieu seront jugés par quelque loi ; or si Dieu juge les hommes par la loi naturelle, il ne fera injustice à aucun d'eux, puisqu'ils sont nés tous avec elle. Mais par quelque autre loi qu'il les juge, cette loi n'étant point universellement connue comme la loi naturelle, il y en aura parmi les hommes à qui il fera injustice. D'où il s'ensuit ou qu'il jugera chaque homme selon la loi qu'il aura sincèrement admise, ou que, s'il les juge tous par la même loi, ce ne peut être que par la loi naturelle qui également connue de tous, les a tous également obligés.

§ 8

Je dis d'ailleurs : il y a des hommes dont les lumières sont tellement bornées, que l'universalité des sentiments est la seule preuve qui soit à leur portée ; d'où il s'ensuit que la religion chrétienne n'est pas faite pour ces hommes-là, puisqu'elle n'a point pour elle cette preuve et que par conséquent ils sont ou dispensés de suivre aucune religion, ou forcés de se jeter dans la religion naturelle dont tous les hommes admettent la bonté.

§ 9

Cicéron, dit l'auteur des *Pensées philosophiques*[1], *ayant à prouver que les Romains étaient les peuples les plus belliqueux de la terre, tire adroitement cet aveu de la*

---

1. Voir la Pensée LXII.

bouche de leurs rivaux. Gaulois, à qui le cédez-vous en courage, si vous le cédez à quelqu'un ? Aux Romains. Parthes, après vous, quels sont les hommes les plus courageux ? Les Romains. Africains qui redouteriez-vous si vous aviez à redouter quelqu'un ? Les Romains. Interrogeons à son exemple le reste des religionnaires, dit l'auteur des Pensées. Chinois, quelle religion serait la meilleure si ce n'était la vôtre ? La religion naturelle. Musulmans, quel culte embrasseriez-vous si vous abjuriez Mahomet ? Le naturalisme [1]. Chrétiens, quelle est la vraie religion si ce n'est la chrétienne ? La religion des juifs. Et vous juifs [quelle] est la vraie religion si le judaïsme est faux ? Le naturalisme Or ceux, [continuent] Cicéron et l'auteur des *Pensées*, à qui l'on accorde la seconde place d'un consentement unanime et qui ne cèdent la première à personne, méritent incontestablement celle-ci.

§ 10

Cette religion est la plus sensée au jugement des êtres raisonnables, qui les traite le plus en êtres raisonnables, puisqu'elle ne leur propose rien à croire qui soit au-dessus de leur raison et qui n'y soit conforme.

§ 11

Cette religion doit être embrassée préférablement à toute autre, qui offre le plus de caractères divins ; or la religion naturelle est de toutes les religions celle qui offre le plus de caractères divins ; car il n'y a aucun caractère divin dans les autres cultes qui ne se reconnaisse dans la religion naturelle, et elle en a que les autres religions n'ont pas, l'immutabilité et l'universalité.

§ 12

Qu'est-ce qu'une grâce suffisante et universelle ? Celle qui est accordée à tous les hommes, avec laquelle

---

1. Voir la note 172 des *Pensées philosophiques* (p. 141).

ils peuvent toujours remplir leurs devoirs et les remplissent quelquefois [1].

Que sera-ce qu'une religion suffisante, sinon la religion naturelle, cette religion donnée à tous les hommes, et avec laquelle ils pouvaient toujours remplir leurs devoirs et les ont remplis quelquefois ? D'où il s'ensuit que non seulement la religion naturelle n'est pas insuffisante mais qu'à proprement parler c'est la seule religion qui le soit ; et qu'il serait infiniment plus absurde de nier la nécessité d'une religion suffisante et universelle, que celle d'une grâce universelle et suffisante, Or, on ne peut nier la nécessité d'une grâce universelle et suffisante sans se précipiter dans des difficultés insurmontables, ni par conséquent celle d'une religion suffisante et universelle. Or la religion naturelle est la seule qui ait ce caractère.

§ 13

Si la religion naturelle est insuffisante de quelque façon que ce puisse être, il s'ensuivra de deux choses l'une, ou qu'elle n'a jamais été observée fidèlement par aucun homme qui n'en connaissait point d'autre ; ou que des hommes qui auraient fidèlement observé la seule loi qui leur était connue, auront été punis, ou qu'ils auront été récompensés. S'ils ont été récompensés, donc leur religion était suffisante, puisqu'elle a opéré le même effet que la religion chrétienne. Il est absurde qu'ils aient été punis, il est incroyable qu'aucuns n'aient été fidèles observateurs de leur loi. C'est renfermer toute probité dans un petit coin de terre, ou punir de fort honnêtes gens.

---

1. *Trévoux* définit ainsi la grâce, objet de querelles entre jansénistes et jésuites : « Tous les théologiens demeurent d'accord que la *grâce* actuelle est appelée *suffisante*, quand avec elle on ne fait pas le bien auquel elle excite, quoique avec elle on puisse le faire, et qu'elle n'est appelée *efficace*, que quand avec elle on fait le bien auquel elle excite, quoique avec elle on puisse ne pas le faire. »

§ 14

De toutes les religions celle-là doit être préférée dont la vérité a plus de preuves pour elle et moins d'objections. Or la religion naturelle est dans ce cas ; car on ne fait aucune objection contre elle et tous les religionnaires s'accordent à en démontrer la vérité.

§ 15

Comment prouve-t-on son insuffisance ? 1° parce que cette insuffisance a été reconnue de tous les autres religionnaires, 2° parce que la connaissance du vrai et la pratique du bon a manqué aux plus sages naturalistes. Fausse preuve. Quant à la première partie, si tous les religionnaires se sont accordés pour convenir de son insuffisance, apparemment que les naturalistes n'en sont pas. En ce cas le naturalisme retombe dans le cas de toutes les religions qui sont tenues pour les meilleures par chacun de ceux qui les professent et non par les autres. Quant à la seconde partie, il est constant que depuis la religion révélée nous n'en connaissons pas mieux Dieu ni nos devoirs. Dieu, parce que tous ses attributs intelligibles étaient découverts, et que les inintelligibles n'ajoutent rien à nos lumières ; nous-mêmes, puisque la connaissance de nous-mêmes se rapportant toute à notre nature et à nos devoirs, nos devoirs se trouvent tous exposés dans les écrits des philosophes païens ; et notre nature est toujours inintelligible, puisque ce qu'on prétend nous apprendre de plus que la philosophie est contenu dans des propositions ou inintelligibles, ou absurdes quand on les entend, et qu'on ne conclut rien contre le naturalisme de la conduite des naturalistes. Il est aussi facile que la religion naturelle soit bonne et que [ses] préceptes aient été mal observés, qu'il l'est que la religion chrétienne soit vraie, quoiqu'il y ait une infinité de mauvais chrétiens.

§ 16

Si Dieu ne devait aux hommes aucun moyen suffisant pour remplir leurs devoirs, au moins il ne lui était pas permis par sa nature de leur en fournir un mauvais. Or un moyen insuffisant est un mauvais moyen ; car le premier caractère distinctif d'un bon moyen c'est d'être suffisant. Mais si la religion naturelle était absolument suffisante avec la grâce ou lumière universelle pour soutenir un homme dans le chemin de la probité, qui est-ce qui m'assurera que cela n'est jamais arrivé ? D'ailleurs la religion révélée ne sera plus que pour le mieux et non pas de nécessité absolue ; et s'il est arrivé à un naturaliste de persister dans le bien, il aura infiniment mieux mérité que le chrétien, puisqu'ils auront fait l'un et l'autre la même chose, mais [le] naturaliste avec infiniment moins de secours [1].

§ 17

Mais je demande qu'on me dise sincèrement laquelle des deux religions est la plus facile à suivre, ou la religion naturelle ou la religion chrétienne : si c'est la religion naturelle, comme je crois qu'on n'en peut jamais douter, le christianisme n'est donc qu'un fardeau surajouté et n'est donc plus une grâce ; ce n'est donc qu'un moyen très difficile de faire ce qu'on pouvait faire facilement. Si l'on répond que c'est la loi chrétienne, voici comme j'argumente. Une loi est d'autant plus difficile à suivre que ses préceptes sont

---

1. Cet argument de la supériorité du naturaliste pourrait s'autoriser de l'autorité de saint Paul, si le naturaliste avait besoin d'une autorité. Dans l'Épître aux Romains, II, 140 saint Paul écrit : « quand les païens qui n'ont pas la loi font naturellement ce que prescrit la loi, eux qui n'ont pas la loi, ils sont une loi pour eux-mêmes ». D'autre part le mérite du naturaliste est fonction de l'économie des moyens auxquels il a recours pour faire ses devoirs. Est moralement supérieur un acte réalisé sans la promesse d'une récompense ou la crainte d'un châtiment divin. L'idée est nettement exposée par Shaftesbury dans l'*Essai*, p. 78-80, *op. cit.*

plus multipliés et plus rigides. Mais, dira-t-on, les
secours pour les observer sont plus forts en comparaison des secours de la loi naturelle, que les préceptes
de ces deux lois ne diffèrent par le nombre et la difficulté des préceptes. Mais, répondrai-je, qui est-ce qui
a fait ce calcul et cette compensation ? Et n'allez pas
me répondre que c'est Jésus-Christ et son Église ; car
cette réponse n'est bonne que pour un chrétien et je
ne le suis pas encore : il s'agit de me le rendre et ce ne
sera pas apparemment par des solutions qui me supposent tel. Cherchez-en donc d'autres.

§ 18

Tout ce qui a commencé aura une fin, et tout ce qui
n'a point eu de commencement ne finira point. Or
le christianisme a commencé, or le judaïsme a commencé, or il n'y a pas une seule religion sur la terre
dont la date ne soit connue, excepté la religion naturelle, donc elle seule ne finira point et toutes les autres
passeront.

§ 19

De deux religions celle-là doit être préférée qui est le
plus évidemment de Dieu et le moins évidemment des
hommes. Or la loi naturelle est évidemment de Dieu et
elle est infiniment plus évidemment de Dieu qu'il n'est
évident qu'aucune autre religion ne soit pas des
hommes, car il n'y a point d'objection contre sa divinité, et elle n'a pas besoin de preuves, au lieu qu'on fait
mille objections contre la divinité des autres et qu'elles
ont besoin pour être admises d'une infinité de preuves.

§ 20

Cette religion est préférable qui est la plus analogue
à la nature de Dieu ; or la loi naturelle est la plus analogue à la nature de Dieu. Il est de la nature de Dieu
d'être incorruptible ; or l'incorruptibilité convient mieux
à la loi naturelle qu'à aucune autre ; car les préceptes des
autres lois sont écrits dans des livres sujets à tous les
événements des choses humaines, à l'abolition, à la

mésinterprétation, à l'obscurité etc. Mais la religion naturelle écrite dans le cœur y est à l'abri de toutes les vicissitudes et si elle a quelque révolution à craindre de la part des préjugés et des passions, ces inconvénients-là sont communs avec les autres cultes qui d'ailleurs sont exposés à des sources de changements qui leur sont particulières.

§ 21

Ou la religion naturelle est bonne, ou elle est mauvaise. Si elle est bonne, cela me suffit ; je n'en demande pas davantage : si elle est mauvaise, la vôtre pêche donc par les fondements.

§ 22

S'il y avait quelque raison de préférer la religion chrétienne à la religion naturelle, c'est que celle-là nous offrirait sur la nature de Dieu et de l'homme des lumières qui nous manqueraient dans celle-ci : or il n'en est rien ; car le christianisme, au lieu d'éclaircir, donne lieu à une multitude infinie de ténèbres et de difficultés. Si l'on demande au naturaliste : Pourquoi l'homme souffre-t-il dans ce monde ? il répondra : Je n'en sais rien. Si l'on fait au chrétien, la même question, il répondra par une énigme ou par une absurdité. Lequel des deux vaut le mieux ou de l'ignorance ou du mystère, ou plutôt la réponse des deux n'est-elle pas la même ? Pourquoi l'homme souffre-t-il en ce monde, c'est un mystère, dit le chrétien, c'est un mystère, dit le naturaliste : Car remarquez que la réponse du chrétien se résout enfin à cela. S'il dit : l'homme souffre parce que son aïeul a péché, et que vous insistiez : et pourquoi le neveu répond-il de la sottise de son aïeul ? il dit : c'est un mystère. Eh ! répliquerais-je au chrétien, que ne disiez-vous d'abord comme moi : si l'homme souffre en ce monde sans qu'il paraisse l'avoir mérité, c'est un mystère ? Ne voyez-vous pas que vous expliquez ce phénomène comme les Chinois expliquaient la suspension du monde dans les airs ? Chinois, qu'est-ce qui soutient le monde ?

Un gros éléphant, et l'éléphant qui le soutient ? Une tortue, et la tortue ? je n'en sais rien. Eh, mon ami, laisse là l'éléphant et la tortue et confesse d'abord ton ignorance[1].

§ 23

Cette religion est préférable à toutes les autres qui ne peut faire que du bien et jamais de mal. Or telle est la loi naturelle gravée dans le cœur de tous les hommes, ils trouveront tous en eux-mêmes des dispositions à l'admettre, au lieu que les autres religions fondées sur des principes étrangers à l'homme et par conséquent nécessairement obscurs pour la plupart d'entre eux ne peuvent manquer d'exciter des dissensions. D'ailleurs il faut admettre ce que l'expérience confirme. Or il est d'expérience que les religions prétendues révélées ont causé mille malheurs, armé les hommes les uns contre les autres et teint toutes les contrées de sang. Or la religion naturelle n'a pas coûté une larme au genre humain.

§ 24

Il faut rejeter un système qui répand des doutes sur la bienveillance universelle et l'égalité constante de Dieu. Or le système qui traite la religion naturelle d'insuffisante jette des doutes sur la bienveillance universelle et l'égalité constante de Dieu. Je ne vois plus qu'un être rempli d'affections bornées et versatile dans ses desseins ; restreignant ses bienfaits à un petit nombre de créatures, et improuvant[2] dans un temps

---

1. Cet argument, qui sera repris dans la *Lettre sur les aveugles*, où il est question d'un Indien (édition Ver, I, p. 167), provient de Locke, *Essai philosophique sur l'entendement humain*, II, 13, §19. Locke critique un usage du mot « substance » comme soutien des accidents, en disant que cet Indien aurait été tiré d'embarras s'il avait eu à sa disposition ce mot. On notera qu'ici l'argument lockéen dénonce le recours au mystère et non la notion vide de sens de substance.

2. Selon le *Dictionnaire de l'Académie*, « improuver » est synonyme de désapprouver.

ce qu'il a commandé dans un autre : car si les hommes ne peuvent être sauvés sans la religion chrétienne, Dieu devient envers ceux à qui il la refuse un père aussi dur qu'une mère qui aurait pavé ou qui priverait de son lait une partie de ses enfants. Si au contraire la religion naturelle suffit, tout rentre dans l'ordre, et je suis forcé de concevoir les idées les plus sublimes de la bienveillance et de l'égalité de Dieu.

§ 25

Ne pourrait-on pas dire que toutes les religions du monde ne sont que des sectes de la religion naturelle, et que les juifs, les chrétiens, les musulmans, les païens mêmes ne sont que des naturalistes hérétiques et schismatiques [1] ?

§ 26

Ne pourrait-on pas prétendre conséquemment que la religion naturelle est la seule vraiment subsistante ? car prenez un religionnaire quel qu'il soit, interrogez-le, et bientôt vous vous apercevrez qu'entre les dogmes de sa religion il y en a quelques-uns ou qu'il croit moins que les autres ou même qu'il nie, sans compter une multitude, ou qu'il n'entend pas ou qu'il interprète à sa mode. Parlez à un second sectateur de la même religion, réitérez sur lui votre essai, et vous le trouverez exactement dans la même condition que son voisin, avec cette différence seule que ce dont celui-ci ne doute aucunement et qu'il admet, c'est précisément ou ce que l'autre nie ou suspecte ; que ce qu'il n'entend pas, c'est ce que l'autre croit entendre très clairement ; que ce qui l'embarrasse c'est ce sur quoi l'autre n'a pas la moindre difficulté et qu'ils ne s'accordent pas davantage sur ce qu'ils jugent mériter

---

1. Diderot retourne contre les religions révélées leurs accusations d'hérésie à l'encontre de leurs adversaires. Mettant en cause leur prétention à être la seule religion vraie, universelle, il en fait des déviations de la religion naturelle, seule à mériter le qualificatif d'universel.

ou non une interprétation. Cependant tous ces hommes s'attroupent aux pieds des mêmes autels ; on les croirait d'accord sur tout, et ils ne le sont presque sur rien. En sorte que si tous se sacrifiaient réciproquement les propositions sur lesquelles ils seraient en litige, ils se trouveraient presque naturalistes, et transportés de leurs temples dans ceux du déiste [1].

§ 27

La vérité de la religion naturelle est à la vérité des autres religions comme le témoignage que je me rends à moi-même est au témoignage que je reçois d'autrui ; ce que je sens à ce qu'on me dit ; ce que je trouve écrit en moi-même du doigt de Dieu, et ce que les hommes vains et superstitieux et menteurs ont gravé sur la feuille ou sur le marbre ; ce que je porte en moi et rencontre le même partout et ce qui est hors de moi et change avec les climats ; ce qui n'a point été sincèrement contredit ne l'est point et ne le sera jamais, et ce qui loin d'être admis et de l'avoir été, ou n'a point été connu ou a cessé de l'être, ou ne l'est point, ou bien est rejeté comme faux ; ce que ni le temps ni les hommes n'ont point aboli et n'aboliront jamais et ce qui passe comme l'ombre ; ce qui rapproche l'homme civilisé et le barbare, le chrétien, l'infidèle et le païen ; l'adorateur de Jéhova, de Jupiter et de Dieu ; le philosophe et le peuple, le savant et l'ignorant, le vieillard et l'enfant, le sage même et l'insensé ; et ce qui éloigne le père du fils, arme l'homme contre l'homme, expose le savant et le sage à la haine et à la persécution de l'ignorant et de l'enthousiaste, et arrose de temps en temps la terre du sang d'eux tous ; ce qui est tenu pour saint, auguste et sacré par tous les peuples de la terre, et ce

---

1. Si la vérité est une et simple, elle ne peut diviser les hommes. Si les différents religionnaires renonçaient à ce qui les oppose, ils produiraient, négativement, un accord sur ce minimum qui constitue la religion naturelle. « Négativement », c'est ce qui explique qu'ils se trouveraient « presque » naturalistes, la religion naturelle étant une affirmation positive de l'existence d'un Dieu bon et juste, auteur de la loi naturelle.

qui est maudit par tous les peuples de la terre, un seul excepté ; ce qui a fait élever vers le ciel de toutes les régions du monde l'hymne, la louange et le cantique, et ce qui a enfanté l'anathème, l'impiété, les exécrations et le blasphème ; ce qui me peint l'univers comme une seule et unique immense famille dont Dieu est le premier père, et ce qui me représente les hommes divisés par poignées et possédés par une foule de démons farouches et malfaisants, qui leur mettent le poignard dans la main droite et la torche dans la main gauche, et qui les animent aux meurtres, aux ravages et à la destruction. Les siècles à venir continueront d'embellir l'un de ces tableaux des plus belles couleurs, l'autre continuera de s'obscurcir par les ombres les plus noires. Tandis que les cultes humains continueront de se déshonorer dans l'esprit des hommes par leurs extravagances et leurs crimes, la religion naturelle se couronnera d'un nouvel éclat et peut-être fixera-t-elle enfin les regards de tous les hommes et les ramènera-t-elle à ses pieds. C'est alors qu'ils ne formeront qu'une société, qu'ils banniront d'entre eux ces lois bizarres qui semblent n'avoir été imaginées que pour les rendre méchants et coupables ; qu'ils n'écouteront plus que la voix de la nature ; et qu'ils recommenceront enfin d'être simples et vertueux. Ô mortels ! Comment avez-vous fait pour vous rendre aussi malheureux que vous l'êtes ? Que je vous plains et que je vous aime ! la commisération et la tendresse m'ont entraîné, je le sens bien, et je vous ai promis un bonheur auquel vous avez renoncé et qui vous [a fuis] pour jamais.

Viret (1511-1571) fut un pasteur. On considère qu'il est le
premier à avoir repéré ceux « qui s'appellent déistes » et à avoir
donné une définition de leurs opinions. Il dresse un réquisitoire
sévère de la menace que représente cette « bande ». Pierre Bayle
la cite dans son *Dictionnaire*.

Pierre Bayle, *Dictionnaire historique et critique* Édition de Paris, Desoer, 1820-1824, pages 418 b-419 b.

Article Viret
NOTE D

Au reste, il ne faut pas que l'on s'imagine, ni que
tous les livres de cet auteur, soient du caractère que
j'ai marqué, ni que dans ceux qui le sont il y ait un air
de bouffonnerie. Il gardait toujours le tempérament
d'un homme sage. Notez qu'il ne se borna point à
attaquer les superstitions, matière propre à être tour-
née en ridicule ; mais qu'il travailla aussi très sérieusement, et dans toute la gravité que la chose demandait, à
combattre les impies. Je m'en vais citer un long passage
de l'Épître dédicatoire de son IIe tome de l'*Instruction
Chrétienne*. On y verra que la multitude des mécréants
le détermina à tourner ses armes contre le déisme. « Il y
en a plusieurs qui confessent bien qu'ils croient qu'il y
a quelque Dieu et quelque Divinité, comme les Turcs
et les Juifs ; mais quant à Jésus-Christ, et tout ce que la
doctrine des évangélistes et des apôtres en témoi-
gnent, ils tiennent tout cela pour fables et rêveries… Il
y a bien plus de difficulté avec ceux-ci, voire même
qu'avec les Turcs, ou pour le moins autant. Car ils ont
des opinions touchant la religion, autant ou plus
étranges que les Turcs et tous autres mécréants. J'ai
entendu qu'il y en a de cette bande, qui s'appellent
déistes, d'un mot tout nouveau, lequel ils veulent
opposer à athéiste. Car pour autant qu'athéiste
signifie celui qui est sans Dieu, ils veulent donner à

entendre qu'ils ne sont pas du tout sans Dieu, à cause
qu'ils croient bien qu'il y a quelque Dieu, lequel ils
reconnaissent même pour créateur du ciel et de la
terre, comme les Turcs : mais de Jésus-Christ, ils ne
savent pas que c'est, et ne tiennent rien ne de lui, ne
de sa doctrine. » Ces déistes desquels nous parlons
maintenant, ajoute Viret, se moquent de toute religion,
« nonobstant qu'ils s'accommodent, quant à l'apparence extérieure, à la religion de ceux avec lesquels il
leur faut vivre, et auxquels ils veulent plaire, ou lesquels
ils craignent. Et entre ceux-ci, il y en a les uns qui ont
quelque opinion de l'immortalité des âmes : les autres
en jugent comme les épicuriens, et pareillement de la
providence de Dieu envers les hommes : comme s'il
ne se mêlait point du gouvernement des choses
humaines, ainsi qu'elles fussent gouvernées ou par
fortune, ou par la prudence, ou par la folie des
hommes, selon que les choses rencontrent. J'ai horreur quand je pense qu'entre ceux qui portent le nom
de chrétien, il y a de tels monstres. Mais l'horreur me
redouble encore davantage, quand je considère que
plusieurs de ceux qui font profession des bonnes
lettres et de la philosophie humaine, et qui sont même
souventes fois estimés des plus savants, et des plus
aigus et plus subtils esprits, sont non seulement
infectés de cet exécrable athéisme, mais aussi en font
profession et en tiennent école, et empoisonnent plusieurs personnes de tel poison. Par quoi nous sommes
venus en un temps, auquel il y a danger que nous
n'ayons plus de peine à combattre avec tels monstres
qu'avec les superstitieux et idolâtres, si Dieu n'y pour-
voit, comme j'ai bonne espérance qu'il le fera. Car
parmi ces différends qui sont aujourd'hui en la
matière de religion, plusieurs abusent grandement de
la liberté qui leur est donnée de suivre des deux religions qui sont en différend, ou l'une ou l'autre. Car il
y en a plusieurs qui se dispensent de toutes les deux, et
qui vivent du tout sans aucune religion. Et si ceux qui
n'ont point de bonne opinion d'aucune religion se
contentaient de périr tous seuls en leurs erreur et

athéisme, sans en infecter et corrompre les autres par leurs mauvais propos et mauvais exemples, pour les mener à même perdition avec eux, ce malheur ne serait pas tant à déplorer qu'il est. Pour cette cause, en revoyant mon *Instruction Chrétienne*, laquelle a déjà été par ci-devant imprimée, je l'ai beaucoup augmentée, et notamment sur la matière de la création du monde, et de la providence de Dieu en toutes les créatures, et singulièrement envers l'homme, principalement pour deux causes. La première, pour ce que l'esprit de Dieu nous propose souvent, de Saintes Écritures tout ce monde visible comme un grand livre de nature, et de vraie théologie naturelle, et toutes les créatures, comme des prêcheurs, et des témoins universels de Dieu leur créateur, et des œuvres et de la gloire d'iceluy... L'autre cause qui m'a encore ému à traiter tant amplement ces matières, c'est l'athéisme et ceux qui en font profession : desquels j'ai tantôt parlé. »

Encyclopédie ou Dictionnaire raisonné des sciences, des arts et des métiers Tome IV, 1754

DÉISTES, subst. m. pl. (*Théolog.*) nom qu'on a d'abord donné aux Antitrinitaires ou nouveaux Ariens hérétiques du XVIᵉ siècle, qui n'admettaient d'autre Dieu que Dieu le Père, regardant J.-C. comme un pur homme, et le S. Esprit comme un simple attribut de la divinité. On les appelle aujourd'hui *Sociniens* ou *unitaires*. *Voyez* SOCINIENS *ou* UNITAIRES.

Les *Déistes* modernes sont une secte ou sorte de prétendus esprits forts, connus en Angleterre sous le nom de *free-thinkers*, gens qui pensent librement, dont le caractère est de ne point professer de forme ou de système particulier de religion, mais de se contenter de reconnaître l'existence d'un Dieu, sans lui rendre aucun culte ni hommage extérieur. Ils prétendent que vu la multiplicité des religions et le grand nombre de révélations, dont on ne donne, disent-ils, que des preuves générales et sans fondement, le parti le meilleur et le plus sûr, c'est de se renfermer dans la simplicité de la nature et la croyance d'un Dieu, qui est une vérité reconnue de toutes les nations. *Voyez* DIEU et RÉVÉLATION.

Ils se plaignent de ce que la liberté de penser et de raisonner est opprimée sous le joug de la religion révélée ; que les esprits souffrent et sont tyrannisés par la nécessité qu'elle impose de croire des mystères inconcevables, et ils soutiennent qu'on ne doit admettre ou croire que ce que la raison conçoit clairement. *Voyez* MYSTÈRE et FOI.

Le nom de *Déiste* est donné surtout à ces sortes de personnes qui, n'étant ni athées ni chrétiennes, ne sont point absolument sans religion (à prendre ce mot dans son sens le plus général), mais qui rejettent toute révélation comme une pure fiction, et ne croient que ce qu'ils reconnaissent par les lumières naturelles, et que ce qui est cru dans toute religion, un Dieu, une providence, une vie future, des récompenses et des châtiments pour les bons et pour les méchants ; qu'il faut honorer Dieu et accomplir sa volonté connue par les lumières de la raison et la voix de la conscience, le plus parfaitement qu'il est possible ; mais que du reste chacun peut vivre à son gré, et suivant ce que lui dicte sa conscience.

Le nombre des *Déistes* augmente tous les jours. En Angleterre la plupart des gens de lettres suivent ce système, et l'on remarque la même chose chez les autres nations lettrées. On ne peut cependant pas dire que le déisme fasse secte et corps à part. Rien n'est moins uniforme que les sentiments des *Déistes* ; leur façon de penser, presque toujours accompagnée de pyrrhonisme, cette liberté qu'ils affectent de ne se soumettre qu'aux vérités démontrées par la raison, font qu'ils n'ont pas de système commun, ni de point bien fixe dont tous conviennent également : c'est pourquoi les auteurs qui les ont combattus, distinguent différentes espèces de *Déistes*.

Abbadie [1] les divise en quatre classes : 1°. Ceux qui se font une idée bizarre de la divinité : 2°. Ceux qui ayant une idée de Dieu, qui avait paru d'abord assez juste, lui attribuent de ne prendre aucune connaissance de ce qui se fait sur la terre : 3°. Ceux qui tenant que Dieu se mêle des affaires des hommes, s'imaginent qu'il se plaît dans leurs superstitions et dans leurs égarements : 4°. Enfin ceux qui reconnaissent que Dieu a donné aux hommes une religion pour les conduire, mais qui en réduisent tous les principes aux sentiments naturels de l'homme, et qui prennent tout le reste pour fiction. *Traité de la vérité de la Religion chrétienne, tome I. sect. Ij. Chap.* 1. On peut voir dans le même auteur avec quelle force il combat ces quatre espèces de *Déistes* par les seules armes de la raison. *Voyez* CHRISTIANISME.

M. l'abbé de la Chambre [2] docteur de Sorbonne, dans un traité de la véritable Religion, imprimé à Paris en 1737, parle des *Déistes* et de leurs opinions d'une manière encore plus précise. « On nomme *Déistes,* dit cet auteur, tous ceux qui admettent l'existence d'un être suprême, auteur et principe de tous les êtres qui composent le monde, sans vouloir reconnaître autre chose en fait de religion, que ce que la raison laissée à elle-même peut découvrir. Tous les *Déistes* ne raisonnent pas de la même manière : on peut réduire ce qu'ils disent à deux différentes hypothèses.

La première espèce de *Déistes* avance et soutient ces propositions : Il faut admettre l'existence d'un être suprême, éternel, infini, intelligent, créateur, conser-

---

1. Voir note 161 des *Pensées philosophiques.*
2. Abbé François Ilharat de La Chambre (1698-1753), docteur en Sorbonne, écrivit une défense de la Bulle *Unigenitus* : dans la controverse sur la grâce, il se tint à une position modérée entre Quesnel et les constitutionnaires qui approuvèrent la bulle (ou constitution). Il écrivit un *Traité de la vérité de la religion, contre les athées, les déistes, etc.,* 5 vol., 1737 et des *Lettres sur l'écrit intitulé* Pensées philosophiques *et sur les livre des* Mœurs, 1749. Le choix d'Ilharat de La Chambre par l'abbé Mallet s'explique par le rôle controversé de ce dernier dans son travail pour l'*Encyclopédie.* Voir plus loin, p. 203, la note 1.

vateur et souverain maître de l'univers, qui préside à
tous les mouvements et à tous les évènements qui en
résultent. Mais cet être suprême n'exige de ses créatures aucun devoir, parce qu'il se suffit à lui-même.

Dieu seul ne peut périr ; toutes les créatures sont
sujettes à l'anéantissement, l'être suprême en dispose
comme il lui plaît : maître absolu de leur sort, il leur
distribue les biens et les maux selon son bon plaisir,
sans avoir égard à leurs différentes actions, parce
qu'elles sont toutes de même espèce devant lui.

La distinction du vice et de la vertu est une pure
chicane aux yeux de l'être suprême ; elle n'est fondée
que sur les lois arbitraires des sociétés. Les hommes
ne sont comptables de leurs actions qu'au tribunal de
la justice séculière. Il n'y a ni punition ni récompense
à attendre de la part de Dieu après cette vie.

La seconde espèce de *Déistes* raisonne tout autrement. L'être suprême, disent-ils, est un être éternel,
infini, intelligent, qui gouverne le monde avec ordre
et avec sagesse ; il suit dans sa conduite les règles
immuables du vrai, de l'ordre et du bien moral, parce
qu'il est la sagesse, la vérité, et la sainteté par essence.
Les règles éternelles du bon ordre sont obligatoires
pour tous les êtres raisonnables ; ils abusent de leur
raison lorsqu'ils s'en écartent. L'éloignement de
l'ordre fait le vice, et la conformité à l'ordre fait la
vertu. Le vice mérite punition, et la vertu mérite
récompense... Le premier devoir de l'homme est de
respecter, d'honorer, d'estimer et d'aimer l'être
suprême, de qui il tient tout ce qu'il est ; et il est obligé
par état de se conformer dans toutes ses actions à ce
que lui dicte la droite raison.

Les hommes sont agréables ou désagréables à Dieu, à
proportion de l'exactitude ou de la négligence qu'ils ont
pour la pratique des devoirs que la raison éternelle leur
impose. Il est juste qu'il récompense ceux qui s'atta-
chent à la vertu, et qu'il punisse ceux qui se livrent aux
mouvements déréglés de leurs passions ; mais comme
l'expérience montre que l'impie triomphe dans cette vie,
tandis que le juste y est humilié, il faut qu'il y ait une

autre vie, où chacun recevra selon ses mœurs. L'immortalité glorieuse sera le fruit de la vertu, l'ignominie et l'opprobre seront le fruit du vice ; mais cet état de peine et de douleur ne durera pas toujours. Il est contre l'ordre de la justice, disent les *Déistes,* qu'on punisse éternellement une action d'un moment. *Voyez* DAMNATION. Enfin ils ajoutent que la religion ayant pour but principal la réformation des mœurs, l'exactitude à remplir les devoirs que la raison prescrit par rapport à Dieu, à soi-même et au prochain, forme les vrais adorateurs de l'être suprême. »

Le même auteur, après avoir exposé ces deux systèmes, propose la méthode de les réfuter. Elle consiste à prouver, « 1°. Que les bornes qui séparent le vice d'avec la vertu, sont indépendantes des volontés arbitraires de quelque être que ce soit : 2°. Que cette distinction du bien et du mal, antérieure à toute loi arbitraire des législateurs, et fondée sur la nature des choses, exige des hommes qu'ils pratiquent la vertu et qu'ils s'éloignent du vice : 3°. Que celui qui fait le bien mérite récompense, et que celui qui s'abandonne au crime mérite punition : 4°. Que la vertu n'étant pas toujours récompensée sur la terre, ni le vice puni, il faut admettre une autre vie, où le juste sera heureux et l'impie malheureux : 5°. Que tout ne périt pas avec le corps, et que la partie de nous-mêmes qui pense et qui veut, et qu'on appelle *âme,* est immortelle : 6°. Que la volonté n'est point nécessitée dans ses actions, et qu'elle peut à son choix pratiquer la vertu et éviter le mal : 7°. Que tout homme est obligé d'aimer et d'estimer l'être suprême, et de témoigner à l'extérieur les sentiments de vénération et d'amour dont il est pénétré à la vue de sa grandeur et de sa majesté : 8°. Que la religion naturelle, quoique bonne en elle-même, est insuffisante pour apprendre à l'homme quel culte il doit rendre à la divinité ; et qu'ainsi il en faut admettre une surnaturelle et révélée, ajoutée à celle de la nature. » *Traité de la véritable religion, tome II. Part. ij. Pag.* 1. 2. 3. 4. 5. *et* 6.

C'est la méthode qu'a suivie cet auteur dans huit dissertations particulières, et l'on peut dire qu'elle est excellente contre les *Déistes* de la première espèce. Mais ceux de la seconde convenant avec nous d'une partie de ces propositions, il semble qu'on pourrait suivre contre eux une voie bien plus abrégée : ce serait de prouver, 1°. L'insuffisance de la loi naturelle, 2°. La nécessité d'une révélation, 3°. La certitude et la divinité de la révélation contenue dans les écritures des Juifs et des Chrétiens, parce que la nécessité d'un culte extérieur et l'éternité des peines sont des conséquences faciles à admettre, quand ces trois points sont une fois démontrés. (*G*)

[abbé Edme François Mallet[1]]

1. Edme François Mallet (1713-1755), théologien d'une grande érudition, il écrivit pour l'*Encyclopédie* près de deux mille articles sur la théologie, la religion, la littérature et l'histoire. Compte tenu de ses positions très orthodoxes en matière religieuse (voir ses articles ARCHE D'ALLIANCE, ALBIGEOIS, ANABAPTISTES, etc.), on s'est demandé comment Diderot a pu le choisir pour ce genre d'articles, et d'Alembert faire l'éloge de son esprit de tolérance. Ainsi dans l'article PACIFICATION, annulé au dernier moment, il défend la révocation de l'édit de Nantes. Dans l'article CONSTITUTION UNIGENITUS, il se déchaîne contre les jansénistes et soutient la politique de Louis XIV et du pape. Sa relation avec Jean-François Boyer, ancien évêque de Mirepoix, précepteur du dauphin, hostile aux encyclopédistes et aux jansénistes, instigateur de la condamnation de la thèse de l'abbé de Prades à la Sorbonne, peut laisser entendre qu'il aurait été encouragé à travailler dans l'*Encyclopédie* pour contrebalancer les positions audacieuses des autres collaborateurs. Mais Diderot et d'Alembert auraient saisi le profit politique qu'ils pouvaient tirer de sa présence, une protection contre ceux qui voulaient ruiner totalement l'entreprise. Certains articles de l'abbé Mallet se présentent aussi comme des contributions modérées et impartiales. Cet article en est un exemple. Le fait qu'il cite Ilharat de La Chambre peut ainsi s'expliquer par une commune hostilité aux jansénistes et par l'opinion que seule une critique argumentée du déisme peut être efficace, et non des dénonciations violentes. On ne peut s'empêcher de penser que l'article cherche davantage à informer sur l'état d'une question qu'à réveiller des polémiques. Sur Mallet, voir Walter E. Rex, « L'ARCHE DE NOÉ et d'autres articles religieux de l'abbé Mallet dans l'*Encyclopédie* », in *Recherches sur Diderot et l'Encyclopédie*, n° 30, avril 2001.

Tome XV, 1765
SOCINIENS, s. m. pl. (*Hist. ecclés.*)
Voyez UNITAIRES
Tome XVI, 1765

UNITAIRES (*Théol. et Métaph.*), secte très fameuse qui eut pour fondateur Fauste *Socin,* et qui fleurit longtemps dans la Pologne et dans la Transylvanie.

Les dogmes théologiques et philosophiques de ces sectaires ont été pendant longtemps l'objet de la haine, de l'anathème et des persécutions de toutes les communions protestantes. À l'égard des autres sectaires, s'ils ont également eu en horreur les Sociniens, il ne paraît pas que ce soit sur une connaissance profonde et réfléchie de leur doctrine, qu'ils ne se sont jamais donné la peine d'étudier, vraisemblablement à cause de son peu d'importance : en effet, en rassemblant tout ce qu'ils ont dit du socinianisme dans leurs ouvrages polémiques, on voit qu'ils en ont toujours parlé sans avoir une intelligence droite des principes qui y servent de base, et par conséquent avec plus de partialité que de modération et de charité.

[…]

Les sociniens étaient donc une secte de déistes cachés, comme il y en a dans tous les pays chrétiens, qui, pour philosopher tranquillement et librement sans avoir à craindre la poursuite des lois et le glaive des magistrats, employaient toute leur sagacité, leur dialectique et leur subtilité à concilier avec plus ou moins de science, d'habileté et de vraisemblance, les hypothèses théologiques et métaphysiques exposées dans les Écritures avec celles qu'ils avoient choisies.

[…]

Toutes les hérésies des *Unitaires* découlent d'une même source : ce sont autant de conséquences nécessaires des principes sur lesquels Socin bâtit toute sa théologie. Ces principes ; qui sont aussi ceux des calvinistes, desquels il les emprunta, établissent 1°. que la divinité des Écritures ne peut être prouvée que par la raison.

2°. Que chacun a droit, et qu'il lui est même expédient de suivre son esprit particulier dans l'interprétation de ces mêmes Écritures, sans s'arrêter ni à l'autorité de l'Église, ni à celle de la tradition.

3°. Que tous les jugements de l'antiquité, le consentement de tous les pères, les décisions des anciens conciles, ne font aucune preuve de la vérité d'une opinion ; d'où il suit qu'on ne doit pas se mettre en peine, si celles qu'on propose en matière de religion, ont eu ou non des sectateurs dans l'antiquité.

article de M. Naigeon [1]

Encyclopédie ou Dictionnaire raisonné des sciences, des arts et des métiers tome VIII, 1765

IMPIE, adj. (*Gram.*) Celui qui médit d'un Dieu qu'il adore au fond de son cœur. Il ne faut pas confondre l'incrédule et l'*impie*. L'incrédule est un homme à plaindre ; l'*impie* est un méchant à mépriser. Les chrétiens qui savent que la foi est le plus grand de tous les dons, doivent être plus circonspects que les autres hommes, dans l'application de cette injurieuse épithète. Ils n'ignorent pas qu'elle devient une espèce de dénonciation, et qu'on compromet la fortune, le repos, la liberté, et même la vie de celui qu'on se plaît à traduire comme un *impie*. Il y a beaucoup de livres hétérodoxes, il y a peu de livres *impies*. On ne doit regarder comme *impies* que les ouvrages où l'auteur inconséquent et hérétique blasphème contre la religion qu'il avoue. Un homme a ses doutes ; il les propose au public. Il me semble qu'au lieu de brûler son livre, il vaudrait beau-

---

1. Jacques André Naigeon (1738-1810), littérateur, dessinateur, peintre, sculpteur, philosophe, fut l'ami de d'Holbach, le disciple et le secrétaire de Diderot. Il fut son exécuteur testamentaire, l'éditeur en 1789 de ses œuvres et l'auteur des *Mémoires historiques et philosophiques sur la vie et les ouvrages de Denis Diderot*.

coup mieux l'envoyer en Sorbonne, pour qu'on en préparât une édition où l'on verrait, d'un côté les objections de l'auteur, de l'autre les réponses des docteurs. Que nous apprennent une censure qui proscrit, un arrêt qui condamne au feu ? rien. Ne serait-ce pas le comble de la témérité, que de douter que nos habiles théologiens dispersassent comme la poussière toutes les misérables subtilités du mécréant. Il en serait ramené dans le sein de l'Église, et tous les fidèles édifiés s'en fortifieraient encore dans leur foi. Un homme de goût avait proposé à l'Académie française une occupation bien digne d'elle, c'était de publier de nos meilleurs auteurs, des éditions où ils remarqueraient toutes les fautes de langue qui leur auraient échappé. J'oserais proposer à la Sorbonne un projet bien digne d'elle, et d'une toute autre importance ; ce serait de nous donner des éditions de nos hétérodoxes les plus célèbres, avec une réfutation, page à page. D'*impie* on fait *impiété*.

[anonyme]

La Mettrie (1709-1751), *L'Homme-machine*[1], ouvrage anonyme paru en 1748, in *Œuvres philosophiques*, I, 1751

À présent comment définirons-nous la Loi naturelle[2] ? C'est un sentiment, qui nous apprend ce que nous ne devons pas faire, par ce que nous ne voudrions

---

1. Voir les éditions récentes de Aram Vartanian, *La Mettrie's L'Homme-machine. A study in the origins of an Idea*, Princeton, Princeton University Press, 1960, Paul-Laurent Assoun, Paris, Denoël, 1981 (repris in Folio Essais, 1999) et Francine Markovits (Paris, Fayard, 1987).

2. La détermination de la Loi naturelle est une tâche nécessaire pour tous les déistes, sceptiques, athées et libres penseurs qui cherchent à montrer que nos devoirs découlent de la nature de l'homme et non du Dieu des religions, de la Révélation ou des conventions. La formule qu'en donne La Mettrie met au centre l'amour naturel de soi et la réflexion spontanée qui forment un sentiment soutenu par l'imagination.

pas qu'on nous le fît. Oserais-je ajouter à cette idée commune, qu'il me semble que ce sentiment n'est qu'une espèce de crainte, ou de frayeur, aussi salutaire à l'espèce, qu'à l'individu ; car peut-être ne respectons nous la bourse et la vie des autres, que pour nous conserver nos biens, notre honneur et nous-mêmes ; semblables à ces *Ixions du Christianisme*[1], qui n'aiment Dieu et n'embrassent tant de chimériques vertus, que parce qu'ils craignent l'enfer.

Vous voyez que la loi naturelle n'est qu'un sentiment intime, qui appartient encore à l'imagination, comme tous les autres, parmi lesquels on compte la pensée. Par conséquent, elle ne suppose évidemment ni éducation, ni révélation, ni législateur, à moins qu'on ne veuille la confondre avec les lois civiles, à la manière ridicule des théologiens.

Les armes du fanatisme peuvent détruire ceux qui soutiennent ces vérités ; mais elles ne détruiront jamais ces vérités mêmes.

Ce n'est pas que je révoque en doute l'existence d'un Être suprême ; il me semble au contraire que le plus grand degré de probabilité est pour elle : mais comme cette existence ne prouve pas plus la nécessité d'un culte, que toute autre, c'est une vérité théorique, qui n'est guère d'usage dans la pratique : de sorte que, comme on peut dire d'après tant d'expériences, que la religion ne suppose pas l'exacte probité, les mêmes raisons autorisent à penser que l'athéisme ne l'exclut pas[2].

---

1. Ixion, personnage de la mythologie grecque, connu par le supplice que lui inflige Zeus pour avoir convoité Héra : il s'unit à une nuée qui prit la forme de celle-ci ; de cette union naquirent les centaures. À plusieurs reprises, La Mettrie évoque Ixion pour dénoncer la confusion de l'ici-bas et de l'au-delà qui permet aux dévots et aux spiritualistes d'échanger un bien réel contre un bien illusoire engendrant des êtres chimériques (voir *Discours sur le bonheur*, *L'Art de jouir*, le *Traité de l'âme*).

2. La formulation prudente de La Mettrie recouvre une idée claire : si Dieu existe, cette vérité est inutile dans la pratique : donc elle est indépendante de la morale et un athée peut être vertueux. On retrouve ici l'athée vertueux de Bayle (*Pensées diverses sur la comète*, CLXXXII).

Qui sait d'ailleurs si la raison de l'existence de l'homme, ne serait pas dans son existence même ? Peut-être a-t-il été jeté au hasard sur un point de la surface de la terre, sans qu'on puisse savoir ni comment, ni pourquoi[1] ; mais seulement qu'il doit vivre et mourir ; semblable à ces champignons qui paraissent d'un jour à l'autre, ou à ces fleurs qui bordent les fossés et couvrent les murailles.

Ne nous perdons point dans l'infini, nous ne sommes pas faits pour en avoir la moindre idée ; il nous est absolument impossible de remonter à l'origine des choses. Il est égal d'ailleurs pour notre repos, que la matière soit éternelle, ou qu'elle ait été créée ; qu'il y ait un Dieu, ou qu'il n'y en ait pas[2]. Quelle folie de tant se tourmenter pour ce qu'il est impossible de connaître, et ce qui ne nous rendrait pas plus heureux, quand nous en viendrions à bout.

Mais, dit-on[3], lisez tous les ouvrages des Fénelon, des Nieuwentits, des Abbadies, des Derhams, des Raïs[4] etc. Eh bien ! que m'apprendront-ils ? ou plutôt que m'ont-ils appris ? Ce ne sont que d'ennuyeuses répétitions d'écrivains zélés, dont l'un n'ajoute à l'autre qu'un verbiage, plus propre à fortifier, qu'à saper les fondements de l'athéisme. Le volume des

---

1. La Mettrie évoque l'idée d'une contingence totale de l'existence de l'homme, opposable à l'existence jugée probable de l'Être suprême.

2. Ces déclarations qui semblent exprimer un agnosticisme ont plusieurs significations. Elles affirment l'indépendance de la morale et du bonheur par rapport aux spéculations philosophiques et théologiques. Elles font de la recherche du bonheur le but de l'existence qui est mis en rapport, implicitement, avec la Loi naturelle.

3. Comme le montre la suite, ce « on », qui pourrait renvoyer à une copieuse littérature apologétique, est Diderot. Voir les Pensées XVIII et LIX pour Abbadie.

4. Pour Fénelon, Nieuwentyt, Abbadie, voir les notes des *Pensées philosophiques*, ci-dessus, p. 25, 48, 161. William Derham (1657-1735) participa au courant de la physico-théologique en publiant *Physico-Theology or a Demonstration of the Being and Attributes of God from his Works of Creation* (1713) et *Astro-Theology* (1714). Raïs est John Ray (1627-1705), prêtre anglican, fameux botaniste et naturaliste.

preuves qu'on tire du spectacle de la nature, ne leur donne pas plus de force. La structure seule d'un doigt, d'une oreille, d'un œil, *une observation de Malpighi*, prouve tout, et sans doute beaucoup mieux que *Descartes et Malebranche*[1] ; ou tout le reste ne prouve rien. Les déistes, et les chrétiens mêmes devraient donc se contenter de faire observer que dans tout le règne animal, les mêmes vues sont exécutées par une infinité de divers moyens, tous cependant exactement géométriques. Car de quelles plus fortes armes pourrait-on terrasser les athées ? Il est vrai que si ma raison ne me trompe pas, l'homme et tout l'univers semblent avoir été destinés à cette unité de vues. Le soleil, l'air, l'eau, l'organisation, la forme des corps, tout est arrangé dans l'œil, comme dans un miroir qui présente fidèlement à l'imagination les objets qui y sont peints, suivant les lois qu'exige cette infinie variété de corps qui servent à la vision. Dans l'oreille, nous trouvons partout une diversité frappante, sans que cette diverse fabrique de l'homme, des animaux, des oiseaux, des poissons, produise différents usages. Toutes les oreilles sont si mathématiquement faites, qu'elles tendent également au seul et même but, qui est d'entendre. Le hasard, demande le déiste, serait-il donc assez grand géomètre, pour varier ainsi à son gré les ouvrages dont on le suppose auteur, sans que tant de diversité pût l'empêcher d'atteindre la même fin ? Il objecte encore ces parties évidemment contenues dans l'animal pour de futurs usages ; le papillon dans la chenille ; l'homme dans le ver spermatique ; un polype entier dans chacune de ses parties ; la valvule du trou ovale[2], le poumon dans le fœtus ; les dents dans leurs alvéoles ; les os dans les fluides, qui s'en

---

1. Les italiques sont des mots extraits de la Pensée XVIII des *Pensées philosophiques*, non citées ici.

2. Il s'agit de la valve du trou ovale par lequel passe le sang du fœtus, de l'oreillette droite à l'oreillette gauche du cœur. Après la naissance, la valve se ferme et le trou ovale est remplacé par une membrane solide qui empêche le sang des veines de passer dans les artères (information tirée d'Aram Vartanian, *op. cit.*, p. 228).

détachent et se durcissent d'une manière incompréhensible. Et comme les partisans de ce système, loin de rien négliger pour le faire valoir, ne se lassent jamais d'accumuler preuves sur preuves, ils veulent profiter de tout, et de la faiblesse même de l'esprit en certains cas. Voyez, disent-ils, les Spinoza, les Vanini, les Desbarreaux, les Boindin[1], apôtres qui font plus d'honneur, que de tort au déisme ! La durée de la santé de ces derniers a été la mesure de leur incrédulité : et il est rare en effet, ajoutent-ils, qu'on n'abjure pas l'athéisme, dès que les passions se sont affaiblies avec le corps qui en est l'instrument.

Voilà certainement tout ce qu'on peut dire de plus favorable à l'existence d'un Dieu, quoique le dernier argument soit frivole, en ce que ces conversions sont courtes, l'esprit reprenant presque toujours ses anciennes opinions, et se conduisant en conséquence, dès qu'il a recouvré, ou plutôt retrouvé ses forces dans celles du corps. En voilà du moins beaucoup plus que

---

1. La Mettrie rapproche des hommes dont la réputation d'athéisme et de libertinage était acquise et sur lesquels planait le soupçon d'une conversion au moment de mourir. Sur Vanini, voir note 21 des *Pensées philosophiques* (on raconta qu'il se répandit en blasphèmes sur le bûcher de Toulouse, après avoir tenté d'émouvoir ses juges par une conversion hypocrite) ; Nicolas Boindin (1676-1751), élu à l'Académie des inscriptions et des belles-lettres, passait pour être athée et participait à des « disputes » au café Procope avec Fréret, Fontenelle, Duclos. Une épitaphe anonyme le rapproche de La Mettrie, « deux apôtres de l'athéisme », mais c'est pour saluer son courage au moment de sa mort, contrairement à La Mettrie, ainsi qu'en circula la légende (voir J.S. Spink, *La Libre-Pensée française, de Gassendi à Voltaire*, p. 332) ; Jacques Vallée Desbarreaux (1599-1673), ami de Théophile de Viau, conseiller au Parlement de Paris, était le type de l'épicurien libertin. À trois reprises, malade et sur son lit de mort il se convertit ; la présence de Spinoza, malgré les nombreuses réserves de La Mettrie à l'égard de sa métaphysique, s'explique par le fait qu'il passait pour athée. Concernant Spinoza, rien ne permet d'imaginer qu'une maladie ou la crainte de la mort aient pu l'amener à renier son « athéisme ». En tout cas, il était fréquent chez les apologistes de se féliciter de tels revirements, même si ce fut sur la base de mensonges. On disputa beaucoup pour savoir si La Mettrie lui-même mourut en libertin ou en chrétien...

n'en dit le médecin[1] *Diderot*, dans ses *Pensées Philoso-phiques*, sublime ouvrage qui ne convaincra pas un athée. Que répondre en effet à un homme qui dit ? « Nous ne connaissons point la nature : Des causes cachées dans son sein pourraient avoir tout produit. Voyez à votre tour le polype de Trembley[2] ! Ne contient-il pas en soi les causes qui donnent lieu à sa régénération ? Quelle absurdité y aurait-il donc à penser qu'il est des causes physiques pour lesquelles tout a été fait, et auxquelles toute la chaîne de ce vaste univers est si nécessairement liée et assujettie, que rien de ce qui arrive, ne pouvait ne pas arriver ; des causes dont l'igno-rance absolument invincible nous a fait recourir à un Dieu, qui n'est pas même un *Être de Raison*[3], suivant certains ? Ainsi détruire le hasard, ce n'est pas prouver l'existence d'un Être suprême, puisqu'il peut y avoir autre chose qui ne serait ni hasard, ni Dieu ; je veux dire la nature, dont l'étude par conséquent ne peut faire que des incrédules ; comme le prouve la façon de penser de tous ses plus heureux scrutateurs.

Le *poids de l'Univers* n'ébranle donc pas un véritable athée, loin de *l'écraser*[4] ; et tous ces indices mille et mille fois rebattus d'un créateur, indices qu'on met fort au-dessus de la façon de penser dans nos semblables, ne

---

1. *Sic.* Cette erreur montre que Diderot, peu connu, l'était comme l'un des traducteurs du *Dictionnaire de médecine* de James. Rappelons que les *Pensées philosophiques* ont été attribuées à La Mettrie qui s'en défendit.
2. Abraham Trembley (1710-1784), naturaliste suisse, exposa sa découverte du polype ou hydre d'eau douce dans les *Mémoires pour servir à l'histoire de polypes d'eau douce, à bras en forme de cornes*, en 1744. Cet animal se reproduisait par bouture, comme une plante et se régénérait si on la coupait. Il croyait que cette faculté s'expliquait par la présence de polypes préexistant en germes. Cette découverte peut satisfaire aussi bien les partisans du finalisme et du *dessein* intelligent que les mécanistes vitalistes qui posent une spontanéité de la nature.
3. Dans la Pensée XIII, Diderot parle du Dieu des superstitieux comme d'un « être d'imagination ». Mais l'expression « Être de raison » s'applique à la critique diderotienne du « tissu d'idées sèches et métaphysiques » par lequel l'École veut démontrer l'exis-tence de Dieu.
4. Citations de la Pensée XX.

sont évidents, quelque loin qu'on pousse cet argument,
que pour les antipyrrhoniens, ou pour ceux qui ont
assez de confiance dans leur raison, pour croire pouvoir
juger sur certaines apparences, auxquelles, comme vous
voyez, les athées peuvent en opposer d'autres peut-être
aussi fortes, et absolument contraires. Car si nous écou-
tons encore les naturalistes ; ils nous diront que les
mêmes causes qui, dans les mains d'un chimiste, et par
le hasard de divers mélanges, ont fait le premier miroir,
dans celles de la nature ont fait l'eau pure, qui en sert à la
simple bergère : que le mouvement qui conserve le
monde, a pu le créer[1] ; que chaque corps a pris la place
que la nature lui a assignée ; que l'air a dû entourer la
terre, par la même raison que le fer et les autres métaux
sont l'ouvrage de ses entrailles ; que le soleil est une production aussi naturelle que celle de l'électricité ; qu'il n'a
pas plus été fait pour échauffer la terre et tous ses habitants, qu'il brûle quelquefois, que la pluie pour faire
pousser les grains, qu'elle gâte souvent ; que le miroir et
l'eau n'ont pas plus été faits pour qu'on pût s'y regarder,
que tous les corps polis qui ont la même propriété : que
l'œil est à la vérité une espèce de trumeau dans lequel
l'âme peut contempler l'image des objets, tels qu'ils lui
sont représentés par ces corps ; mais qu'il n'est pas
démontré que cet organe ait été réellement fait exprès
pour cette contemplation, ni exprès placé dans l'orbite :
qu'enfin il se pourrait bien faire que Lucrèce, le médecin
Lamy[2], et tous les épicuriens anciens et modernes, eus-

---

1. Référence à la Pensée XV : « parce que je ne conçois pas comment le mouvement a pu engendrer cet univers qu'il a si bien la
vertu de conserver, il est ridicule de lever cette difficulté par l'existence supposée d'un être que je ne conçois pas davantage ».
2. Guillaume Lamy (1644-1682), professeur de médecine,
exposa des conceptions épicuriennes et lucrétiennes dans *De prin-
cipiis* rerum (1699), *Discours anatomiques* (1675), *Explication mécanique et physique des fonctions de l'âme sensitive* (1678) où il juxtapo-
sait exposés scientifiques et réflexions philosophiques. Il essaya de
conjoindre l'épicurisme et certains aspects du cartésianisme dans sa
critique du finalisme. – L'exemple de l'œil, pour illustrer une
conception antifinaliste, directement emprunté à Lucrèce (*De
rerum natura*, IV, v 836), est repris par Guillaume Lamy.

sent raison, lorsqu'ils avancent que l'œil ne voit que par ce qu'il se trouve organisé, et placé comme il l'est ; que posées une fois les mêmes règles de mouvement que suit la nature dans la génération et le développement des corps, il n'était pas possible que ce merveilleux organe fût organisé et placé autrement.

Tel est le pour et le contre, et l'abrégé des grandes raisons qui partageront éternellement les philosophes : je ne prends aucun parti.

Non nostrum inter vos tantas componere lites[1].

C'est ce que je disais à un Français de mes amis, aussi franc pyrrhonien que moi, homme de beaucoup de mérite, et digne d'un meilleur sort. Il me dit à ce sujet une réponse fort singulière. Il est vrai, me dit il, que le pour et le contre ne doit point inquiéter l'âme d'un philosophe, qui voit que rien n'est démontré avec assez de clarté pour forcer son consentement, et même que les idées indicatives qui s'offrent d'un côté, sont aussitôt détruites par celles qui se montrent de l'autre. Cependant, reprit-il, l'univers ne sera jamais heureux, à moins qu'il ne soit athée[2]. Voici quelles étaient les raisons de cet *abominable* homme. Si l'athéisme, disait-il, était généralement répandu, toutes les branches de la religion seraient alors détruites et coupées par la racine. Plus de guerres théologiques ; plus de soldats de religion ; soldats terribles ! la nature infectée d'un poison sacré reprendrait ses droits et sa pureté. Sourds à toute autre voix, les mortels tranquilles ne suivraient que les conseils spontanés de leur propre individu ; les seuls qu'on ne méprise point impunément et qui peuvent seuls nous conduire au bonheur par les agréables sentiers de la vertu.

---

1. « Il ne nous revient pas de trancher ces controverses entre vous. » Formule sceptique de non-intervention dans des querelles entre dogmatiques.

2. L'athéisme, prêté fictivement à un personnage non nommé, mais que les dévots qualifieraient d'« abominable », exprime la pensée de La Mettrie, que ne reflètent pas les déclarations sceptiques précédentes.

Telle est la loi naturelle ; quiconque en est rigide observateur, est honnête homme, et mérite la confiance de tout le genre humain. Quiconque ne la suit pas scrupuleusement, a beau affecter les spécieux dehors d'une autre religion, c'est un fourbe, ou un hypocrite dont je me défie.

CHRONOLOGIE

1713 : 5 octobre : Naissance à Langres de Denis Diderot, fils de Didier Diderot, maître coutelier, et d'Angélique Vigneron, son épouse.

1723-1728 : Diderot fait ses études chez les jésuites de Langres.

1726 : Diderot reçoit la tonsure, afin de pouvoir succéder à son oncle, le chanoine Didier Vigneron.

1728-1732 : Il mène des études à Paris et est reçu maître ès arts de l'Université de Paris.

1735 : Il est reçu bachelier en théologie.

1732-1743 : Années de bohème. Diderot fréquente les cafés, lit beaucoup, fait des dettes, exerce différents métiers alimentaires. Il rencontre Rousseau en 1742. Courtise Antoinette Champion, lingère.

1743 : De retour à Langres, il parle à son père de ses projets de mariage avec Antoinette. Opposé à cette union, celui-ci le fait enfermer dans un couvent. Diderot s'échappe et épouse Antoinette. Il publie sa traduction de l'*Histoire de la Grèce*, de Temple Stanyan.

1744 : Il rencontre Condillac et travaille, avec Eidous et Toussaint, à la traduction du *Dictionnaire de médecine* de Robert James.

1745 : Publication de sa traduction de l'*Essai sur le mérite et la vertu* de Shaftesbury.

1746 : Publication anonyme des *Pensées philosophiques*. Diderot et d'Alembert s'engagent dans le projet de traduction améliorée de la *Cyclopédia* de Chambers, alors sous la direction de l'abbé Gua de Malves.

1747 : Diderot et d'Alembert prennent la direction de l'*Encyclopédie* pour le libraire-éditeur Le Breton. Diderot écrit *La Promenade du Sceptique*, qu'il ne publie pas.

1748 : Publication des *Bijoux indiscrets*, roman libertin et philosophique, et des *Mémoires sur différents sujets de mathématiques*.

1749 : Publication anonyme de la *Lettre sur les aveugles à l'usage de ceux qui voient*. Le 24 juillet, il est arrêté et emprisonné à Vincennes. On lui reproche les *Pensées philosophiques*, les *Bijoux indiscrets* et la *Lettre sur les aveugles*. Diderot est libéré le 3 novembre.

1750 : *Prospectus de l'*Encyclopédie.

1751 : *Lettre sur les sourds et muets à l'usage de ceux qui entendent et qui parlent*. Parution du premier tome de l'*Encyclopédie*. La Sorbonne condamne la thèse de l'abbé de Prades, collaborateur de l'*Encyclopédie*.

1752 : Parution du tome II de l'*Encyclopédie*. Interdiction de l'*Encyclopédie*, jusqu'en 1753. Publication anonyme de la *Suite de l'apologie de l'abbé de Prades* de Diderot.

1753 : Parution du tome III de l'*Encyclopédie* et *De l'interprétation de la nature*. Naissance de Marie-Angélique, dite Angélique, fille de Diderot, à laquelle il sera très attaché.

1754 : *Pensées sur l'interprétation de la nature*. Tome IV de l'*Encyclopédie*.

1755 : Tome V de l'*Encyclopédie*. Diderot se lie avec Sophie Volland.

1756 : Tome VI de l'*Encyclopédie*.

1757 : *Le Fils naturel*, et les *Entretiens*. Parution du tome VII de l'*Encyclopédie*. Brouille avec Rousseau.

1758 : *Le Père de famille*, suivi du *Discours sur la poésie dramatique*. Début de l'« affaire » de l'*Esprit*.

1759 : Suspension de l'*Encyclopédie* par le Parlement de Paris, mise à l'index et condamnation par le pape Clément XIII, et révocation du privilège par le Conseil du roi. Les libraires-éditeurs décident de poursuivre clandestinement son édition. Mort du père de Diderot. Rédaction du *Salon de 1759* pour la *Correspondance littéraire* de Grimm.

1760 : Rédaction de *La Religieuse*.

1761 : Première ébauche du *Neveu de Rameau*. Rédaction de l'*Éloge de Richardson* et du *Salon de 1761*.

1762 : Date limite de rédaction de l'*Addition au Pensées philosophiques*.

1763 : *Lettre à M. de Sartine sur le commerce de la librairie*. *Salon de 1763*.

1764 : Alors que les dix derniers volumes de texte de l'*Encyclopédie* sont sous presse, Diderot découvre que l'éditeur

Le Breton a coupé les parties du texte qui lui semblaient trop audacieuses.

1765 : L'Impératrice Catherine II de Russie achète la bibliothèque de Diderot en lui en laissant l'usage et en lui versant une pension. L'impression de l'*Encyclopédie* s'achève. *Salon de 1765*, suivi des *Essais sur la peinture*.

1767 : *Salon de 1767*.

1769 : Rédaction des trois dialogues du *Rêve de d'Alembert*. *Salon de 1769*.

1770 : *Entretien d'un père avec ses enfants. Les Deux amis de Bourbonne. Principes philosophiques sur la matière et le mouvement. Apologie de Galiani*.

1771 : première version de *Jacques le Fataliste*.

1772 : *Ceci n'est pas un conte. Madame de La Carlière. Supplément au Voyage de Bougainville*. Collaboration à l'*Histoire des deux Indes* de l'abbé Raynal.

1773-1774 : Voyage en Russie pour remercier Catherine II et tenter de la convertir à ses réflexions sur la civilisation de la Russie.

1774 : Diderot travaille à la *Réfutation de l'ouvrage d'Helvétius intitulé* De l'homme, et à l'*Entretien d'un philosophe avec la maréchale de ****. Il commence les *Éléments de physiologie*. Catherine II lui commande un *Plan d'une université*.

1777 : *Est-il bon, est-il méchant ?*

1782 : *Essai sur les règnes de Claude et de Néron* (version augmentée de l'*Essai sur Sénèque*, publié en 1778), dernière œuvre que Diderot publie sous son nom de son vivant.

1784 : Le 31 juillet, mort de Diderot, à l'âge de 71 ans.

BIBLIOGRAPHIE

Éditions des Pensées philosophiques

Le manuscrit de cet ouvrage n'existe plus. La première édition de 1746 sur laquelle les autres se fondent est la meilleure, c'est l'édition *princeps* que nous reproduisons.

Robert Niklaus a relevé quinze éditions parues avant la mort de Diderot. Certaines méritent d'être signalées. Celle de 1751, sous le titre de *Philosophie morale réduite à ses principes ou Essai de M. S*** sur le mérite et la vertu,* est intéressante. Le texte de Diderot est encadré par la traduction de l'ouvrage de Shaftesbury et les *Maximes* de La Rochefoucauld. L'éditeur a peut-être voulu signifier un « progrès » depuis le déisme de Shaftesbury, sa conception des affections morales et sociales et de la naturalité du sens moral, jusqu'à l'analyse de l'amour-propre de La Rochefoucauld que l'Anglais critique, via le déisme de Diderot. Laurent Jaffro explique que cette édition revient à annuler le déisme du premier (voir *op. cit.*, p. 210-211). Les *Pensées* apparaissent alors comme le moment où le déisme n'est qu'un paravent pour une critique de la révélation qui ouvre la voie à l'athéisme. En 1757, les *Pensées* paraissent sous le titre *Étrennes des esprits forts.* Niklaus signale une édition parue sous le titre *L'Apocalypse de la raison,* faisant partie d'un recueil de cinq ouvrages anonymes : elle comporte des additions à l'édition *princeps*, qui ne sont pas de Diderot et que Robert Niklaus reproduit dans la sienne.

Manuscrits et éditions
*de l'*Addition *aux* Pensées philosophiques

Il existe une copie du fonds Vandeul et une copie de Leningrad.

Une diffusion a été assurée dans la *Correspondance litté-raire* le 1ᵉʳ janvier 1763, avec son préambule, puis par Naigeon en 1770, dans *Le Recueil philosophique*.

Éditions récentes

Diderot, *Pensées philosophiques*, édition de Robert Niklaus, Genève, Droz, Paris, Giard, 1950.

Diderot, *Œuvres philosophiques* (avec l'*Addition*), édition de Paul Vernière, Paris, Garnier, 1990.

Diderot, *Œuvres complètes*, édition de Herbert Dieckmann, Jacques Proust, Jean Varloot, Paris, Hermann, volume II. L'*Addition* se trouve dans le volume IX.

Diderot, *Œuvres* (avec l'*Addition*), tome I, Philosophie, édition de Laurent Versini, Paris, Robert Laffont, 1994.

Diderot, *Pensées philosophiques*, lecture de Roland Mortier, Le Méjan, Actes Sud, 1998.

Sources

Dictionnaire universel de français et latin, vulgairement appelé Dictionnaire de Trévoux, Paris, Compagnie des Libraires associés, 6ᵉ édition, 1771.

Dictionnaires de l'Académie française, Paris, Brunet, 1762.

Encyclopédie ou Dictionnaire raisonné des sciences, des arts et des métiers (Diderot et d'Alembert dir.), Paris, Briasson, David, Le Breton, 1751-1780, fac-similé, Stuttgart, Fromann, 1966.

BAYLE Pierre, *Dictionnaire historique et critique*, édition Desoer, Paris, 1820-1824.

CHALLE Robert, *Difficultés sur la religion proposées au père Malebranche*, édition de Frédéric Deloffre et François Moureau, Genève, Droz, 2000.

DESCARTES René, *Œuvres*, édition Adam et Tannery, Paris 1987-1909, réédition en 11 tomes, Paris, Vrin, 1996.

DIDEROT et SHAFTESBURY, *Essai sur le mérite et la vertu (principes de la philosophie morale)*, édition de Jean-Pierre Jackson, Paris, Alive, 1998.

HOLBACH Paul Henri Thiry, baron d', *Le Christianisme dévoilé*, in *Œuvres philosophiques* I, édition de Jean-Pierre Jackson, Paris, Alive, 1998.

LA METTRIE, *Œuvres philosophiques*, édition de Francine Markovits, Paris, Fayard, 1987.

THOMSON Ann, *Materialism and Society in the Mid-Eighteenth Century : La Mettrie's Discours préliminaire,* Genève-Paris, Droz, 1981.

MONTAIGNE, *Les Essais,* édition de Pierre Villey, Paris, PUF, 1965.

Œuvres de Mylord comte de Shaftesbury, contenant différents ouvrages de philosophie et de morale traduites de l'anglais, Genève, 1769, édition de Françoise Badelon, Paris, Honoré Champion, 2002.

SHAFTESBURY, *Lettre sur l'enthousiasme,* traduction et édition de Claire Crignon-De Oliveira, Paris, Le Livre de poche, 2002.

La Lettre clandestine n°s 8 et 9, Paris, Presses de l'université de Paris-Sorbonne.

SPINK J.S., *La Libre-Pensée française de Gassendi à Voltaire,* traduction de Paul Meier, Paris, Éditions sociales, 1966.

Ouvrages

BENITEZ Miguel, *La Face cachée des Lumières. Recherches sur les manuscrits philosophiques clandestins de l'Âge classique,* Paris, Universitas, Oxford, Voltaire Foundation, 1996.

BLOCH Olivier, *Le Matérialisme,* Paris, PUF, 1985.

BOURDIN Jean-Claude, *Les Matérialistes au XVIIIe siècle,* Paris, Payot, 1996.

BOURDIN Jean-Claude, *Diderot. Le Matérialisme,* Paris, PUF, 1998.

CLAVIER Paul, *Qu'est-ce que la théologie naturelle ?,* Paris, Vrin, 2004.

DUFLO Colas, *La Finalité dans la nature de Descartes à Kant,* Paris, PUF, 1996.

DUFLO Colas, *Diderot philosophe,* Paris, Honoré Champion, 2003.

LAGRÉE Jacqueline, *La Religion naturelle,* Paris, PUF, 1991.

LAGRÉE Jacqueline, *La Religion du laïc, sur Herbert de Cherbury,* Paris, Vrin, 1989.

MAIRE Catherine-Laurence, *Les Convulsionnaires de Saint-Médard, miracles et convulsions à Paris au XVIIIe siècle,* Paris, Gallimard/Julliard, 1985.

MORIN Robert, *Les Pensées philosophiques de Diderot devant leurs principaux contradicteurs au XVIIIe siècle,* Paris, Les Belles Lettres, 1975.

PAGANINI Gianni, *Les Philosophies clandestines à l'âge classique,* Paris, PUF, 2005.

PINTARD René, *Le Libertinage érudit*, Paris, Boivin, 1943.

PROUST Jacques, *Diderot et l'Encyclopédie*, Paris, Armand Colin, 1962 (rééd. Albin Michel, 1995).

QUINTILI Paolo, *La Pensée critique de Diderot*, Paris, Honoré Champion, 2001.

ROGER Jacques, *Les Sciences de la vie dans la pensée française au XVIII* siècle*, Paris, Armand Colin, 1963 (rééd. Albin Michel, 1993).

SALAÜN Franck, *L'Ordre des mœurs*, Paris, Kimé, 1996.

TARANTO Pascal, *Du déisme à l'athéisme : La libre-pensée d'Anthony Collins*, Paris, Honoré Champion, 2000.

VENTURI Franco, *Jeunesse de Diderot*, Genève, Slatkine Reprints, 1967.

WILSON Arthur, *Diderot, sa vie, son œuvre*, traduction de Gilles Chahine, Annette Lorenceau, Anne Villelaur, Paris, Laffont/Ramsay, 1985.

Articles

ARMOGATHE Jean-Robert, « À propos des miracles de Saint-Médard : les preuves de Carré de Montgeron et le positivisme des Lumières », *Revue d'histoire des religions*, tome 120, Paris, PUF, 1971.

BADELON Françoise, « *Son pittor anch'io* : traduction et composition chez Diderot », *La Lettre clandestine*, n° 9, 2000, Paris, Presses de l'université de Paris-Sorbonne.

BELAVAL Yvon, « Sur l'*Addition aux Pensées philosophiques* » in *Études sur Diderot*, Paris, PUF, 2003.

BENITEZ Miguel, « Matériaux pour un inventaire des manuscrits philosophiques clandestins des XVIIe et XVIIIe siècles », *Rivista di storia della filosofia*, n° 3, 1988.

BLOCH Olivier, « Matérialisme et clandestinité : tradition, écriture, lecture », « À propos du matérialisme d'Ancien Régime », *Matière à histoires*, Paris, Vrin, 1997.

BURGELIN Pierre, « Réflexions sur la religion naturelle », in *L'Homme devant Dieu. Mélanges offerts au père Henri de Lubac*, Paris, Aubier, 1964.

CHOUILLET Jacques, « Le personnage du sceptique dans les premières œuvres de Diderot (1745-1747) », *Dix-huitième siècle*, n° 1, 1969.

DEPRUN Jean, « Quand la nature lance les dés… Préhistoire des "singes dactylographes" », in *Le Jeu au XVIIIe siècle*, Aix-en-Provence, Édisud.

DUFLO Colas, « Diderot et la conséquence de l'athéisme », in *Les Athéismes philosophiques*, E. Chubilleau et E. Puisais (dir.), Paris, Kimé, 2000.

FICHANT Michel, « Théologie et théologie physique chez Maupertuis », *Actes de la journée Maupertuis*, Paris, Vrin, 1975.

JAFFRO Laurent, « Diderot : le traducteur et son autorité », *La Lettre clandestine*, n° 9, Paris, Presses de l'université de Paris-Sorbonne, 2000.

MOUREAU François, « Illustres anonymes : auteurs feints et clandestinité au XVIIIe siècle », in *La Lettre clandestine, Anonymat et clandestinité aux XVIIe et XVIIIe siècles*, n° 8, Paris, Presses de l'université de Paris-Sorbonne, 1999.

VENTURI Franco, « Addition aux *Pensées philosophiques* », *Revue d'histoire littéraire de la France*, 1938.

TABLE

Introduction 7
Remerciements 57
Note sur cette édition 59

Pensées philosophiques 61
Table de l'édition originale des *Pensées* 91
Notes 95

Introduction à l'*Addition aux Pensées philosophiques* .. 143
Note sur cette édition 157
Addition aux Pensées philosophiques 159
Notes 173

*Annexe : La subversion déiste (textes de Diderot, Bayle,
    La Mettrie)* 177
Chronologie 215
Bibliographie 219

GF Flammarion

07/01/126922-I-2007 – Impr. MAURY Eurolivres, 45300 Manchecourt.
N° d'édition LO1EHPNFG1249N001. – Janvier 2007. – Printed in France.